AF293611

ALEX CLÉRINO

l'**Angèle** ou la vie d'avant

Écrit et dessiné
par Alex Clérino,
à Saint-Étienne,
au fil du temps,
entre la fin du siècle d'Angèle
et le début d'un autre siècle…

L'Angèle ou la vie d'avant
©Alex Clérino 2024

Photos et illustrations de l'auteur ©Alex Clérino / www.clerino.fr
Mise en page *Bruno*

Édition : BoD - *Books on Demand, info@bod.fr*
Impression : BoD - *Books on Demand, In de Tarpen 42, Norderstedt (Allemagne)*

Impression à la demande
ISBN : 978-2-3225-4192-8
Dépôt légal : juillet 2024

Pour Bruno, Dominique C., Mireille,
Paola, Marine, Côme, Julia, Hugo, Pauline,
Enola, Timael, Nino, Roma et tous les autres…

Avant-propos

Au lendemain du temps des barbares, avec mes vingt ans dans les années cinquante, en compagnie de millions et de millions de semblables, j'avais cru au bonheur pour le genre humain et en un avenir radieux pour la consommation des siècles.

Amen.

Et il a fallu, hélas, trois fois hélas, déchanter.

Ma génération est passée du barot
à la Citroën à suspension hydropneumatique,

de la pomme de terre en robe des champs
aux "MacCaine" sous cellophane et à la queue de langouste surgelée de Cuba,

de la bouillisseuse dans laquelle cuit le linge avec la charrée
au lave-linge multiprogrammes "Miele",

de la paillasse bourrée de feuilles de maïs
au matelas "Dunlopillo" et au sommier réglable électriquement,

du médecin qu'on allait voir in extremis sachant qu'on entendrait
de sa bouche que c'en était trop tard…
à une espérance de vie croissante, contrôlée en continu par des spécialistes.

Ma génération se presse sur trois voies balisées en blanc sur fond de bitume gris, les "Ray Ban" sur le nez, vers des lieux où il faut aller absolument. Elle se soûle de mégaoctets devant des consoles et des écrans *"hypersoftphistiqués"*, un cactus grandi-forus en prime. Elle verse une larme, s'interroge, s'émeut, s'indigne et finalement se blinde face aux imbécillités, faussetés, contre-vérités et autres légèretés étalées à longueur de journée sur les étranges lucarnes.

Dans ce monde que chacun s'accorde à trouver dingue sans proposer de solution pour le rendre meilleur, il vous faudra nécessairement grandir, envisager différemment votre existence. C'est pour vous y aider que, modestement, j'ai tiré un trait d'union entre le monde de votre arrière-grand-mère et votre monde, sous la forme de quelques dizaines de cartes postales postées il y a plus d'un demi-siècle.

Paradoxe de la vie : il faut, pour l'affronter, tout à la fois oublier vite et se souvenir. Oublier afin de s'émanciper et s'assumer dans ce qui change obligatoirement. Se souvenir afin de s'appuyer sur ceux qui nous ont précédés, sur leurs exemples et leurs vertus écloses dans les peines, les joies simples et l'opiniâtreté qui marquèrent leur passage ; pour devenir costaud dans son cœur et dans sa tête.

Allez, courage pour une vie : la vôtre !

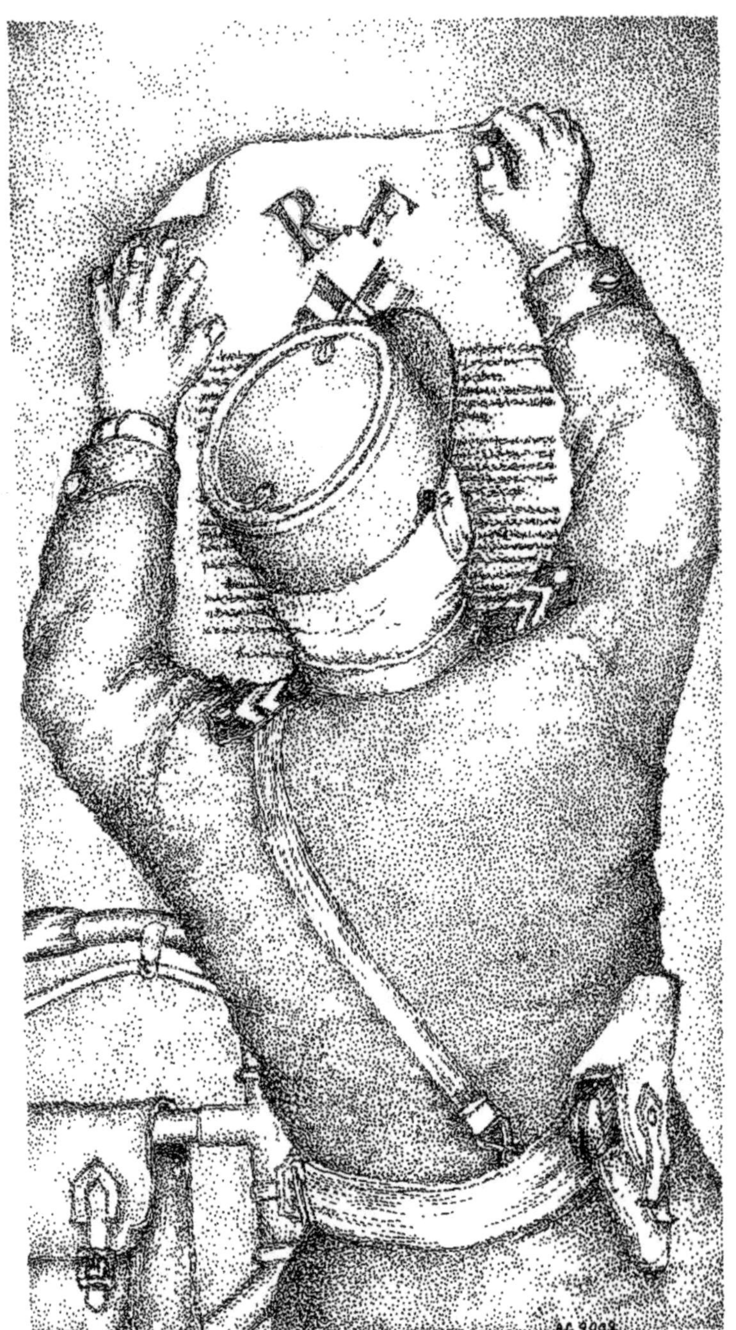

La déclaration de guerre

La déclaration de la guerre

Il y a peu de postes de T.S.F.[1] en 1939 : un seul dans le village, à l'œil vert magique, conservé sous une housse de cotonnades à fleurs. Il crachotait des nouvelles à heures fixes dans l'oreille de quelques privilégiés. En ce temps-là on ne parle pas d'informations comme aujourd'hui, mais de nouvelles. Ce n'est pas ce poste de T.S.F. qui tient le village au courant mais plutôt le journal, le petit Dauphinois, acheté au magasin, qu'on se prête et se commente si besoin est.

Le malheur ce jour-là vint à vélo.

Les gendarmes du gros bourg voisin avaient fait le tour des communes relevant de leur autorité. Deux d'entre eux mirent pied à terre en fin d'après-midi, le képi enfoncé sur des faces cramoisies à cause de l'effort fourni dans la côte des Baris et de quelques canons déjà ingurgités. La gravité de la responsabilité qui leur incombait raidissait leur démarche. Ils ont appuyé leurs vélos contre le mur à l'Hortense, juste en dessous de la plaque métallique peinte vantant le sublime des gorges de la Diosaz. Un des deux galonnés sortit de sa sacoche de cuir noir une affiche qu'il n'en finit pas de déplier avec respect et chercha le meilleur endroit pour pouvoir la placarder sur la porte de la grange de « *Oui à la nère* », juste assez haut pour tout à la fois rester lisible et en imposer aux culs-terreux. Sans un mot, l'autre pandore jouant la même scène une énième fois, sortit de sa sacoche une boîte de punaises, replia les quatre coins de l'affiche pour doubler le papier dans lequel s'enfoncerait la punaise et fixa sur la porte aux planches cendrées par les intempéries, l'ordre de mobilisation générale que le premier gendarme maintenait vertical. Papier blanc, drapeaux tricolores entrecroisés, la République en cette fin août 1939 appelle ses enfants à défendre la patrie.

Tous se rassemblent devant l'affiche, questionnant les gendarmes qui ne répondent que par monosyllabes. La malédiction est là, sur la planche. En raison d'une sciatique chronique, la Julie se déplace le

---

1/ *La T.S.F. est la transmission sans fil, l'ancêtre de la radio.*

dos courbé à l'horizontale. Elle s'appuie de sa main droite sur la porte de la grange tandis que la gauche vient se caler sur ses reins pour se relever. Elle pleure à l'avance ses deux fils en murmurant : *« mes pauvres enfants ! »*.

L'Angèle a abandonné ce qui cuisait sur son fourneau. Elle me tient très fort par la main et me plante devant l'affiche :
« Regarde Alexandre, regarde bien ! »

Elle sait bien qu'à cinq ans je ne sais pas encore lire mais elle veut graver le malheur dans ma mémoire. Lèvres serrées, des larmes silencieuses sont essuyées d'un geste machinal à l'aide d'un pan de son éternel tablier bleu tandis que sa main droite me broie les phalanges et que je n'ose piper mot, enfermé dans le cercle des peines à venir. Chacun pense à l'autre guerre, aux quatre ans d'hécatombe dont il reste que le nom des morts qui n'est même pas gravé dans le marbre à cause de l'indigence de ceux qui gouvernaient la commune.

L'Angèle revit son adolescence dure, infiniment dure, sans lâcher ni ma manine, ni son coin de tablier.

« *Spéléo, moi ? Jamais !* »

Dans la cave, juste en dessous de la cuisine, il y a toute une série de boudhas à vinasse, des tonneaux devrais-je dire, les uns couchés, les autres debout, mais tous reposant sur deux traverses de châtaignier afin qu'ils ne se détériorent pas au contact de la terre battue. Le premier en rentrant c'est le tonneau à "pitain", celui qui attend le passage de "la lambique". C'est un gros mimi de cinq cents litres. Petit à petit on l'a rempli des pommes et des poires qui ont été pressées pour en boire le cidre qu'on appelle familièrement la maude.

Viennent ensuite deux mâconnaises de deux cents litres environ dans lesquelles un peu de vin est conservé tant bien que mal afin de tenir une année pour arroser les gosiers de toute la famille. Ce vin, c'est du "noa"; les vignes qui le produisaient ont depuis longtemps disparu, remplacées par des pacages. Vin de pauvre, récolté dans des vignes faites à moitié[2], il n'a guère de difficulté à tourner au vinaigre vu qu'il l'est presque déjà en entrant dans le tonneau. Vin acide, chargé en tanins, transformant l'estomac en passoire dans lesquelles des spaghettis passeraient.

Pansus, joufflus, les mimis suivent les mâconnaises. Ils réceptionnent la maude, la boisson de tous les jours. Âpre, elle récure la langue et le palais et très certainement la suite du tube digestif aussi bien que le ferait le "Monsieur Propre" de la pub à la télé. La maude n'est bonne que fraîche, avant de fermenter, sous la forme de jus de pomme. Plus tard, en fermentant, elle pique d'abord un peu et devient ensuite franchement rude. Le jus de pomme bu au pressoir vaudra pour le lendemain une caquette de tous les diables !

La maude est efficace lorsqu'on tue le cochon car la veille de son exécution on l'invite à en ingurgiter un plein seau. Je ne sais pas si les vapeurs d'alcool et la première et dernière cuite de son existence lui faisaient voir la vie en rose mais je peux affirmer que la maude avait

---

2/ *Des vignes faites à moitié: la propriétaire de la vigne, une veuve par exemple,*
   la donnait à travailler à quelqu'un, à mes parents par exemple, et au moment de la récolte,
   chacun avait droit à une moitié du vin.

un effet magique sur des boyaux qui brillaient comme des sous neufs. Les tonneaux étaient l'objet de tous les soins possibles de la part de mon père et de mon oncle qui les scrutaient, les suiffaient, étaient seuls à les mettre en perce avec des précautions de sioux, humaient leurs tripes en soulevant la bonde entourée d'un chiffon, calant une narine inquiète sur le trou mystérieux.

De temps en temps c'était le grand jeu : on nettoyait les tonneaux. Il fallait d'abord les sortir de la cave. Pour les mâconnaises il n'y avait pas de problème : leur taille de guêpe leur permet de se faufiler partout. Quant aux mimis c'est une autre paire de manches : on avait dû tailler à coups de burins les montants en pierre entourant la porte de la cave afin de laisser le passage le jour où on les avait achetés. Spécialiste de la toilette des tonneaux, l'oncle avait mis au point une suite d'opérations qui ne varie pas d'un pouce : après un premier nettoyage au jet, il utilise systématiquement ma taille et mes compétences qui sont toutes minimes. À l'aide d'une grosse clé anglaise à manche de bois, il dévisse l'écrou qui bloque la trappe de visite du mimi et il m'invite à intervenir : « *Reste ici, j'ai besoin de toi !* ». Il faut passer par un orifice mesurant moins de vingt centimètres de large sur à peine trente centimètres de haut, rentrer dans le tonneau noir qui pue l'eau et la vieille boisson et frotter très énergiquement les parois à la brosse de rizette[3].

« *Tu l'as encore fait aller dans le tonneau* », s'exclame l'Angèle outrée qu'on puisse faire courir un danger à son dernier. L'oncle ne répond rien. J'ai tout essayé : me sauver au moment où on a besoin de moi, pleurer que je ne voulais pas, que j'avais peur, faire semblant de ne pouvoir y entrer. Rien n'y fait car l'oncle a l'œil et il sait comment il faut s'y prendre ; à croire qu'il y est rentré lui-aussi, il y a bien longtemps, c'est fort possible.

« *Tu rentres d'abord un bras, tu colles ta tête sur ce bras et tu mets l'autre bras le long du corps et ça passe ! Quand tu es dedans tu frottes bien partout !* » Il ne reste qu'à s'exécuter en faisant le plus de bruit possible avec la brosse pour bien montrer que les consignes sont suivies à la lettre. De toute façon, je sais que mon garde à l'extérieur, dans le monde de la lumière, roule une cigarette et ayant battu le briquet,

---

3/ *La brosse de rizette est une brosse aux poils en paille de riz.*

il fait d'une pierre deux coups : il allume sa clope et éclaire mon chantier noir en promenant son briquet de 1914 qui sent l'essence. Il vérifie la propreté de l'ouvrage.

« – Tu sais tonton, j'ai bien frotté partout !
– Et ça, dit-il, en me montrant des tâches violacées oubliées.
– Ça ? ça part pas.
– Frotte encore ! »

Et il condescend à me dire : « *ça suffit, allez, viens* », je me fais anguille mince pour retrouver au plus vite l'air libre et la lumière. Vous voudriez me faire passer par des boyaux souterrains ? Ah l'angoisse ! Quel bonheur de constater qu'un jour j'avais suffisamment grandi pour ne plus pouvoir m'introduire dans le mimi. L'oncle dut se rendre à l'évidence et ajouta que c'était dommage, vraiment. Comme j'étais le dernier de la famille plus personne ne passerait la brosse dans le mimi.

Un pull pour le petit

« C'est quelque chose qu'on peut manger toute l'année ».

L'Angèle parle de ses haricots ramants cultivés au jardin, des grands cocos plats qui sont montés s'épanouir à presque quatre mètres de leurs racines, sur des tiges de châtaignier rapportées par Melchior de la châtaigneraie un jour où il n'y avait pas de champignons. S'il y en avait un seul, il eût oublié les perches, c'est certain. Les cocos blancs sèchent sur leurs perchoirs ; les feuilles ont blanchi au soleil de début d'août et le vent muriet ne fait plus que balancer des cosses de vingt centimètres gonflées de haricots devenant durs comme de la pierre.

« Viens avec moi, m'a-t-elle dit, on va ramasser les cocos ».

Démonter les perches, tirer les pousses qui se sont vrillées sur elles, ne pas oublier un haricot, mettre la récolte dans les paniers fabriqués par Melchior, brûler les pousses : ça c'est amusant au moins d'allumer du feu ! Les paniers remplis sont mis au sec, à la remise, en attendant d'autres moments afin de les écosser. L'autre moment arrive vite comme le mauvais temps en Haute Savoie. On rentre à l'école au 1er octobre, après deux mois et demi de vacances. On sait, que le quinze août passé, il y a des jours à crever d'ennui avec la pluie qui se vide des jours entiers sur les bords du Léman.

Il fait froid ; ça ne vous donne même pas l'envie de rester au lit : lui aussi est humide et glacé. Bouge-toi, un peu de lait chaud te remettra d'aplomb. C'est à ce moment-là que l'Angèle te dit :

« Viens, on va écosser les haricots ».

Les portes de la remise sont grandes ouvertes et il y fait aussi mauvais qu'au dehors. Assis sur une caisse renversée, le panier de cocos devant les genoux, on attaque le travail de patience. Est-ce que ça viendrait de là cette attirance personnelle pour les travaux de longue haleine ? Je cherche quand même ce que je pourrais faire du haut de mes huit ans, en 1942, pour couper à la corvée.

« Il faut que j'aille aux cacatières, ça presse ! »
« Vas-y, me dit ma mère, mais fais attention en traversant la route ! »

Les guibolles refroidies par la pluie sont dérouillées. Je me glisse contre la remise à Édouard, continue devant celle des Chapée et stoppe pile au bord de la nationale. Les cabinets sont de l'autre côté de la route. Un regard à droite puis à gauche, je m'élance. Tiens, il y a une flaque sur la route. J'allonge le pied pour l'éviter.

On passe près du ruclon en évitant les feuilles de courges et de courgettes qui piquent. Voilà la construction faite en plots par Melchior. Les fesses dénudées sont posées à peine sur le bord du trou. Mon troufignon à moi se laisse aller tandis que je suis bercé par les poules du voisin qui picorent de l'autre côté du mur, juste à la hauteur de mes oreilles, et par la pluie qui tombe bruyamment sur les tuiles du toit ou s'écrase sur la porte de sapin qui est placée à l'ouest. Quelques gouttes ont choisi de passer entre les deux et viennent mouiller mes cuisses.

« Oh ! T'as bientôt fini, oui ? Y a encore à faire ! »

L'Angèle me fait me reboutonner précipitamment, je perds du temps pour mettre mes bretelles sur les gros boutons du pantalon court qu'a signé la Fifine et je retourne voir l'Angèle, la voir elle et ses maudits fayots. Il y a maintenant quatre personnes sous la remise. Tiens, je ne connais pas ce trio qui discute avec ma mère. Le monsieur a un chapeau qui aurait fait la gloire de Chazelles-sur-Lyon et de son musée du couvre-chef.

Il a aussi un imperméable pour se préserver de la pluie. Moi qui croyais que le seul vêtement était la pèlerine ou encore le sac à pommes de terre que l'on se place sur la tête : combien de fois l'ai-je mis pour ramasser les framboises sous la pluie. Il le portait négligemment en s'assurant que son ventre trop proéminent était bien là, en place, pour tenir la ceinture de l'imperméable. Ses mains croisées dans le dos suaient d'ennui. Elles ressemblaient à celle du père Lebordet, notre régent. Dans le village on avait tous les ongles noircis par la crasse. Seules les femmes revenant du bassin en poussant la brouette de linge rincé au bassin avaient les doigts rouge violacé et les ongles propres. Les deux dames accompagnant le monsieur ont des mains maigres veinées de bleu sur lesquelles les bagues en or semblent se prélasser. Les parapluies s'égouttent tandis que les trois personnages minaudent auprès de l'Angèle : *« Ah, oui, c'est excellent pour la soupe. Ennavinion, ça nous arrangerait bien pour l'hiver. »*

Évidemment que je n'avais pas vu encore, avec le père Lebordet, le parcours du Rhône avec les villes traversées : Genève, Lyon, Valence, Avignon. En Avignon devenait pour moi "Ennavinion".

Les deux dames parlent en plus de moi, en ajoutant :
« On va vous donner de la laine afin de tricoter un petit tricot pour le petit. »

Exact que mon pull déchiré par trop d'usages et par trop de mailles tricotées et redétricotées devait faire pitié. L'une des dames se retourne vers moi :
« Hein, tu n'aimerais pas un joli pull ? »

Le monsieur à l'imperméable sue l'ennui. Son œil sans vie regarde tomber l'eau du ciel. L'Angèle m'expliquera plus tard que c'est un avocat qui passe quelque temps à l'hôtel, dans le gros village à côté. Pour l'instant elle réfléchit sur ce qu'elle va vendre et combien elle va le vendre, afin de répondre à la question de la dame qui demandait combien ça allait lui coûter. Elle réfléchit à la réponse, voyons combien on lui paie le kilo de haricots ? Elle triple la mise et lance le prix aux dames qui acceptent sur-le-champ en rajoutant encore :
« Et par dessus, un petit tricot pour le petit ! »

L'Angèle est déconfite car elle pensait qu'elle allait les décevoir. Tant pis, ce qui est dit est dit ! On pèse cinq kilos de cocos ramants sur la balance romaine de la cave tandis que je regarde encore l'homme qui se promène avec une cravate un jour de semaine alors qu'il n'y a même pas un enterrement ! Les dames se préparent à emporter leur chargement sous la pluie pour se préparer des bonnes soupes durant l'hiver. L'Angèle range soigneusement son argent dans la poche de son tablier. Le petit tricot pour le petit ? Perdu, envolé, volatilisé… Il a dû rester *"Ennavinion"* pour un jour de grand mistral.

La tranchée

« Et si ils viennent, hein ?

- Ouais, y a la guerre et ils pourraient peut-être bien rappliquer ici.

- Qu'est-ce que tu veux qu'ils viennent faire chez nous ?
On les intéresse pas !

- T'oublies qu'on est sur la route nationale et en plus juste à côté de
la frontière suisse; on a vu, en 1914, le monde qu'il y avait par là. »

C'est un dimanche soir. On parle des Allemands qui sont en train d'envahir la France en cet automne 1939. Presque tous les hommes du village sont là. Les trognes illuminées par des générations de picholettes distribuées par l'Alice et la Maria, respectivement belle-fille et fille du bistrot, sous l'œil gris et le fichu de la vieille Aurélie, la patronne à qui rien n'échappe, les trognes du Jules à caque, de François Zouze, de Léon le charpentier, de Jean Duchêne commencent à briller, astiquées par le rouge de chez Duvernay le marchand de vin. Les buveurs du dimanche sont serrés aux six tables, les mains sont en deuil à cause du fumier et de la terre qui restent désespérément sous les ongles, ils font tourner machinalement les verres comme pour donner du poids à leurs pensées et ils discutent ferme :

« Diou de diou, et si ils viennent, on va quand même pas les laisser faire ? Toi Dian, t'étais bien du côté de Verdun et toi Fonse qui t'es fait gazer, c'est sur l'Yser hein ? Maintenant, si ils viennent, on va les laisser passer ? »

« Et comment on va faire pour les arrêter ? dit Zef, *parce qu'en 14-18 on avait les grosses mitrailleuses, les baïonnettes et surtout que le 75 il était là quand on sortait des tranchées même que j'en ai deux souvenirs: les douilles qui sont chez moi et qui font peur à la Philomène qu'elle croit qu'elles peuvent encore péter. Je peux même vous les montrer. Et puis regardez ce qu'il m'a laissé… »*

Il ouvre son coltin bleu[4] et commence posément à soulever les pans de sa chemise, à fourrager dans sa ceinture de flanelle afin de

---

montrer à la cantonade sa cicatrice rose, étoilée, qu'il ne manque jamais d'exhiber pour ajouter foi à son récit. Édouard intervient : « *Arrête, Zef, arrête, on la connaît ta cicatrice ! Même que tu dis toujours que tu ne sais pas si c'est un éclat d'obus français de 75 ou un morceau d'obus de fridolin qui t'a fait ça ! Et pis y a des femmes ici, t'es sans vergogne de te déshabiller et de faire voir ton ventre.* »

Indécis, sachant que sa nouvelle exhibition publique de ses stigmates guerriers tourne court, Zef grommelle que d'autres sont jaloux et qu'ils n'ont pas de cicatrices. Ils sont tellement envieux qu'ils ne veulent même pas la voir ! Zef se retourne vers deux jeunets qui ne pipent pas mot, le nez sur leur picholette :

« *Eh, vous deux, vous l'avez vue ma cicatrice ?* » questionne Zef.

Décontenancés, les jeunes se raclent la gorge, remuent leurs fesses sur la chaise avant de répondre. Heureusement pour eux, voilà une voix qui s'élève :

« *Je sais moi ce qu'il faut faire.* »

Chacun se tait et lève un sourcil interrogateur vers celui qui a parlé. Zef se rassoit en oubliant de rentrer son pan de chemise.

« *Moi, Maréchal des logis chef à Saint-Louis du Sénégal, ancien des Dardanelles, je sais ce qu'il faut faire.* »

Gustave à moulin opine du chef parce que, justement, il y est allé aux Dardanelles et un Maréchal des logis ça en impose à tout le café qui ne connaît que les caporaux et les sergents de l'infanterie. C'est vrai qu'il est Maréchal des logis chef, c'est vrai aussi que les gendarmes actifs du chef-lieu le saluent avec déférence lorsqu'ils le rencontrent. Chacun a en tête la magie du mot Maréchal que ce soit le vieux de 14-18, le Maréchal Pétain ou les Maréchaux d'empire dont les images d'Épinal colportées en campagne ont décoré plus d'une maison paysanne, avec les chiures de mouche comme garniture indélébile. Alors, pensez donc, lorsqu'on a un Maréchal des logis chef en chair et en os, même s'il est retraité, ça inspire forcément le respect. Le respect ça l'inspire d'autant plus qu'il a une C.4 dans sa remise et deux chiens pour aller à la chasse. Ces deux bêtes ont leur place sur la banquette arrière : c'est un sacrilège pour les humains qui se déplacent en barot uniquement. Vous vous rendez compte, deux chiens ; un seul constituerait déjà un luxe, alors que dire de deux ? Il va à la chasse avec ses deux épagneuls bretons. Le pharmacien du village voisin n'en a qu'un pour chasser. Ce Maréchal des logis porte un pyjama : comme si on a besoin de ça pour se coucher ! Il le porte parfois pour aller au café. C'est durant ses neuvaines, ses périodes de caresses et d'yeux doux aux divines bouteilles. L'Angèle prétend que c'est un reste des fièvres contractées aux colonies. Elle affirme que son pyjama sent le treize degrés. C'est fort possible car je n'ai jamais humé le pyjama à rayures. Celui qui le porte m'inspire beaucoup trop de craintes. Autre luxe, il use de pantoufles et promène ses charentaises dans le village où seuls les brodequins cloutés portés trois cent soixante-cinq jours par an ont droit de cité. Il ne travaille pas, il vit de sa pension. Son épouse peut aller tous les jours acheter des bouteilles de vin à l'épicerie : elle ne s'en prive pas !

Tout cela pour vous dire que s'il dit qu'il sait, alors vraiment il faut le croire ! *« Y a qu'à faire une tranchée ! »* dit l'ex-suppôt de la gendarmerie coloniale.

Stupeur dans le café. Une tranchée ? Dieu du ciel !
Après quelques secondes de silence absolu, les questions fusent :
« Et qui c'est qui va la faire ? »
« Et où qu'on la fait cette tranchée ? »
« Et il faudra monter la garde ? »
« Et qui c'est qui va monter la garde ? »
« Et quelles armes on aura ? Une mitrailleuse ? Où on la prendra ? »

Notre gendarme pensionné expose son idée en réponse aux questions posées. On sait que les verres de vin empâtent la bouche mais chez notre ami la langue est beaucoup plus déliée.

Il s'enflamme :
« On est en guerre, on va tous vous réquisitionner et on fera un tour de rôle pour creuser. Tous les fusils de chasse sont réquisitionnés à partir de maintenant. Ils serviront à défendre la tranchée. La patrie est en danger ! »

Ce n'était plus 1939 mais plutôt 1793 qui était dans le café !
Chacun pense à l'autre guerre, celle de 14-18. Dans leur tête les paysans se disent : mais oui, on va la faire cette tranchée et si les boches se montrent ils verront bien à qui ils ont affaire !

Tout s'organise grâce au gendarme :

« Mais oui, on les aura grâce au fusil de chasse et aux cartouches de chevrotines qui tuent un sanglier. Une peau d'allemand, ce n'est pas une peau de sanglier ! Toi Léon qui est charpentier, tu vas faire des petites meurtrières en planches de sapin dans lesquelles on pourra tirer. Toutes les familles donneront trois sacs à pommes de terre vides, pour les remplir de terre et construire le parapet de la tranchée. Ceux qui creusent apporteront les pioches et les pelles dont ils auront besoin. Il faut faire la liste des fusils de chasse, ceux qui les ont devront obligatoirement les donner. »

Les possesseurs de fusil étaient connus de tout le monde.

« Moi, dit Édouard, *le fusil c'est celui de mon père et je ne veux pas le donner. Je monterai la garde et après je l'emporte.*

– On verra bien, répond le gendarme évasif, *mais la première chose à faire c'est d'établir un tour de rôle pour creuser la tranchée et un autre ensuite pour monter la garde. Alice donne-nous un crayon et du papier. »*

L'Aurélie fouille longuement dans un tiroir de cuisine avant de rassembler le matériel demandé.

« D'abord dis-nous où on va la faire cette tranchée ? »

Voilà le seul problème : si on creuse dans le jardin de Melchior, mon père, ou dans celui de Joseph qui est contigu, le potager sera perdu irrémédiablement. C'est pour la patrie, certes oui, c'est valable seulement en général car elle ne fera pas pousser les légumes ailleurs. *« On va la creuser au bord de la route, devant la forge de la Clotilde à Camille ! »*

Ce choix tranquillise tout le monde, personne n'est touché dans le café. il faut dire que Camille le forgeron avait sa forge au bord de la route nationale, en direction de Genève.

L'ennemi devait forcément emprunter cette route, s'il était logique car on ne connaissait pas sa duplicité, le contournement de la ligne Maginot et l'invasion par la Belgique. Le forgeron était déjà mort et ne pouvait nullement contester le choix du Maréchal des logis. De vieux souvenirs affluent : le soufflet qu'il fallait actionner afin de donner de l'air au feu, j'étais trop petit pour atteindre sa poignée !

Il ferrait encore les roues de char, confectionnées en frêne et cerclées d'un ruban d'acier trop juste pour en faire le tour, il fallait le chauffer au rouge, ce cercle, pour qu'il emprisonne le bois de frêne dans un grand renfort de flammes de la roue qui protestait avant d'être plongée dans un grand bac vertical dont on ne voyait le fond. Son approche m'était interdite ! Plus tard, à l'école, Lebordet nous citera la construction de la roue de char comme exemple de la dilatation des solides.

Devant la forge, à l'abri de l'avant-toit, il y a le chef-d'œuvre du compagnon que fut Camille. Sur des planches assemblées de châtaignier on a peint en gris sur le fond noir du bois un grand fer à cheval de soixante-dix centimètres de diamètre. On a décoré le fer à cheval avec des volutes en fer forgé qui représentent des branches avec les feuilles et des fleurs simples, le tout est fixé à l'aide de rivets posés à chaud : toujours la dilatation des solides aurait ajouté le régent ! Maréchal-ferrant contre maréchal des logis, qui aurait gagné dans le choix de l'emplacement de la tranchée ?

La Clotilde à Camille, veuve sans enfant du forgeron, n'était pas présente non plus et ne pouvait s'élever contre ce qui arrangeait tout le monde. Vieille harpie, toujours prête à la pire des méchancetés, elle habitait juste à côté de la remise dans laquelle le colonial réduisait[5] sa C.4. Tous les deux, le gendarme et la Clotilde, échangeaient de délicieux noms d'oiseaux et des propos plutôt aigres que doux, de part et d'autre de la clôture mitoyenne :
« Vieille dinde au menton barbu… »
« Saleté de sénégalais… »

Lorsqu'à l'école la dame Lebordet nous lira des contes, j'imaginerais la sorcière sous les traits de la Clotilde. Bref, tout le monde approuvait le choix de l'emplacement si bien que le lendemain matin on se mit à creuser. J'avais la chance inouïe d'être aux premières loges, juste en face du chantier. Dès que possible, je me sauvais d'entre les jupons de l'Angèle et allais regarder au plus près l'avancée des travaux au risque de me faire expulser :
« Alexandre, tu vas filer ! Hé l'Angèle, tu ne peux pas faire attention à ton gamin ? »

5/ *On ne range pas, on ne remise pas, on ne gare pas, on réduit.* « Va réduire tes affaires ».
   Alors que j'étais adulte avec des cheveux blancs, l'Angèle me demandait, le soir :
   « T'as réduit la voiture dans la grange ? »

La tranchée creusée sous le noyer mesure huit mètres de longueur et un mètre trente de profondeur. Des escaliers avec des planches de sapin sont ménagés aux ceux extrémités. On a rempli de terre les sacs à pommes de terre. Ceux-ci sont disposés sur le parapet et forment une muraille protectrice de un mètre de hauteur dans laquelle les meurtrières en bois de Léon ont été judicieusement réparties afin que la puissance de feu des fusils soit à son maximum. Le reste de la terre remuée est placée devant les sacs, entourant les meurtrières, en un glacis protecteur que n'aurait pas désavoué Vauban. Sûr que les balles des mitrailleuses boches viendront s'étouffer dans cette protection meuble et épargneront nos vaillants défenseurs du sol français !

Tout de même, quelques problèmes doivent être résolus car les sacs ont la fâcheuse tendance à se vider de leur contenu et à ne plus ressembler aux gabions rebondis du siège de Sébastopol. Chaque famille n'est pas très riche en sacs en toile de jute et les garde précieusement. Lorsqu'ils sont neufs, ils ne servent que pour la batteuse afin de recueillir et transporter le blé ou l'avoine. Ils sont l'objet de soins attentifs, vérifiés, raccommodés minutieusement le cas échéant et rangés après usage dans des endroits absolument hors de portée des rongeurs. Malheureusement ces sacs vieillissent et de châtres[6] en ravaudages, ils deviennent impropres à leur fonction première et se retrouvent bons pour ramasser les fruits pour la maude[7] ou les pommes de terre. Ce sont les plus mauvais de ces sacs de la dernière espèce qui ont échoué dans la tranchée, échappant ainsi à l'ultime stade de leur vie de sac sous la forme de serpillière. Les sacs se vidant ne sont pas au centre des préoccupations car le problème numéro un est de savoir si on va raser les cacatières[8], le marronnier et le sommet du tas de fumier à "Ouioui" ?

Louis, surnommé "Ouioui", cousin germain, voisin et vieux garçon est l'heureux propriétaire des biens énumérés. À cette époque chaque maison a son W.C. extérieur, planté le plus souvent en bordure du jardin : la réserve d'engrais pour les salades et les poireaux est au plus près. Un coup de gaume[9] et les excréments sont recyclés. Plus écolo tu meurs !

6/ *Une châtre, c'est une pièce cousue grossièrement.*
7/ *La maude ou le cidre.*
8/ *Cacatières ou cacatires, cacaret dans d'autres régions. Il y a quelques années en Névache,*
   une jeune dame embarrassée qu'on lui posât la question me fit cette confidence :
   « Ici, on l'appelle le cacadou. » Cacadou ou cacadoux ?

À gauche il y a le marronnier qui donne des signes d'une vigueur exceptionnelle : non seulement il y a le W.C. qui arrose ses racines mais le fumier est juste au dessus et touche l'arbre.

Les chevrotines des fusils de chasse seraient immédiatement stoppées dans leurs trajectoires meurtrières par les trois obstacles cités plus haut. La tranchée creusée dix mètres en arrière s'avérera désespérément inutile. Toutes les discussions furent vaines, les explications techniques relevant de la balistique superflues, les appels au sens patriotique inutiles. Ouioui a un argument massue dans les discussions : il est mutilé de quatorze. On lui a coupé la jambe et il ne se déplace qu'avec son éternelle canne et un pilon. Allez donc invoquer la patrie et le drapeau quand l'interlocuteur remonte la jambe de son pantalon et découvre le tube d'aluminium en concluant :
« Et çà, à qui je l'ai donné ?
C'est pas par hasard à la France ?
Qui peut en dire autant ? »

Pauvre maréchal des logis chef qui voit alors filer irrémédiablement en quenouille son plan de défense. Les possesseurs de fusils le cachent et n'en parlent plus, sortir les brouettes de fumier de derrière les vaches est plus vital que de monter la garde.

Seuls nous avions là, nous les gosses, une sacrée aubaine et un terrain de jeux magnifique. Nos fusils de bois braqués dans les meurtrières à Léon exterminent les Allemands repliés dans les cacatières à Ouioui.

Ils n'ont jamais pu aller plus loin.

9/ *Le gaume est en fer, c'est un petit cylindre de cinq litres environ. Sur son côté, il y a un autre tout petit cylindre soudé dans lequel on fixe un long manche, genre manche de fourche. Pratique pour remuer la merde sans se salir.*

La tabouelle

Il est surnommé "Dian" dans le village, c'est Jean en savoyard. Il a de drôles de copains car il travaille aux ponts et chaussées, rien à voir avec les cantonniers de l'époque qui s'en vont avec la pelle et la pioche et remuent du gravier. Celui qui m'impressionnait le plus ce n'est pas l'ingénieur de la sous-préfecture, ce n'est pas non plus le chef cantonnier, c'est Marceau le chauffeur du rouleau compresseur, le dieu des dieux !

Il se déplace d'un chantier à l'autre et traîne derrière sa machine à vapeur une remorque dans laquelle les outils de dépannage font bon ménage avec la réserve de briquettes de charbon; derrière, il y a sa maison: une énorme roulotte verte avec des petites fenêtres garnies de rideaux à carreaux blancs, rouges et roses. Ce sont les mêmes rideaux que j'ai vus et revus durant un demi-siècle, entre la cuisine et la chambre sans fenêtre de mes parents. Un escalier métallique, relevé durant les déplacements, permettait grâce à ses huit marches d'accéder à un petit perron fermé d'une barrière, sur lequel s'ouvrait la porte d'entrée, à l'arrière de la roulotte. Des géraniums ornaient ce perron.

Je ne suis jamais entré dans cette merveille, palais de l'épouse du chauffeur, surpassant à mes yeux les châteaux des seigneurs et la caverne d'Ali Baba réunis. Par contre j'ai maintes fois grimpé sur le rouleau compresseur. Sa machine à vapeur sous pression, il respirait au rythme des échappées de vapeur blanche tandis que je découvrais les briquettes incandescentes derrière la porte mal jointive du foyer. Saisi par la vapeur et l'huile chaude on ne peut que rêver devant ces manettes, ces cadrans, le grand volant qui donne directement sur le rouleau avant, le tout est hoquetant, vibrant, vivant quoi !

C'est le dieu Marceau, énorme, moustachu et charbonneux, avec une casquette et un gros mouchoir de coton autour du cou, tous deux bleus à l'origine mais immédiatement noircis par la poussière du charbon. Qu'importe, il vit sur les chemins et avec quelques gestes précis de ses immenses pattes graisseuses et noires il ébranle son convoi tandis que le régulateur à boules tourne de plus en plus vite sur le haut de la machine à vapeur.

Jean n'est qu'un demi-dieu : on lui a donné à conduire à partir du début de la guerre un drôle de camion. C'est la tabouelle, baptisée ainsi par nos soins. Cet engin a dû avoir son heure de gloire dans les années 1925.

La cabine est ouverte à tous les vents. De grosses chaînes à l'arrière font tourner les roues, on croirait voir de géantes chaînes de vélo. Le klaxon est un drôle de cornet métallique noir, fixé sur le côté du pare-brise, avec un gros bouton moleté placé dans l'axe du cornet. Si c'est nécessaire vu les conditions de circulation de 1941, le chauffeur tourne à la main ce bouton. Il s'échappe alors de son pavillon un bruit de vieille vache se raclant la gorge pour ensuite meugler. Un bruit de vache folle anglaise qui nous transporte d'aise. À cause de cette merveille d'avertisseur reconnaissable entre mille, on a nommé le camion "la tabouelle".

De part et d'autre de la cabine il y a deux cylindres métalliques, énormes, dont une immense chaudière verticale, c'est le gazobois. Avant de pouvoir démarrer, le matin, il faut mettre du bois sec, de bonne qualité dans la chaudière, l'allumer, attendre que la combustion ait produit suffisamment de gaz stocké dans le deuxième récipient vertical pour que le moteur ne cale pas dans la première côte venue. Ne pas oublier de remettre un sac de bois sec dans la chaudière, si nécessaire.

C'est ainsi qu'au démarrage du camion on avait quelques sacs en réserve. Jean menait un cirque effroyable avec le gazogène : le bois des sacs qui lui étaient attribués n'était pas assez sec, la chaudière s'éteignait. Il avait trouvé une solution : les sacs faisaient obligatoirement un stage de un à plusieurs jours sur le four en briques du boulanger avant de finir dans le feu du gazo. De petits bâtonnets de matière grise très inflammable, les "allumex Ruggieri" servaient à allumer le gazogène.

Donc, le matin, Jean prenait son vélo, le vieux De Woiter, pédalait lentement vers le garage de la tabouelle, engoncé dans son vieux cuir râpé de chauffeur. Il s'affairait autour du camion, deux bonnes heures, ponctuant son attente de beaucoup de sonores *« diou de diou ! »* et de quelques verres de blanc pris chez la Jeannette. Il arrivait à faire un voyage de gravier à la Dranse, deux dans le meilleur des cas dans la journée. Le camion n'était jamais trop chargé car il aurait rendu l'âme dans la côte des Rebattis.

Dans ces temps de pénurie automobile car on comptait trois ou quatre véhicules à moteur sur la route nationale alors qu'aujourd'hui, en un jour, c'est par milliers qu'ils passent. Sous le gravier du gazo le boucher a fait circuler des morceaux de viande ; il récompensait le chauffeur avec une froissure gratuite. Parfois c'était pour le maquis qu'il y avait des transports. Le vieux garçon savait ce qu'il risquait :

« *Terroristes, vuzillés* » affirmaient les boches, avec leur logique de guerriers.

Il gardait son franc-parler. Ne disait-il pas devant un ciel plombé d'août promettant un déluge imminent :

« *Oh, il va tomber trois pieds de merde, des capucins à cheval sur des nonnes et des pierres plates par dessus !* »

Le moulin à café

"Peugeot Frères breveté S.G.D.G." : c'est ce qu'on peut lire à l'aide des lettres en relief du bâti en fonte. Poids énorme, les frères Peugeot fabriquaient solide, lourd pour un œil de môme. Les engrenages de renvoi d'angle en acier respirent une solidité qui devrait affronter les siècles à venir. Un orifice de graissage est prévu et je me demande si la burette n'est pas livrée avec le moulin. Une grosse manivelle à poignée en fayard donne la vie à cette bête qui fait un bruit de mécanique pour transformer le café torréfié en poudre odorante utilisable dans la chaussette. L'Angèle a l'habitude de son moulin. De sa main gauche, une main d'étrangleuse en l'occurrence, elle le maintient plaqué sur la table tandis que sa main droite actionne la manivelle.

Diable, l'orifice de remplissage a une porte qui coulisse et celle-ci a toujours tendance à s'ouvrir : le café en grains sautant sur lui-même au rythme hoquetant du moulin a tendance à se répandre sur la table. Précieux grains ronds à ne pas perdre : le pouce de la main gauche va bloquer ce réservoir. Si on avait une troisième main elle serait la bienvenue car le tiroir du bas recueillant le café moulu a une tendance à se débiner de ses glissières. Il faut contrarier ce tremblement têtu et remettre le tiroir en place.

Qui chantera les délices de la tasse de café frais ?

Le disque de fonte fermant le petit trou du fourneau est enlevé et la casserole présente son derrière à la caresse du feu, l'eau se met à bouillir tandis que l'Angèle s'affaire au moulin. Elle verse avec précaution le contenu du tiroir dans la chaussette retournée sur les bords supérieurs de la cafetière en tôle émaillée bleue. L'eau versée presque goutte à goutte tombe au fond de la cafetière avec un bruit de pissarote tandis que l'odeur se répand dans la petite cuisine.

« Je vous fais le café » disait-elle. Elle ne questionnait pas, n'attendait pas de réponse mais se proposait à travers ces quelques mots de faire vivre un moment de convivialité, quelques instants de repos autour des tasses en porcelaine craquelée. Le bonheur quoi, agrémenté parfois

d'un biscuit de chez LU, un petit LU tiré de sa boîte en fer rangée sur la planche de la cheminée, à côté des allumettes.

Lorsqu'elle est partie je me suis senti orphelin à cause du café. Je ne serai plus jamais réveillé par les cercles remués du fourneau et par le bruit du grillon tandis que l'odeur du café se répand dans la cuisine. Il y avait toujours trop de chicorée dans sa cafetière. Je revois les paquets *"C. Leroux"* contenant la chicorée.

« C'est bon à la santé un peu de chicorée » assure-t-elle, oubliant d'ajouter que ça économise le café qui est cher, très cher, chez Arthur du magasin. C'est ça la dignité chez les pauvres.

On est loin du Maragogype, du Colombie, du moka, du brésil, qu'ils soient pur arabica ou robusta, on est loin des cafés "Los gringos" ou "Grand-mère" ou "Méo" d'Éthiopie. Il n'y a que le café à Arthur, c'est lui qui le torréfie et qui le vend en pesant au grain près sa demi-livre sur la balance Roberval aux plateaux en laiton brillant patinés par le chiffon d'Éloïse, l'épouse du magasinier.

Les années noires de la guerre venant, Arthur ne vendit plus qu'un peu de chicorée. Ce fut l'époque des glands grillés et surtout de l'orge grillé avec patience, sur une poêle, sur le fourneau. Pâle copie du café dont il ne restait que la gestuelle pour perpétuer le cérémonial car c'était vraiment dégueulasse cette boisson à l'orge.

Ce matin de novembre toute la famille était loin de la maison; mes parents aux champs pour rentrer les dernières betteraves avant le gel alors que la bise précoce soufflant du Léman annonce les grands frimas que nous avons connus ces années-là. Le bruit du barot signalant le départ décrut au dehors. Le silence revint dans la cuisine troublé par le bruit du Jaz et les craquements de bois dans le fourneau et je me retrouvais avec mes obligations. L'Angèle m'avait dit :

« Mon petit, pendant qu'on va aux betteraves tu vas moudre l'orge, tiens je t'ai préparé le moulin et surtout t'oublies pas de mettre au feu, un morceau à la fois seulement. »

Je me suis attaqué à l'orge après avoir fouiné un peu dans le buffet de la chambre. C'est celui qui renferme tous les trésors : la tirelire en

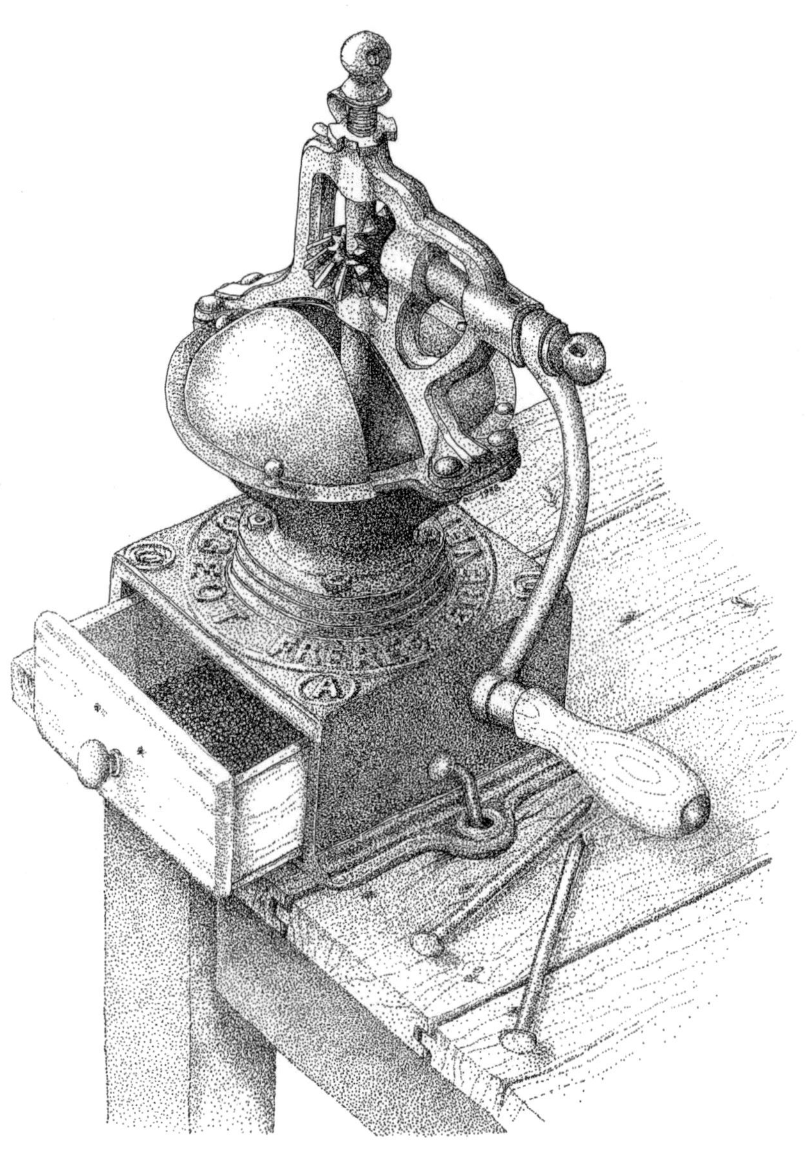

porcelaine, en forme de livre renfermant les pièces de un ou deux sous[10], la lampe à pétrole en état de marche car l'Angèle prétendait qu'on pouvait en avoir besoin s'il n'y a plus d'électricité, le pot à tabac du grand-père mort ou encore ses pipes.

Le moulin, par sa présence muette, m'a rappelé à l'ordre. J'ai voulu faire comme ma mère : ma main gauche serre le kiki du moulin, la droite mouline le plus vite possible.

Les grains d'orge renâclent, ce sont des cailloux qui bloquent le mécanisme comme s'ils refusent d'être transformés en poudre brune. Hélas le moulin mal assujetti sur la table saute comme un cabri, se déplace comme un diable, frôlant à chaque instant la catastrophe que constituerait une chute par terre. J'ai l'impression que cette sale machine me nargue, que jamais je ne viendrais à bout du tas d'orge.

Ah, si j'avais à ma disposition un moulin qui ne bouge pas !

Justement sur le bâti en fonte du moulin il y a trois trous de fixation. Un saut à la remise en bas : j'y trouve des clous de maçon dans le placard des outils de Melchior. Le marteau est en haut, dans le placard de la cuisine, coincé sur le dernier rayon entre le rouleau à pâtisserie et d'autres outils : un sécateur, une lime, une paire de pinces et un tire-bouchon rarement utilisé. En me hissant sur une chaise, en me grandissant sur la pointe des pieds j'atteins l'outil convoité. Et voilà le travail. Le moulin ne bouge presque plus : les pointes des clous sont enfoncées dans les planches de fayard de la table et sont recourbées sur le bâti du moulin. Le tiroir renfermant les couverts est bloqué par les pointes qui dépassent, il ne s'ouvre plus. Je n'ai aucun mal à moudre l'orge en manœuvrant à deux mains de garçonnet la manivelle du Peugeot. L'ennui c'est que je ne peux plus arracher les pointes trop bien enfoncées. Aïe, aïe, aïe… au retour des parents !

L'endoffé

La Caroline avait loué deux pièces et un coin de réduit à un couple ayant un enfant, famille venant de dieu sait où, un village pas très éloigné vu que le déménagement s'était fait avec une charrette à cheval. La porte de fer peinte en vert cru qui fermait l'entrée des deux pièces s'était donc ouverte. Sa poignée en laiton massif barbouillée elle aussi de vert à cause de l'incompétence du peintre avait été graissée par Melchior. Il avait sorti sa petite toupine en terre, pot à confiture à l'origine, dans laquelle il conservait la graisse réservée prioritairement à la mécanique du char. Cette dernière, frein rudimentaire et efficace avait une manivelle commandant une grande tige filetée qui pressait deux patins en bois sur les roues cerclées de fer. À l'approche d'une descente on entendait le charretier tenant le cheval par le licou crier à celui ou celle qui suivait l'attelage : *« Serre la mécanique ! »*

La porte verte graissée comme la mécanique a vu passer le contenu de la charrette, un contenu frère siamois de ceux de l'exode en quarante : deux lits dont un d'enfant à barreaux métalliques, une table et trois chaises dépareillées et bancales, un fourneau qui avait déjà brûlé des moules et des moules[11] de bois et s'en était trouvé percé. Heureusement un forgeron l'avait réparé à l'aide d'une tôle et de quatre rivets la maintenant en place. Une vieille armoire, des cageots dans lesquels on avait empilé la vaisselle, le linge et quelques casseroles complétaient le chargement de la charrette. le tout vite mis en place dans des murs orientés à l'ouest, pissant le salpêtre et dont l'humidité dessinait des planisphères que n'eussent pas désavoués le tandem parisien Vidal et Lablache réunis. L'indigence des habitants des lieux crevait les yeux et souvent l'Angèle, en douce pour ne pas subir de reproches, leur venait en aide avec un pochon chacun de soupe, une brassée de bois sec ou encore du lait juste trait.

Ce n'est pas ce que le père rapportait à la maison qui leur eût permis d'envisager une vie meilleure et des lendemains qui chantent car il louait ses bras et ses forces pour n'importe quel travail : labourer

---

11/ *Unité de volume du bois.*

un coin de jardin, arracher les pommes de terre au foussoir, couper du bois. Le malheur c'est qu'il dépensait immédiatement en boisson les trois sous qu'il avait gagnés. Certains retors avaient trop vite compris qu'il valait mieux payer directement le journalier avec une bonbonne de maude ou de la goutte : ça leur coûtait moins cher au porte-monnaie.

Résultat : il arrivait cuit à point chez lui, traversant notre cour en *"brétant"* comme disait l'Angèle. Pour lui la ligne droite n'était pas le plus court chemin d'un point à un autre. L'œil glauque de l'ivrogne concentré sur son idée fixe, le béret enfoncé au maximum sur son crâne, ses jambes maigres flottant dans son pantalon tel le pilon en alu de Ouioui dans le sien, il allait vers ce qui pouvait encore lui donner un sentiment de puissance : injurier, voire battre sa femme.

Melchior en le voyant passer rentrait ensuite à la cuisine et prétendait que ce soir-là, on n'avait pas besoin de "téhesseffe"[12]. Il n'y en avait d'ailleurs point à la maison. Elle n'apparut qu'après la guerre, apportée par Jean mon oncle, placée religieusement sur une étagère en sapin rabotée par Léon et consolidée par Melchior grâce à un renfort en fer qu'il avait fait forger à Henri. La Fifine avait cousu une housse pour le poste. Devenue veuve, elle s'était autoproclamée couturière ayant une petite expérience des blouses et tabliers et une Singer installée suivant la saison dans la cuisine ou sous la véranda. Sa housse à fleurs roses couvrait entièrement le poste et comble de pratique, la Fifine avait prévu de relever le pan de tissu qui recouvrait les boutons et le cadran sans ôter le reste de la housse. On relevait le tissu pour écouter Radio Sottens comme une putain dévoilant ses charmes écarterait un pan de sa jupe fendue.

De putain il en était question, juste à côté, dans la bouche de l'alcoolique affirmant en beuglant que sa femme en était une et une belle !

Effectivement, quand le mari était absent trop occupé à retourner un coin de champ, il y avait quelque passage furtif dans la cour. Un besoin impérieux se manifestant dans son pantalon, le charpentier stoppait sa raboteuse qui arrêtait de cracher ses copeaux à la cantonade. À l'aide d'une planche, il faisait sortir la courroie du moteur triphasé qui n'en finissait pas de tourner à vide. Léon savait qu'il n'était pas question

____

d'aller voir sa régulière, l'Augustine, qui affichait déjà son dégoût du sexe en laissant pousser sur son menton des poils blancs. Des années plus tard elle se vengera car son mari restera des années sur son lit avant de passer à la tête à l'Arpin[13]. Paralysé d'un côté par une attaque, Léon avait encore sa voix pour jurer et une main pour lancer à la tête de l'Augustine tout ce qu'il trouvait sur son lit.

Revenons à nos moutons : le charpentier passait devant la maison, rasant les murs, à couvert sous la galerie et se hâtait silencieusement vers son besoin de l'instant. Je l'avais vu car je jouais derrière les géraniums de la galerie.

La porte verte se refermait sur lui, il disparaissait pour refaire surface un moment après et parcourir guilleret le chemin inverse, le crayon remis à sa place sur son oreille et la ceinture de flanelle roulée trop précipitamment dans le pantalon de futaine que tout charpentier portait alors.

Il avait donc raison l'éthylique. Il continuait de débiter ses qualificatifs qu'il pensait être appropriés : « *salope, pourriture, vermine, feignante* » en les accompagnant de coups sans s'occuper des pleurs de la mère et des cris du jeune môme. On aurait dit un chromo du siècle dernier stigmatisant les méfaits de l'alcool. Plus tard encore, avec la lecture de "L'assommoir" je n'ai eu aucune peine à habiller les acteurs du drame : les voisins étaient là !

Un mot cependant est resté mystérieux dans la bouche du boit-sans-soif. Il traitait sa femme de "cul endoffé".

« *Cul endoffé, cul endoffé*, répéta Melchior toujours curieux d'expliquer la nouveauté, *qu'est-ce que ça peut bien vouloir dire ?* »

Il posa la question ici et là ; on chercha même dans un dictionnaire sans couverture, trésor d'un vieux du village : aucun résultat. Melchior devait être chagriné de ne pouvoir répondre à sa question car du temps où j'étais à l'École Normale et où l'alcoolique avait depuis belle lurette succombé à trop de bonbonnes de maude ou de goutte et aux crises de « *déliriome très mince*[14] », il me demanda :

13/ *La tâte à l'Arpin, c'est le cimetière de la commune.*
14/ *L'Angèle parle du "déliriome très mince" à confondre avec le délirium tremens.*

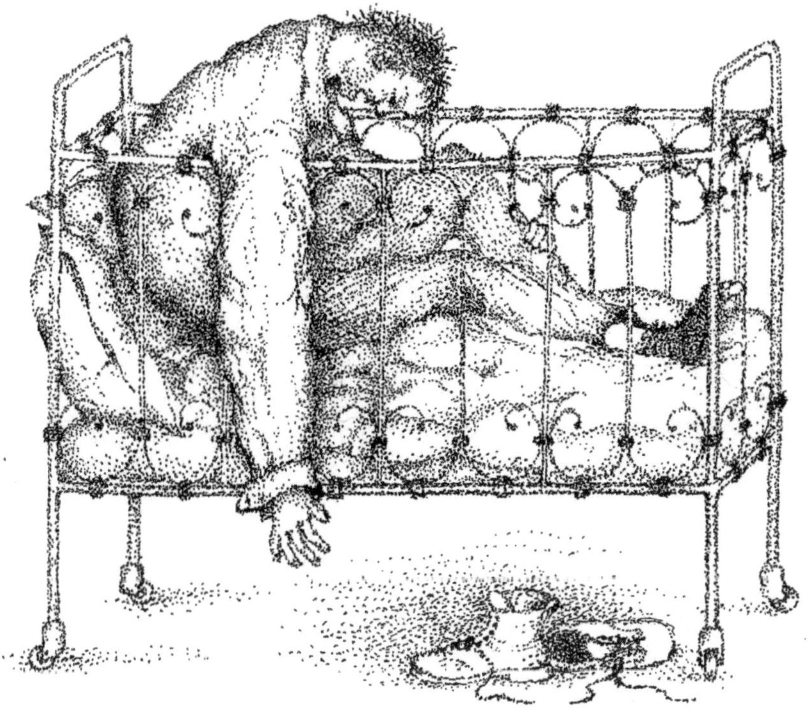

« Toi qui es instruit, cul endoffé, qu'est-ce que ça veut dire ? »

Reconnaissant mon ignorance et les limites de l'instruction laïque et obligatoire je ne pus lui répondre.

Plus de cinquante ans après les scènes je n'ai toujours pas d'explications.
Cul endoffé ?
Qui me dira ?
Mais ai-je envie de savoir ?

Le schnaps

Les fils téléphoniques courant le long de la voie du chemin de fer étaient régulièrement coupés par le maquis.

« Zaboteurs terroristes ! » disaient d'eux les Allemands bien avant que Francis Blanche reprenne la même expression destinée à faire rire les clients des cabarets à Paris.

Les autorités d'occupation, doux euphémisme désignant les boches, aidées par le gouvernement de Vichy, avaient prévu une surveillance nocturne des voies. Lebordet, en tant que secrétaire de mairie dressa la liste des hommes valides et établit les tours de garde. Garde sans arme s'entend et sans efficacité. Marcher le long des rails dans la nuit noire à quoi cela pouvait-il servir ? Mais un ordre est un ordre et chacun ostensiblement, le soir, s'en allait faire son devoir pour revenir en catimini à la nuit tombée profiter au chaud du sommeil des justes. Jamais voies ne furent si bien gardées !

Melchior, récupérateur invétéré de tout ce qui pouvait servir un jour ou l'autre, avait repéré le long de la voie des fils de cuivre coupés par le maquis. Il en fit un rouleau et l'emporta à la maison pour le pendre à un clou d'une poutre de châtaignier du galetas et l'oublier.

Quelque temps plus tard, au petit matin, tout le village est encerclé par les Allemands. Un blindé bloque l'entrée sur la route nationale à une dizaine de mètres de la maison. Des camions Saurer bâchés, descendent les pelotons de soldats allemands casqués, le Mauser à la main, activés par les ordres des officiers. À coups de crosse les homes du village sont tous rassemblés sous la mitrailleuse du blindé braquée sur eux et les maisons seront fouillées de fond en comble. Avant de sortir sous bonne garde Melchior a eu le temps de murmurer à sa femme :

« Le fil... »*

---

* *Ce fil, je l'ai gardé avec moi depuis plus de huit décennies. Au pied à coulisse, j'ai mesuré son diamètre : 5mm. Si besoin est, je vais chercher son aide, car sur la photo, page 242, j'en ai utilisé un morceau pour confectionner le support d'une sculpture en poirier.*

A.C. 1998

Elle a pâli comprenant que si le fil est découvert on n'ira pas chercher bien loin le "zaboteur" ! Un officier est sur la galerie à l'entrée de la cuisine. Comme pour donner raison à l'Angèle il aboie son ordre à un soldat au garde à vous répondant « *Ya wol* » aux paroles dont on a retenu que deux mots dans la conclusion « *zaboteurs vuzillés !* »

L'officier s'éloigne vers la maison suivante. Gauche, le soldat heurte de son fusil le chambranle. Il semble s'excuser en découvrant debout près du fourneau cette grande paysanne que serrent d'assez près deux enfants. Peut-être a-t-il laissé dans un coin reculé de la Silésie ou de la Poméranie une grande épouse au chignon et aux yeux bleus avec des mômes, elle aussi. Il baragouine en teuton quelques phrases tandis que la boucle astiquée de son ceinturon attire mon regard : « *Got mit us* ».

Opportuniste l'Angèle se déplace vers le buffet et humblement propose :
« *Schnaps ?*
- *Ya ya* », répond après un temps d'hésitation le soldat.

Elle l'invite à s'asseoir sur le banc. C'est juste la place de Melchior à côté de la porte du buffet. Il pose son fusil. L'Angèle sort sa bouteille des grands jours. C'est une grande carafe en verre blanc représentant un poisson dont la tête redressée sert de base et la nageoire caudale de bouchon.

Elle néglige les verres à goutte qu'on nomme les petits verres pour en préparer un grand, ceux remplis de moutarde qu'on achète au magasin. L'occupant n'a jamais vu une bouteille pareille. Il caresse de l'œil et de la main : « *Schoen* ».

L'Angèle lui verse une rasade que même le maréchal des logis chef, de Saint Louis du Sénégal, n'aurait pu boire cul sec. Il la hume et soliloque en allemand. Le schnaps doit lui rappeler des moments doux d'antan. Il doit dire dans sa langue que lui aussi il a une femme et des mômes là-bas et que la guerre c'est de la merde tandis que machinalement il tourne dans sa main le verre offert.

Avec un sourire timide l'Angèle en rajoute un peu dans le récipient à moutarde. Il boit la deuxième tournée.

Je lorgne le soldat. Voilà donc le prussien dont parlait la berceuse de ma mère si souvent entendue lorsqu'elle me cajolait tout petit, paroles en partie oubliées d'un Jean Baptiste Clément anonyme :

Venez, partons
En douce Allemagne,
Dit un prussien
À une maman.
Mais la mère tendrement
Embrassant son enfant
Dit mon cœur est français,
Il est grand et bien fait.
À trahir le drapeau
Je préfère le tombeau.
Fuyez, lâche soldat,
Vous ne passerez pas !

Il était question ensuite du *« prussien ivre de rage »* qui trucidait la mère et l'enfant avec sa baïonnette. Lui aussi qui boit sur le banc, il en a une qui pend au ceinturon.

L'Angèle attend, prête à en verser encore. Un bruit de bottes en dessous de la galerie et des mots allemands tirent le soldat de ses pensées. Il se lève maladroitement, réajuste son casque et tend sa main à ma mère : salut des humbles qui n'ont rien demandé et qui subissent la morgue des seigneurs de la guerre. Il dégringole l'escalier, glapit son rapport à l'officier d'où il doit ressortir qu'il a fouillé la maison de fond en comble et qu'il n'y a rien à signaler.

Danke.

L'Angèle, silencieusement, essuie avec le revers de son tablier des grosses larmes qui coulent de ses yeux bleus.

Comment on devient mécréant

Lorsqu'on va servir la messe le dimanche, on y communie obligatoirement à genoux, sur les deux marches de droite de l'autel avant d'accompagner le curé à la table de communion afin de déplacer de menton en menton le plateau argenté. Ce dernier prévient assez tôt un geste inconsidéré du curé ou encore du communiant, qui pourrait avoir des conséquences graves sur l'hostie cachant le corps du christ. On ne peut imaginer ce qui arriverait si l'hostie se cassait ou si elle était écrasée par une malencontreuse chaussure ; l'enfer pour la consommation des siècles ! En tant qu'enfant de chœur nous étions dans l'obligation de communier auparavant. Les règles sont strictes : il faut être en état de grâce et à jeun. Il n'y a pas de problème pour l'état de grâce car le passage à confesse te rend obligatoirement blanc comme neige.

Pour ce qui est d'être à jeun, c'est tout autre chose car la maison est beaucoup trop loin de l'église ; en hiver il fait froid et nul n'ignore que les années de guerre ont été dures côté frimas. Ce dimanche matin, je grelottais le temps de m'habiller. Jean était déjà dans la cuisine avec l'Angèle. Le lait sur le feu commençait à monter dans la casserole de laiton et les bols étaient sur la table, remplis de pain coupé en cubes sur lesquels on verserait le lait bouillant mélangé au mauvais café de la guerre, le tout composant le petit-déjeuner. Jean pousse un bol fumant dans ma direction.

« Je ne peux pas manger puisque je vais servir la messe et communier », ai-je dit.

Interloqué ou faisant semblant de l'être, l'oncle me regarde et me répond : *« Qu'est-ce que c'est que ces grimaces ? Diou de diou ! T'as vu le temps qu'il fait dehors et tu veux t'en aller sans rien dans le coco depuis hier soir ? Le petit jésus ? Y va pas se noyer. Allez, bois et mange et tu pourras au moins marcher dans la neige. Pas manger ! On aura tout vu ! »*

Dans sa bouche, cette dernière expression clôturait toujours son discours. J'ai eu beau regimber, arguer qu'au catéchisme on avait

dit et redit que communier en ayant mangé c'était un péché mortel, beaucoup plus grave qu'un péché véniel car le mortel nous envoyait immédiatement en enfer. L'oncle n'a pas été convaincu.

*« Mange, m'a t-il répété, tu verras que tu manges ou pas,
c'est pareil ! »*

Le lait fume encore, les croûtons de pains détrempés sont montés en surface en se poussant les uns les autres, cachant à moitié le manche de la cuillère en fer-blanc qui a perdu depuis longtemps son étamage. Hum, ce sera bon tout ça ! Et puis Jean n'a jamais tort, n'est jamais pris en défaut. S'il avait raison ? J'ai bu et mangé et suis parti ragaillardi par le bol d'un demi-litre. L'Angèle m'avait remonté vers les genoux mes bas bleu marine, près des culottes courtes, elle avait serré autour du cou l'écharpe bleu marine, le tout tricoté par ses soins. Elle a boutonné soigneusement le paletot de la Fifine et m'a expédié vers le curé avec une bise sonore claquant sur ma joue. Ainsi cacouné, il ne pouvait rien m'arriver : un contrat d'assurances multirisques ne ferait pas mieux.

Il restait quand même une question existentielle en suspens : qu'allait-il m'arriver au moment de la communion, l'hostie se noyant dans le pain trempé au café au lait ?

Je ne brillais pas, ni sur le chemin, ni en enfilant la robe rouge et le surplis blanc à dentelles. J'évitais de trop ouvrir la bouche me demandant si des preuves du repas me désigneraient à l'avance à la colère du curé et aux feux de l'enfer. Au début de l'office, je lorgnais le Saint Jean Baptiste dans sa niche. Il était comme d'habitude et ne dardait pas sur moi des yeux furibonds. Peut-être qu'il se réservait pour laisser ensuite libre cours à sa fureur ? Toujours est-il que je n'en menais pas large au moment de la communion sur les marches de l'autel.

L'hostie avalée, il ne s'est rien passé. Rien du tout. La messe a continué, l'harmonium a démarré, Robert a entonné "l'Agnus Dei", Saint Jean Baptiste est resté de plâtre et tout a été dit.

*« Alors, i s'est noyé oui ou non ? I s'est aperçu que t'avais mangé ?
J'avais dit que tu pouvais être tranquille. J'avais raison »*, me dit l'oncle, goguenard, au retour à la maison. Après les propos de Jean, on est passé à autre chose et on a tiré un trait sur cet épisode.

Poil de carotte, sous la plume de Jules Renard, a fermé la porte du poulailler en bravant sa peur et Madame Lepic déclare :
« *Poil de carotte, tu iras fermer le poulailler tous les soirs.* »

C'est la même chose pour moi et, tous les dimanches, j'ai déjeuné avant d'aller à la messe. Jean m'avait bien dit que ce n'était pas la peine de l'avouer à confesse, l'histoire n'a jamais passé le seuil de la maison.

Quel est ce dieu qu'on berne ainsi et qui n'y voit que du feu ?
Et si c'était une grande couillonnade ?
C'est comme ça qu'on grandit…

Neige

Les hivers de la guerre ont été rudes : les statistiques et nos souvenirs sont d'accord sur ce sujet. Après la bise du Léman qui caillait l'eau entre deux mottes de patregot[15], les pierres calcaires de l'encadrement de la cave suaient de tous les pores une humidité immédiatement gelée en poudre de diamant.

« Signe de neige » affirment de concert Jean et Melchior car ces pierres leur servent de baromètre. On ne va jamais couper du foin en été sans consulter l'oracle minéral. La pierre a parlé et ne se trompe jamais : là-bas, au-dessus de Genève, le ciel est couleur des jours malheureux de la guerre, cendre et plomb. On n'y voit pas grand-chose dans la cuisine, la lumière du jour fiche le camp vers les quatre heures. L'Angèle rabouille[16] le feu à grands coups de grillon[17] et par souci d'économie refuse d'allumer l'ampoule de quarante watts censée éclairer la pièce malgré les chiures de mouches dont elle est maculée sous prétexte que ce n'est pas l'heure. Elle coupe court à nos jérémiades d'un sans appel :

« *On y voit assez !* »

La grille avant du fourneau apporte un tremblotant halo rosé dans la pénombre de ce jour de Février 1942. L'Angèle se plaint d'être obligée d'allumer le fallot pour aller donner à manger au cochon et fermer le cabanon des poules au fond du jardin.

Quelques flocons poussent la stupidité jusqu'à s'échouer, sans avenir, sur le sol de la cour. D'autres suivent puis d'autres encore, panurges minables faisant les affairés derrière les carreaux de la fenêtre dégoulinante de condensation.

Peut-être qu'on sortira demain le becquet ?

15/ Patregot : c'est la terre argileuse, grasse, celle qui salit.
16/ Rabouiller le feu : on le secoue avec le tisonnier à travers la grille, les braises incandescentes sont remuées.
17/ Le tisonnier est un grillon.

C'est une espèce de luge surbaissée, œuvre de Melchior. Il a pris deux planches de chêne arrondies à la râpe vers l'avant pour faire les patins, ferrés par Henri, le maréchal-ferrant. Pour relier ces deux patins entre eux Melchior a cloué des planches de sapin délignées à la scie à ruban par Léon. Melchior travaille toujours solide, il fait dans le costaud ! Il a renforcé la verticalité des patins avec des traverses de poirier qui interdiront aux planches de chêne de se déformer avec l'humidité.

On dévale les chemins pentus sur cette étrange luge. On s'y couche dessus, la tête la première, à plat ventre, les deux mains cramponnées à l'avant des patins et guidant ainsi le becquet. Ça va vite, très vite dans les crossettes. Ce sont les chemins d'autrefois reliant les hameaux en passant au plus direct. Chemins trop pentus, seule liaison d'antan, aujourd'hui doublés par des routes que les véhicules empruntent. On est les rois dans les crossettes ! Pour aller à l'école on en descend une et on en monte une autre qui sera descente au retour. Le pied !

Le meilleur jeu consiste à accrocher deux ou trois luges au becquet qui devient alors locomotive et à descendre sur ce train improvisé. Celui qui est à plat ventre sur le becquet tient les patins de la luge qui suit grâce à ses pieds en portemanteau. Sur la luge qui suit est couché un autre fou qui tient, toujours par les pieds, la luge sur laquelle on a mis les filles, bas bleus et cuisses violacées par le froid. Sur le dos des garçons couchés s'installent les petits de la Dame qui s'agrippent tels des cavaliers tatars.

Et on descend à sept, huit, sur les trois luges qui décollent lentement et prennent rapidement de la vitesse pour ne s'arrêter qu'un bon kilomètre plus bas. Le serpent se casse souvent avec des pleurs et des bleus. Les boîtiers de classe se vident : il faut ramasser dans la neige l'ardoise, les crayons et le livre de calcul plein de flocons.

Il doit cependant y avoir un dieu pour les mômes : au plus fort de la vitesse, il faut viser juste entre les deux parapets de pierre taillée du pont qui enjambe le nant[18] au bas de la crossette. Il y a deux bons

---

18/ Le nant est un gros ruisseau.

mètres de passage, les paysans d'autrefois ne regardaient que la largeur de ce qu'ils avaient l'habitude de conduire : le tombereau, le char. On passe toujours, trop souvent juste certes, mais on passe ! Le jeu continue sur l'autre crossette, en dessous de l'école, jusqu'à ce qu'apparaisse en tempêtant le père Lebordet :

« Alors vous avez vu l'heure ? »

Sûr qu'on ne l'a pas vue !
Personne n'a de montre et il n'y a pas d'horloge au clocher.

Ô vergogne, c'est la seule commune à la ronde qui n'a pas d'horloge et pas non plus de monument aux morts.

Lebordet distribue les punitions :
« Toi et toi et toi, vous irez aux cendres ce soir ! »

Il envoie à la corvée de préférence les conducteurs de trains de luges. Qu'importe, à la sortie de la classe, ça n'en finira pas de monter et descendre les crossettes jusqu'à ce que le ciel soit beaucoup plus sombre que le sol blanchi. On a froid aux mains même en se prêtant les mitaines ; les genoux sont violets vu qu'on porte tous des pantalons courts ; les oreilles gelées car on peut bien tirer sur les bords du béret basque il n'est pas possible de cacher les deux lobes auriculaires à la fois. Si on en couvre un, l'autre devient glaçon, vite on découvre celui qui est chaud pour cacher le douloureux.

Les grands viennent parfois jouer chez les petits. Ils sortent le bob à René. Deux becquets supportent un bâti qui ressemble à une plate-forme de charrette pourvue d'une petite ridelle. Le becquet à l'avant est directeur tel un avant de voiture, il y a d'ailleurs un volant et une câblerie pour le manœuvrer.

Sur le becquet fixe à l'arrière deux bois de chêne pivotant autour d'un boulon servent de freins, l'un à droite, l'autre à gauche du bob. Six, sept, voire huit adultes s'entassent sur le bob et dévalent la crossette telle une tarasque terrifiante arrachant des étincelles sur les pierres gelées de la crossette.
Nous sommes respectueux des grands, et pour cause : ce sont des dangers publics, on dévale la pente derrière eux, sans faire les malins car ils ne sont pas avares de claques !

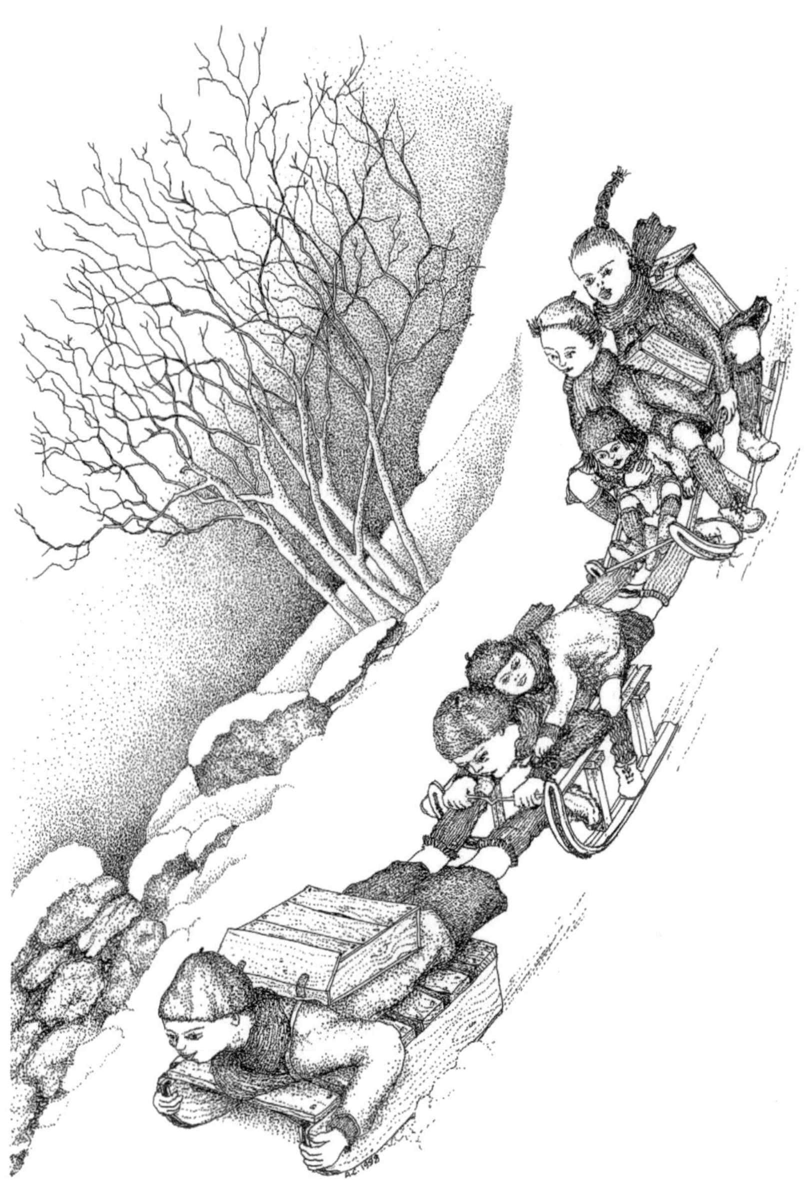

Durant l'hiver mil neuf cent quarante-deux tandis que Von Paulus se faisait encercler avec ses divisions par les Soviétiques et par le froid devant Stalingrad, ça on ne le savait pas, le curé avait décidé qu'il y aurait une mission. Je n'ai jamais su en quoi consistait exactement cette période de prières et d'offices, à cheval les uns sur les autres. La mission a laissé des traces : une croix en granite dressée vers le nant, non loin des marais rappelle cette mission. Un oratoire vers le château inauguré par nos prières porte la même date.

Autre témoin : la jambe de mon frère.

Il avait dix-huit ans et, à cette époque, était commis fruitier.

La fruitière, seul bâtiment construit à égale distance des trois hameaux de la commune, s'anime particulièrement matin et soir après la traite des vaches. Chacun y apporte son lait dans la boille et les trois crossettes prennent à ce moment-là des allures de rues piétonnes. Ouioui s'occupe du pesage du lait et note sur un carnet et sur un grand registre ce que chacun apporte.

Notre carnet, recouvert d'un vichy à carreaux blancs et roses, est très vite devenu crasseux. Les quelques litres livrés rapportent, mois après mois, la toute petite paie de la fruitière. On est loin des quotas laitiers de Bruxelles. Mon frère écume le lait devant la vieille Alfa-Laval, s'initie à la fabrication du beurre à la baratte, chauffe le lait dans une grande cuve en cuivre rouge pour donner naissance à la meule de fromage. Ce dernier mot désigne le traditionnel gruyère en langue savoyarde. Il s'occupe encore des cochons élevés au petit-lait et rapporte en prime, le soir à la maison, l'odeur des caillons[19] et de leurs excréments. L'après-midi, il lui faut saler, essuyer, retourner une à une les meules de fromage qui s'affinent à la cave.

Elles sont déclarées aux autorités d'occupation et prendront, en leur temps, le chemin du grand Reich, soutenant ainsi comme le gouvernement de Vichy nous en fait un devoir, l'effort de guerre des armées d'Hitler. J'accompagne parfois mon frère. La récompense des quatre heures c'est un bol de lait chaud avec beaucoup, beaucoup de crème rajoutée.

19/ *Les caillons : les cochons ou les porcs.*

La mission ? Nous y revenons : la multiplicité des services religieux devait donner une grande ferveur à la mission. Il fallait se presser tous les jours à l'église, prier pour l'âme des prisonniers de guerre, pour le maréchal Pétain, pour la patrie qui n'est plus une république mais l'État français, pour la victoire des milices combattant le diable bolchevique. Le curé tonnait du haut de sa chaire tandis que nous grelottions de froid sous la chasuble rouge et le surplis blanc de la tenue d'enfant de chœur. L'édifice était mal éclairé, froid comme un caveau, tout y gelait, surtout l'eau bénite. Il y avait bien un poêle à sciure qui rougissait ses flancs tollés dans la chapelle des hommes. Mais la tâche impartie à cet instrument n'était pas proportionnée à ses possibilités : dans un rayon de trois ou quatre mètres autour de ce fourneau, on crevait de chaud, les trognes devenaient cramoisies et la tendance au sommeil incontournable. Le curé tempêtait un ton au dessus afin de réveiller les endormis.

Était-ce une ruse de placer le poêle du côté des hommes pour les inciter à ne pas attendre au café, mais plutôt à rentrer dans la maison de dieu ? J'en suis persuadé. Toujours est-il que tous les soirs on se retrouvait à l'église et pour s'y rendre dans une neige qui ne fondait pas, on prenait les luges et les becquets dans le noir des crossettes. Les grands sortaient le bob. C'étaient des montées et des descentes à n'en plus finir avant et après l'office religieux.

Ce soir de Février, j'étais déjà rentré laissant les grands entre eux quand un grand bruit et des cris et des pleurs réveillent la maison. L'Angèle et Melchior se précipitent :

« *Oh, c'est toi mon grand ? Qu'est-ce qui t'arrive ?* » questionne l'Angèle.

Mon frère hurle de douleur tandis qu'on le porte de la luge sur lequel on l'a véhiculé, à l'intérieur de la maison. Son pied pend bizarrement tourné à l'envers et il geint de toute sa douleur :

« *Ma jambe ! oh maman ! Ma jambe !* »

À sept sur le bob, dans la crossette vers l'école, le bob lancé à pleine vitesse a mal pris un virage et un poteau électrique en bois qui se trouvait sur la trajectoire l'a stoppé net. Mon frère qui conduisait a eu la jambe coincée entre le poteau et le bob. Tout était brisé. On l'a hissé sur une luge et traîné sur deux kilomètres jusqu'à la maison.

Toute la nuit il a hurlé.

Melchior est allé chercher le docteur, à pied, dans la neige. Un docteur impuissant. Il a fallu appeler Gaby et son gazogène pour emmener mon frère à la clinique. Longue opération de la fracture ouverte. Intimidé, j'ai revu le frangin, pâle au fond d'un lit, la jambe immobilisée et étirée par un gros poids de fonte.

Jamais il n'a remarché normalement : commis fruitier c'était terminé.

« *Ah, la mission on s'en souviendra !* » s'exclamera souvent l'Angèle.

Il lui avait fallu se saigner aux quatre veines pour payer la clinique. Ça n'avait pas suffi de racler toutes les bourses et de les laisser exsangues : sur les deux vaches de l'écurie la plus belle était partie chez le maquignon.

Vierzon

Bien avant que Jacques Brel ne compose sa chanson je savais de façon indubitable que Vierzon était un endroit absolument extraordinaire à faire pâlir d'envie les habitants jaloux de Rome, Byzance, Samarcande ou Tuchébouliz.

La renommée de Vierzon devrait éclipser le reste du monde !

Moi qui n'avais jamais approché de mécanique voici que le monstre venait régulièrement dans notre cour, au rythme des fins d'été battre le blé : c'était la batteuse. On pouvait lire une plaque vissée sur ses flancs annonçant "X…Y…Constructeurs à Vierzon" Une ville, chef-lieu de canton du Cher, trente-cinq mille habitants appelés les Vierzonnais, capable de nous envoyer une semblable merveille ne pouvait être qu'unique et citée par tous et partout. Dire que Lebordet n'en parlait jamais à l'école. Fâcheux oubli de sa part !

À son arrivée dans le village, tirée par le tracteur Buldog Lanz, traînant derrière elle la botteleuse brinquebalante elle-même attachée à un chariot à quatre roues contenant les fûts de gas-oil, les bidons de graisse, d'huile, les outils tels les énormes clés à molette ou les crics capables de mettre à niveau la batteuse, les cales et les courroies ; c'était alors une caravane tonitruante qui faisait hurler les chiens et semait la panique dans un village habitué au bruit des charrettes tirées par leur cheval.

Il n'y avait pas d'autre tracteur à des lieues à la ronde. Le Buldog Lanz, énorme mono cylindre diesel avançait et reculait sur place au rythme du va-et-vient du piston. Pour faire démarrer le moteur le matin, c'était un cirque pas possible : il fallait tout d'abord faire le plein de gas-oil à partir des bidons du chariot, graisser à coups de pompe à main tous les graisseurs, mettre sous pression une lampe à souder à essence et attendre son fonctionnement régulier, la placer dans une boule métallique contenant l'injecteur et la laisser chauffer un quart d'heure. À ce moment-là, le mécano, voyant l'injecteur changer de couleur sous l'effet de la lampe à souder, donnait de l'élan au volant de régulation du moteur.

On entendait « *clap, clap, clap* » et puis « *clap, boum, boum, boum* ».
C'était parti jusqu'à la pose de midi car on n'arrêtait plus le Buldog.
Parfois, après une hésitation au démarrage, le moteur partait à l'envers.
On stoppait tout, avec dans la bouche du mécano un chapelet de « *putasserie de bon dieu* » et on recommençait. Une grande courroie allait
du tracteur à la batteuse, une autre donnait la vie de la batteuse à la
botteleuse : vous savez bien celle qui donnait toute l'année de la ficelle
en défaisant les bottes à l'écurie.

La batteuse avale les gerbes sur son pont supérieur, crache à
l'avant le blé dans des sacs, élimine la paille à l'arrière qui va dans la
botteleuse et laisse au passage, immédiatement au centre, la balle qui
s'accumule sous elle.

J'aurais voulu être juché sur la batteuse à défaire les gerbes pour
les étaler juste devant la gueule du foudroyeur. L'Angèle s'est récriée
que ce n'était pas pour les gamins et même qu'elle se rappelait avoir
vu un homme y laisser le bras. En moins de deux le foudroyeur le
lui a arraché, comme saint Hippolyte écartelé par quatre chevaux.
Expédié sur le solis, j'avais à déplacer les gerbes pour les lancer
dans le vide, près de la batteuse. Le jeu, là-haut sur le solis[20], c'est la
chasse aux souris. Elles ont élu domicile dans les gerbes, là où gîte
et couverts sont fournis. Lorsqu'on en soulève une, les petites bêtes
tombent sur le plancher et se sauvent pour trouver refuge dans une
autre gerbe. Le chat qu'on a fait monter ne sait plus où donner de la
griffe. Je l'aide à coups de talon mais les souris sont plus vives que moi.
À la dernière gerbe il n'y a plus rien pour se cacher et le balai d'osier
saisi à deux mains tombe sur les trotte-menu sans pitié ni remords :
elles bouffent notre grain.

La batteuse c'est aussi la poussière, la fatigue, mais encore un bon
repas car le batteur et ses aides mangent avec nous dans la cuisine.
Que diraient-ils s'ils n'étaient pas bien soignés par l'Angèle ? Elle a trop
d'amour propre et ne méritera que des compliments.

Durant la guerre, le gas-oil manquant, il fallut déplacer la batteuse
avec quatre chevaux et la faire tourner avec un gros moteur électrique.

20/ Le solis : le fenil

Pour l'alimenter on prenait directement le courant triphasé sur les fils électriques tendus entre les poteaux, à huit mètres du sol. Un jour, celui qui mettait les perches en place les a emmêlées et s'est électrocuté dans une grande gerbe de feu. Il en est mort les mains et les bras noircis par le courant : moi qui ne voyais pas les morts habituellement, sauf les enfants, ceux qui allaient dans les limbes nous avait dit le curé, j'étais servi avec celui du poteau d'en face !

Aujourd'hui, les batteuses finissent de pourrir juste à côté du Buldog Lanz, sous le toit d'un hangar vétuste. Un jour, je ne l'ai plus retrouvé ce hangar : une maison neuve a dû prendre sa place. Finalement Lebordet avait raison de ne pas signaler Vierzon à notre attention car j'y suis passé et comme chantait Brel dans sa "Valse à mille temps" : *« Alors j'ai vu Vierzon ! »* C'était pas folichon !

Des cartes, d'abord roses, puis désespérées

Elle les a toutes conservées, soigneusement empaquetées à l'aide de ficelle de bottes, paquet trop important qui ne rentre qu'à moitié dans une grosse boîte en fer-blanc attaquée par la rouille.

Voici, triés dans ce pêle-mêle, quelques extraits de cartes envoyées par son frère Joseph, le second de la fratrie, du service militaire tout d'abord puis du front ensuite, durant la grande guerre de 1914-1918. L'Angèle a eu quinze ans en mai 1915.

1ᵉʳ janvier 1915

J'ai l'espérance que le jour de l'an l'année prochaine sera plus gai pour nous. On n'ira pas au feu avant ce mois d'avril, alors il y aura du mal de fait. Prenons courage, le jour de gloire arrivera bien.

29 janvier 1915

Il fait froid, la bise souffle, à présent les gants servent. J'ai appris que la fille de Auguste était morte. Elle est morte d'ennui, sûr. C'est cruel, ces sales boches nous en font bien mais on va leur remuer quelque chose qui ne sera pas d'ordinaire.

20 février 1915

Le métier devient dur. On nous fait barder et on nous prépare tout fort. On va trois fois par semaine au stand de tir et on fait des marches souvent. Voilà déjà quelques jours qu'on fait des tranchées… Je ne veux pas trop me plaindre car on a de bons chefs mais c'est la guerre. J'ai espoir de voir la maison. J'ai bon courage.

13 mai 1915

Le convoi qui est parti il y a quatre jours est déjà à Arras. Ils se battent déjà…

20 juin 1915

On est arrivé au repos hier. On couche sur un peu de paille. On sort de 5 à 8 heures du soir au village voisin mais on ne peut rien acheter

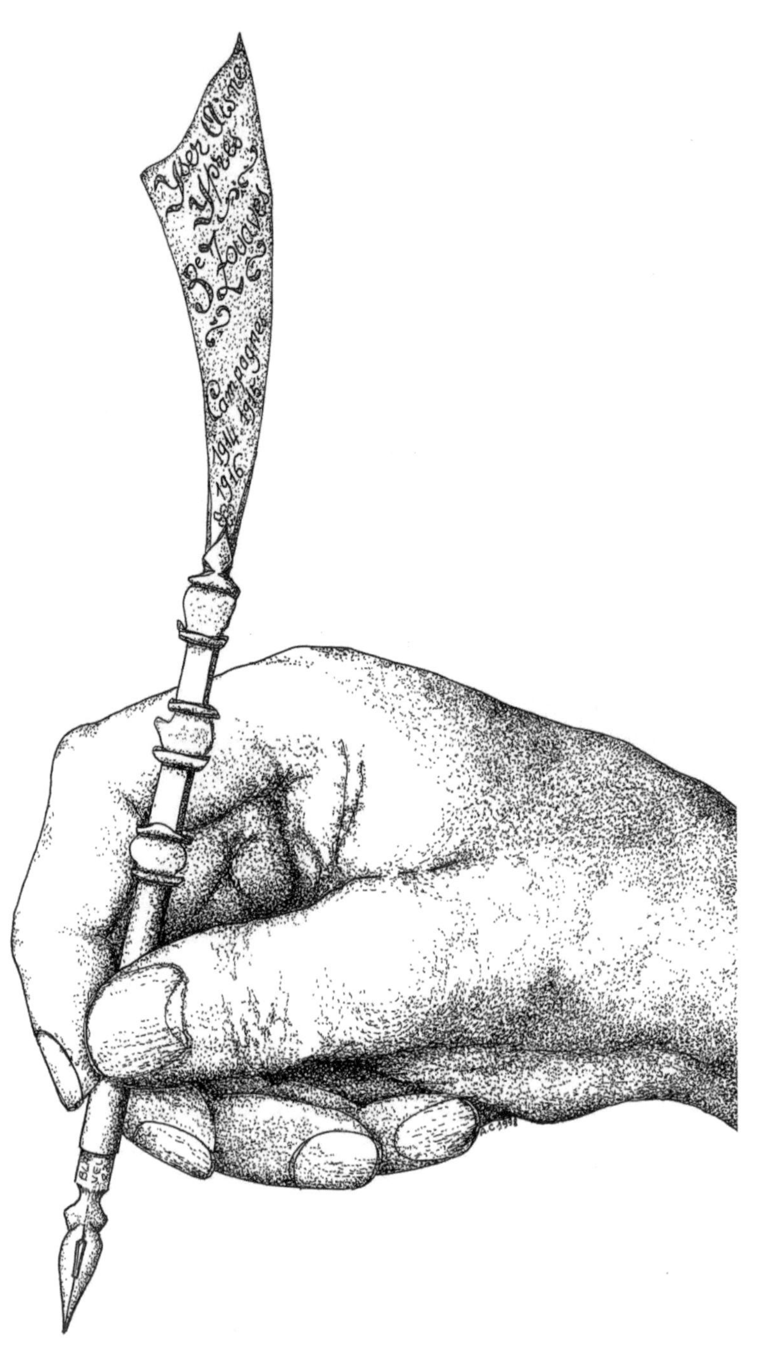

Yser Aisne
Ypres
3e Zouaves
Campagnes
1914 1915
1916

car tout est cher. Mon frère dit qu'il faut pas se faire casser la gueule, à votre pensée on dirait qu'on se fait tuer exprès. Hier soir les boches nous ont balancé des obus de 210 qui sont tombés tout près.

23 juin 1915

On est toujours en tranchée. J'ai appris hier que Duranzier est mort aux Dardanelles et qu'Alphonse a été tué aussi au 2ᵉ zouaves. Les pauvres conscrits de la classe 15 sont peu favorisés. Il va pas en revenir un gros tas. Quand j'ai appris ça, ça m'a découragé en plein. On voit tomber les camarades, à présent je n'ai pas d'espoir de revoir la maison. Je voudrais bien savoir des nouvelles des autres du pays, pourvu qu'il n'y ait pas d'autres malheurs…

1ᵉʳ juillet 1915

On nous fait faire l'exercice comme aux bleus. Il faut venir au régiment pour faire l'imbécile !...Je vais écrire à Edmond. Il a eu de la chance de s'en tirer à si bon compte et d'être évacué. Ici, il faut avoir la tête dans la musette pour être évacué… D'ici à trois ans la guerre sera finie.

28 décembre 1915

Je profite d'un petit moment de repos à la tranchée pour donner de mes nouvelles qui sont bonnes. On supporte tout sans trop se plaindre…

Au début de 1916, un obus le blesse très grièvement.
Évacué dans un état désespéré, il s'en sort.
Sa sœur, elle qui n'avait jamais pris le train, vient le voir à Lyon.

11 juin 1916

Je vais de mieux en mieux, je commence à manger et d'ici quelques jours je pense à me lever. Ma blessure va mieux. J'écris pas long, ça me fatigue.

On a toujours rendez-vous avec la guerre !

Elle l'a rattrapé, un quart de siècle plus tard : chef de gare à Chambéry, il a été tué dans le bombardement de sa gare.

Les étrennes

« Alexandre !
Ô, Alexandre !?!»

« Dis donc mon petit, va voir qui c'est qu'appelle» me dit l'Angèle en se retournant vers moi, la patte à relaver à la main, alors que je joue avec la porte du fourneau.

« Et laisse cette porte, elle t'a rien fait et va voir qui c'est. »

Sorti sur la galerie, j'aperçois la figure de la Jeanne qui est là, dans la cour et regarde en l'air. D'où je suis je ne vois que sa tête encadrée par deux bacs à œillets.

« Viens voir Alexandre, j'ai quelque chose pour toi. »

Je descends les escaliers, m'approche et lève les yeux. Elle se penche vers moi, fouille dans la poche de son tablier de marraine et en sort ce qu'elle avait soigneusement préparé.

« Tiens, c'est tes étrennes. »

L'Angèle est sur la galerie et suit des yeux la scène après avoir salué sa voisine et cousine germaine d'un *« Adieu Jeanne »* en s'essuyant les mains à son tablier bleu. À cette époque on ne disait pas bonjour quand on se rencontrait mais adieu. Ce mot était réemployé au lieu de dire au revoir. La conversation était une suite d'adieu.

« Qu'est-ce que tu dis à la marraine ?
- Merci beaucoup marraine. »

Les étrennes arrivent dans ma main sans affection et sans une bise : la voisine a fait son devoir. Et c'est ainsi que je me retrouve heureux possesseur d'un chapelet et d'une barre de chocolat Révillon pliée dans du papier doré.

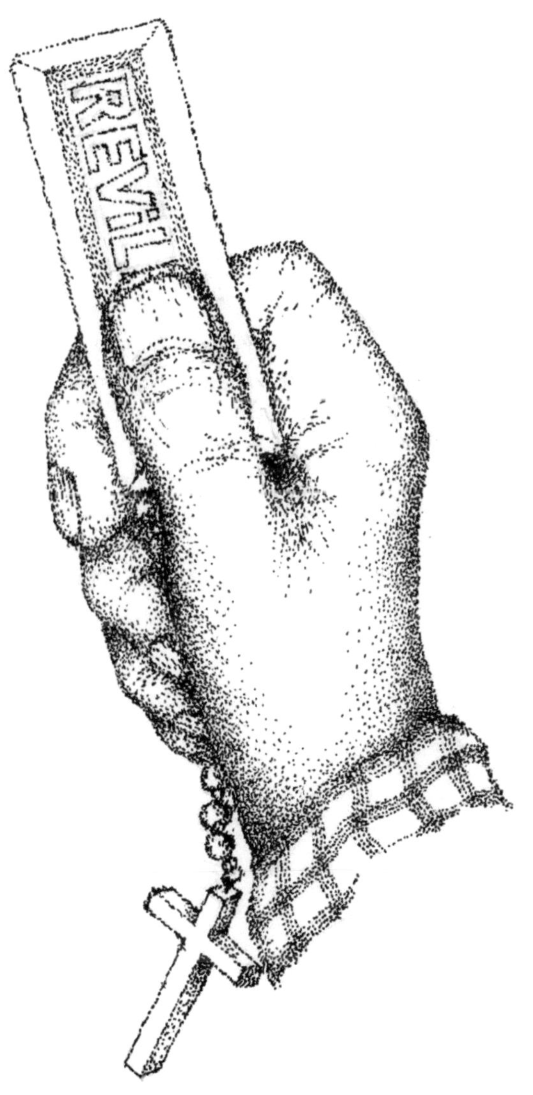
REVIL

« Adieu petit.

- Adieu marraine. »

C'est fini jusqu'à l'année prochaine et j'aurai forcément un autre chapelet, ça c'est sûr et peut-être une barre de chocolat, ça c'est beaucoup plus incertain.

Pourquoi des chapelets ?

La marraine est bigote, c'est la bigote des bigotes. Pas un jour ne se passe sans qu'elle assiste à la messe de sept heures et le dimanche elle sort le grand jeu : petite messe, grand-messe à dix heures, les vêpres à trois heures[21].

L'Angèle se demande souvent : *« Elle en a tellement de péchés à se faire pardonner ? »*. Les vertus cardinales prônées par la religion ce n'est pas spécialement sa tasse de thé. La charité par exemple, elle ne la pratique pas. Ses voisins peuvent être dans le besoin : elle priera pour eux et c'est largement suffisant. Quant à moi, pourvu de chapelets, je ne devrais avoir qu'une chose à souhaiter, pour compléter la collection : ah, vivement que vienne l'année prochaine et le temps des étrennes !

21/ *Y compris les trajets pour se rendre aux offices, le temps passé s'élève à une heure trente un jour de semaine et à six heures le dimanche. Rajoutons les services spéciaux de Noël, Pâques, quinze août etc. nous arrivons largement à huit cents heures par an. Elle aura son ciel !*

Chance

Sept ans ? Oui, je crois que je les avais. L'électricien est venu saluer l'Angèle et ne s'est pas fait prier pour accepter une tasse de café réchauffé au goût dominant d'orge et de chicorée. Faussant compagnie à ma mère qui pluchait ses pommes de terre du repas de midi, je suis ce diable d'Hubert capable de se hisser sans effort apparent au sommet des poteaux de bois. Les griffes d'acier fixées à ses pieds lui permettent cet exploit.

Il est là-haut, à plus de huit mètres du sol, les poches du coltin gonflées d'outils et un rouleau de fil de cuivre en guise d'écharpe. Il doit effectuer un branchement entre le poteau et une maison voisine. Pour l'instant il ligature l'extrémité du fil qu'il a monté sur son cou. Les pinces universelles font le va-et-vient, suivant ses besoins, entre la poche du coltin et sa main droite. Tiens, il a posé les pinces à cheval sur un fil tendu. Il les prend et les repose au même endroit.

Fatigué de le regarder en tenant la tête en arrière au pied du poteau je m'intéresse au contenu de sa boîte à outils, juste vers mes pieds. Sous mes yeux il y a des trésors. À croupetons, immobile, je n'en finis pas d'examiner son matériel avec les tasses[22] de porcelaine blanche.

Les pinces sont passées devant mes yeux et se sont fichées en terre entre mes deux genoux. J'ai à peine senti un petit choc sur le front, une espèce de coup de baguette.

Je lève la tête.
Là-haut, Hubert ne bouge pas, il est comme paralysé.
« T'as rien mon petit ?
- Moi ? Non non. »

Il descend en mesurant ses gestes, pâle, s'écarte et s'appuie contre le mur à l'Hortense, incapable de tenir debout.

22/ Tasse : isolateur en porcelaine blanche

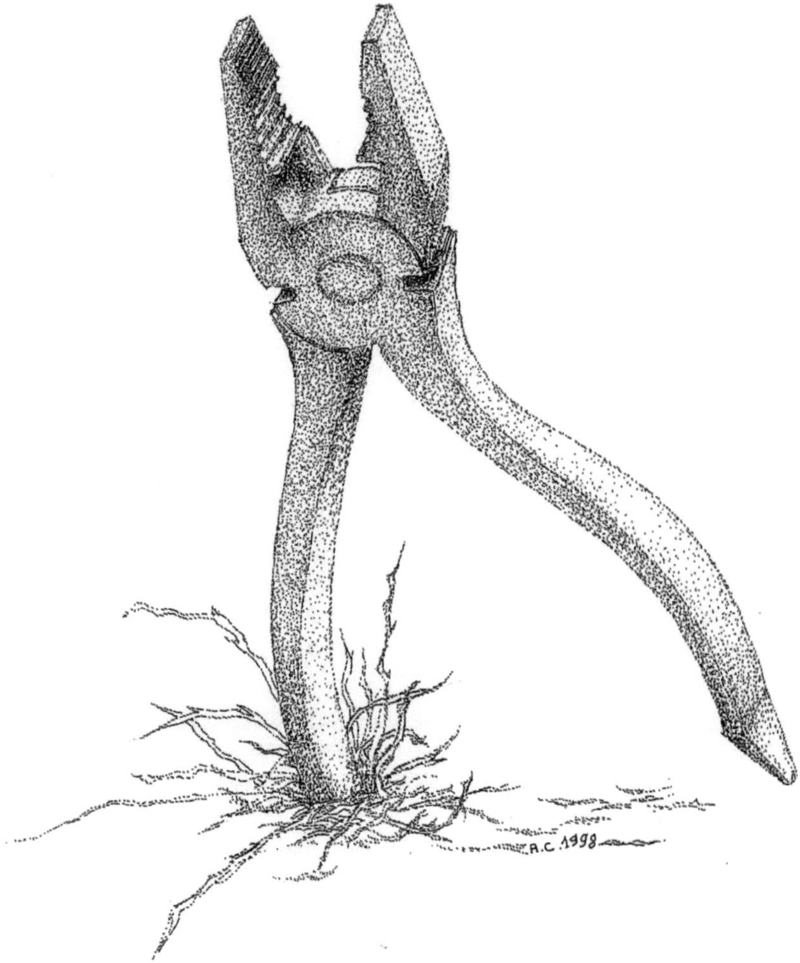

Il me prend ensuite par la main et m'amène à ma mère. Je n'ai pas compris sur le moment pourquoi tous les deux pleuraient et pourquoi encore ma mère me caressait le front. Il n'y a pas plus pointu sous tous les angles que les pinces universelles. Celles-ci devaient peser trois cents grammes.

Entre la vie et la mort il n'y a même pas l'épaisseur d'une feuille à cigarette.

Vivre sans terre à cultiver

« Souffle, souffle magnin si tu veux gagner ton pain ! » dit l'Angèle lorsque la soupe est trop chaude dans la cuillère pour être avalée. Le magnin est magique. Il arrive dans le village avec sa trogne ronde noircie par le métal et encadre sa bedaine dans les portes de chaque logis quémandant des ustensiles à rétamer. L'Angèle lui confie régulièrement les cuillères, les fourchettes en fer-blanc, le pochon, autrement dit la louche, dont on se sert régulièrement pour des pochées de soupe. Le magnin nettoie à l'acide tous ces instruments avant de les tremper dans le bain d'étain liquide et de les ressortir brillants comme des sous neufs. Le résultat en jette un jus au début mais le métal ferreux réapparaît rapidement avec une couche d'étain qui devient peau de chagrin et s'en va. Ce qui motivera des reproches amers de l'Angèle sur les mauvais résultats du magnin. Il lui promet dans son français très approximatif de Calabrais que, cette fois-ci, les couverts tiendront toute une année. Si c'est pas vrai, le menteur n'est pas loin.

Mais pourquoi diable, me direz-vous, pourquoi *« souffle, souffle magnin ? »*

Autour de sa petite forge dans laquelle il s'affaire pour étamer ses pièces en métal, il souffle et s'active avec un vieux soufflet de cuir et s'acharne sur le coke incandescent.

D'autres ont une forge. Il y a d'abord Henri qui ferre les chevaux et répare les machines agricoles. Il n'a pas son pareil pour recharger en métal le couteau et le soc d'une Brabant qui a trop labouré de pierres. Sa forge est allumée du matin au soir afin de faire face à toutes les demandes : un cheval vient avec son propriétaire pour être ferré, ce sera sur le champ.

En revenant de l'école je m'arrête pour le regarder plaquer son fer rougi sur le sabot de corne qui fume dans une odeur vraiment insupportable. Le pied du cheval est posé sur le tablier de cuir de la cuisse un peu repliée du forgeron. Quelquefois le cheval se cabre, rue. Les mômes, allez un peu plus loin !

*« Un jour, explique-t-il, j'ai reçu un coup de pied en pleine poitrine,
ça m'a cassé trois côtes, alors hein, recule ! »*

Outre la forge allumée que je rabouille derrière son dos d'une
timide pointe de tisonnier voici la seconde merveille : le chalumeau
oxyacétylénique. Lorsqu'il a besoin de s'en servir il ouvre un petit robinet qui laisse tomber de l'eau goutte à goutte sur la réserve de carbure
et le transforme en acétylène. C'est la même chose dans la lampe à
carbure qui nous permet, le soir, d'aller à la pêche aux grenouilles. À
l'école, Lebordet nous explique la combustion, le poste à Henri nous
fait tout comprendre. De temps à autre il faut aller vider le carbure dans
le trou à Manet et Melchior m'a bien prévenu qu'il ne fallait surtout pas
toucher cette boue blanche. On va quand même la gratter avec une
baguette de noisetier à la main.

L'autre forge, c'est celle de Camille "à zizé", le voisin d'en face, avec
le gros soufflet actionné à la main. C'est le spécialiste du cerclage des
roues en bois qui disparaissent dans la fosse briquetée en hauteur
de deux mètres de diamètre dans une gerbe de fumée blanche et de
flammes. J'ai souvent approché la fosse large de quarante centimètres
en tentant d'en toucher le fond à l'aide d'une grande baguette. En vain.

Celui qui me ravit le plus le cœur c'est encore Léon le charpentier. son pantalon côte futaine tire-bouchonne, saupoudré de la sciure
fine de la scie à ruban tandis que les copeaux de la raboteuse restent
accrochés à ses mèches de cheveux noirs et ondulés ou se coincent
entre la ceinture de flanelle et sa chemise à carreaux. La porte de
l'atelier est toujours ouverte et je le regarde n'ayant pas assez d'yeux
pour tout enregistrer et mémoriser. Beaucoup plus tard, à la lecture du
livre "Colas Breugnon", l'image de Léon coïncidera avec celle du héros
mythique de Romain Rolland.

Il bascule le levier, interrupteur du gros moteur triphasé qui entraîne
la raboteuse. La main sûre saisit la courroie poissée du mécanisme d'en-
traînement de la machine et donne de l'élan à l'ensemble. La courroie
saute parfois avec un accompagnement de jurons tout à fait adaptés à
la situation. Interdit d'y toucher à cette courroie. Si Léon tourne le dos
j'en profite pour jeter un paquet de copeaux sur ce train sans fin. Le
maître est occupé à dégauchir une planche de sapin sur le plateau de
fonte dans un ronflement sourd du cylindre supportant les couteaux.

CAMILLE À ZIZÉ DEVANT SA FORGE
A.CLERINO_2004

La gerbe de copeaux part en éventail. Le passage terminé, Léon lève sa planche, ajuste dans les copeaux un jet de salive brunâtre car il chique plutôt que de fumer à cause des risques d'incendie et vise d'un œil averti la planéité de sa planche sur une face.

C'est bon ? Elle passera ensuite à la raboteuse pour rendre les deux faces parallèles. Il veut trop en faire en seule passe et l'engin proteste, geint tandis que le gros moteur triphasé baisse de régime et que la courroie claque de travers. Il mesure, réfléchit à ses montages, empoigne le trusquin et découpe ses tenons tandis que la colle à bois reste au chaud, à bain-marie sur un coin du poêle qui élimine sciure et copeaux.

C'est avec lui que j'ai découvert le plaisir de caresser de la paume de la main une planche rabotée, le plaisir de voir apparaître l'odeur et le veinage du bois. Plaisir toujours présent des décennies plus tard…

Si une définie[23] sonnait au clocher, on venait lui commander une dernière parure. Il arrêtait alors le travail en cours et tel le croque-mort de Lucky Luke, il allait prendre les mesures du disparu sans cesser de mâchouiller sa chique. Sur le champ il descendait les plateaux de chêne séchant sur le solis et se mettait au travail, s'arrêtant seulement le temps que le vernis durcisse. Il fallait faire vite, surtout en été, pour mettre le mort en bière.

Léon livrait le costume de bois attaché sur le barot qu'il nous avait emprunté en ayant soin de serrer dans le cercueil un vilebrequin avec tournevis afin d'ajuster le couvercle de chêne sur la boîte. Les dernières vis bloquées, le mort mis en place avec efficacité et déférence, il balayait les copeaux bruns du bois de chêne en toilettant sa dégauchisseuse, refermant ainsi sa parenthèse de croque-mort.

Il attaquait ensuite en bois blanc, en sapin, la suite de la commande des vivants.

23/ *Définie: bruit particulier des cloches annonçant aux vivants qu'un des leurs venait de passer de vie à trépas.*

Le briquet

Ouioui, voisin et cousin, portant le prénom des rois de France a laissé sa jambe à la guerre de 14-18 et en a rapporté un pilon en aluminium avec un gros embout en caoutchouc noir qu'il change lorsqu'il est usé, le tout flotte dans son pantalon qui ne cache pas grand-chose vu le diamètre du pilon. De temps en temps, il se plaint que sa jambe le gratte : c'est celle qui lui manque qui se rappelle à l'ordre. Plus tard, lorsqu'il sera question du cuisinier pirate unijambiste de "L'île au trésor", la silhouette de Ouioui sera au fond de mes yeux.

En plus du pilon, il a aussi rapporté de la guerre un briquet à essence d'une dizaine de centimètres de longueur, fabriqué à partir d'une cartouche de mitrailleuse. Il faut sans cesse tirer la mèche, remettre des pierres achetées au bureau de tabac, imbiber le coton d'essence, parfois c'est tout le briquet qui s'enflamme quand on vient de mettre trop de carburant. Il fonctionne toujours, vingt ans après la guerre et il fait une drôle de bosse dans son coltin.

Pour fumer sa clope, Ouioui prend une feuille de papier à cigarette, sous l'élastique, dans l'étui blanc et jaune marqué "Job". Il la colle avec sa salive, juste sur le bord de sa lèvre inférieure, en attente de la suite des opérations. De sa main droite, en un temps record et avec un miracle d'adresse que j'ai toujours admirée, il est capable de sortir de sa poche une pincée de tabac gris. Il la pose sur la feuille et roule sa clope d'une seule main, la droite. De la pointe de sa langue il humecte le bord du papier pour coller la cigarette et il ajuste son trophée sur ses lèvres tandis que sa main gauche cherche le briquet.

S'il parle alors quelque peu, la cigarette se vide de son contenu tel un sablier courant après le temps qui passe. Le briquet n'allume plus qu'un tube de papier qui se consume en une seconde et vient chatouiller de sa flamme lèvres et moustaches. Zéro, à refaire ! Il recommence une autre cigarette. Un jour, c'est le drame à l'intérieur des cacatières. Par quel funeste hasard le briquet a choisi de tomber de la poche du coltin et de disparaître par le trou du cabinet, juste dans la fosse au dessous ?

Il a mal choisi le lieu de son escapade car il a coulé à pic, comme un caillou dans cet océan de merde. Tourneboulé par cette catastrophe, Ouioui se dit qu'il faut absolument récupérer cet instrument auquel il tient tant.

Ouioui s'arme du gaume. C'est un seau de fer-blanc, sans anse, mais muni par côté d'un long manche en bois. Avec cet instrument on peut aller touiller la merde. Deux jours durant, il s'est escrimé à chercher son briquet à l'aide du gaume et d'un bâton. Il doit vider presque totalement la fosse et épandre son contenu sur le tas de fumier qui est juste à côté.

Répondant par monosyllabes aux questions des uns et des qui passent sur la route nationale et qui s'enquièrent :
« Qu'est-ce que tu fais Louis ? Tu vides les cabinets ? »

Le cousin envoie sur les roses sa sœur et son beau-frère qui lui conseillent de laisser le briquet là où il est et d'en acheter un autre, plus petit, plus moderne. Ouioui s'acharne, scrutant d'un air contrarié des fonds opaques et malodorants. Le dicton dit vrai quand il affirme qu'il ne pas trop remuer la merde car elle sent trop mauvais.

Le voilà ! Il a réussi sa pêche miraculeuse et la douille de mitrailleuse, morceau de laiton brillant, gît sur le tas de fumier au milieu des étrons. Ouioui la prend comme une relique, l'emporte, la nettoie, la démonte et la sèche. Il change mèche coton et pierre. Un peu d'essence, il tourne la molette : le souvenir a retrouvé sa fonction première et par voie de conséquence la poche du coltin.

La récup

On ne jette rien, la preuve : le trou à Manet, ancienne gravière désaffectée d'une vingtaine de mètres de diamètre dans laquelle on jetait les rebuts, n'a jamais été remplie en trente ans. Quelque vieux fourneau aux parois gangrenées par la rouille, des marmites cassées et des seaux sans fond venaient s'échouer dans le trou à Manet. Un seau en fer-blanc perd-il par le fond ? Le paysan l'emporte chez le "magnin", l'étameur, qui bouche le trou avec une soudure à l'étain. Le seau tenait l'eau jusqu'à la prochaine soudure des années plus tard. Puis ce fond devenu passoire est changé par l'ingénieux artisan magnifiquement adroit de ses mains calleuses. Calabrais immigré il émaille son français très approximatif de mots et de phrases dans son patois d'origine. Il bégaie en français et lorsque ses explications sont trop difficiles il continue à toute vitesse dans sa langue d'origine : les mots alors sont expédiés à toute vitesse, ils ne se bousculent pas au portillon mais on n'y comprend rien. *« Fa niente, e bene cosi ! »*

À un moment donné les flancs du récipient rouillant, le magnin refuse tout net de s'en occuper. Le seau réformé quant aux liquides sert alors à d'autres usages, ramasser les pommes pour le cidre en automne, porter les betteraves râpées devant les vaches à l'écurie. Quand les pommes passent à travers la tôle du seau le voici qui vit sa deuxième réforme et est reconnu apte aux emplois statiques. À demi enfoncé dans la terre du jardin, il sert de réceptacle aux graines de persil. Posé dans un coin de l'enclos du poulailler il reçoit "ça aux poules". Longtemps après, à contrecœur, le paysan se décide à le jeter dans le trou à Manet ce qui fut seau une ou deux générations avant lui. Ceux qui l'ont acheté sont morts depuis longtemps et le seau était resté toujours vaillant.

La laine est tricotée, détricotée, retricotée. Après avoir fait des châtres à n'en plus pouvoir aux talons et extrémités des chaussettes ou aux coudes des maillots, l'Angèle détricote. Elle peste contre les fils de laine coupés dans les vieux trous car, sans cesse, il lui faut faire des nœuds, des aponses comme elle dit. Elle a pris soin de balayer le plancher de la cuisine et son fil de laine vient dessiner des arabesques sur le sol. En mettant à sa disposition mes deux bras de gamin, je dois l'aider à faire des écheveaux. Ils seront lavés, mis à sécher ces paquets de laine, puis pelotonnés pour être retricotés et tenir chaud sous forme de bas courts ou longs suivant qu'ils s'arrêtent au-dessus de la cheville ou au genou, de maillots ou encore d'écharpes. On avait toujours les mêmes couleurs : bleu marine, gris anthracite, beige marron, noir.

Le même principe de recyclage régissait le reste de ma tenue vestimentaire. Là intervenait la Fifine, couturière respectée par son art incomparable à récupérer les vieux tissus. Elle demandait peu de chose pour son travail sachant bien que trop demander lui ferait perdre une clientèle fidélisée par ses tarifs d'un autre âge.

D'un pantalon d'adulte déjà raccommodé aux genoux et aux fesses elle gardait les morceaux non ravaudés afin de confectionner des culottes courtes qui devaient faire merveille sur mes quilles de môme. La Fifine, prévoyante, faisait des pantalons trop larges à la taille, ils pourraient ainsi tenir pendant des années. Heureusement qu'elle n'oubliait pas les six boutons pour les bretelles en coton qui ressemblent tout fait à celles de Hardy. La culotte terminée, après un essayage en bonne et due forme, elle tendait à l'Angèle le reste du tissu récupéré en disant :

« Tiens, garde ça pour refaire le fond de la culotte ! »

Ces pantalons de gros drap avaient au moins deux défauts absolument rédhibitoires : les poches confectionnées avec de la doublure fusée ne tenaient pas du tout dans le temps et étaient tout de suite trouées. Adieu les trésors cachés dans les poches ! L'ourlet du pantalon au drap mal plié et mal cousu devenait une bonne râpe sur mes cuisses à la peau tendre et sur mes attributs de mâle en devenir d'autant plus que l'absence de slip sous la culotte courte se faisait cruellement sentir. Mes vêtements de gosse ne sortaient pas de chez Agnès B mais des mains d'une veuve qui a oublié de les signer et n'a pu passer à la postérité. Dommage, ça valait bien la mode grunge !

Arthur du magasin, le noble à la banque de chêne avec ses tiroirs à poignées en laiton en nombre impressionnant, tiroirs qui débordaient de trésors, n'avait pas estimé intéressant la vente de papier hygiénique car son utilisation constituait un luxe dispendieux dont au village chacun aurait rougi puisqu'un morceau de journal fait si bien l'affaire. On connaissait par tradition les "moult façons de se torcher le cul" répertoriées par Rabelais. Melchior avait enfoncé dans un des chevrons du toit des cacatières un clou sans tête. L'Angèle découpait dans des journaux récupérés ici ou là des carrés de papier d'une vingtaine de centimètres de côté, suspendus en liasse sur le clou de Melchior. L'oncle Jean, durant la guerre, trouvait que l'utilisation de la photo du maréchal Pétain, publiée dans le journal, était particulièrement la bienvenue. L'Angèle se récriait :

« Au moins dis pas ça devant les gosses ! »

La batteuse passée, la paille bottelée prend place sur le fenil et les bottes descendent une à une à l'écurie pour changer la litière des vaches. Les deux ficelles qui entourent la botte sont mises de côté et pendues à un clou du solivage de l'écurie, rejoignant leurs consœurs pour constituer une réserve dans laquelle on piochera pour tout ce qu'il faut attacher, lier, aussi bien les sacs de pommes à cidre ou de patates que les plants de tomates sur leurs échalas au jardin. Le cas échéant, la ficelle de botte servait de ceinture ou permettait de remplacer un lacet cassé. En douce, je vais piocher dans ce paquet pour avoir la corde d'un arc, le nécessaire au train de boîtes de sardines vides traînées dans la poussière de la cour. L'Angèle, pas dupe, fermait les yeux.

Couper l'herbe pour nourrir les vaches, que ce soit sous forme de barot quotidien, que ce soit pour faire les foins, il y faut de bonnes faux. À force de couper, d'être enchapées sur l'enclumette, elles s'usent et parfois se cassent.

Là un forgeron intervient. Dans la lame de faux un morceau de quinze centimètres de long est découpé et monté grâce à deux rivets rougis à la forge pour tenir sur un support métallique lui-même adapté à un long manche de frêne. Le tout fait un excellent rablet, libre à vous de l'appeler sarcloir. Pour mes bras de môme de petite classe, l'Angèle a fait faire un petit rablet à manche court : putain d'outil, m'a-t-il fait suer cet instrument !

Tout est utilisé, réutilisé, recyclé selon le terme à la mode aujourd'hui, un morceau de harnais devient gond de placard, la lame de faux en rablet. Tous les déchets, épluchures par exemple, nourrissent volailles et cochon ; s'ils sont vraiment immangeables ils pourrissent sur le ruclon en élaborant le compost. Tout est usé jusqu'au bout, on ne jette qu'à contrecœur et seulement après mûre réflexion.

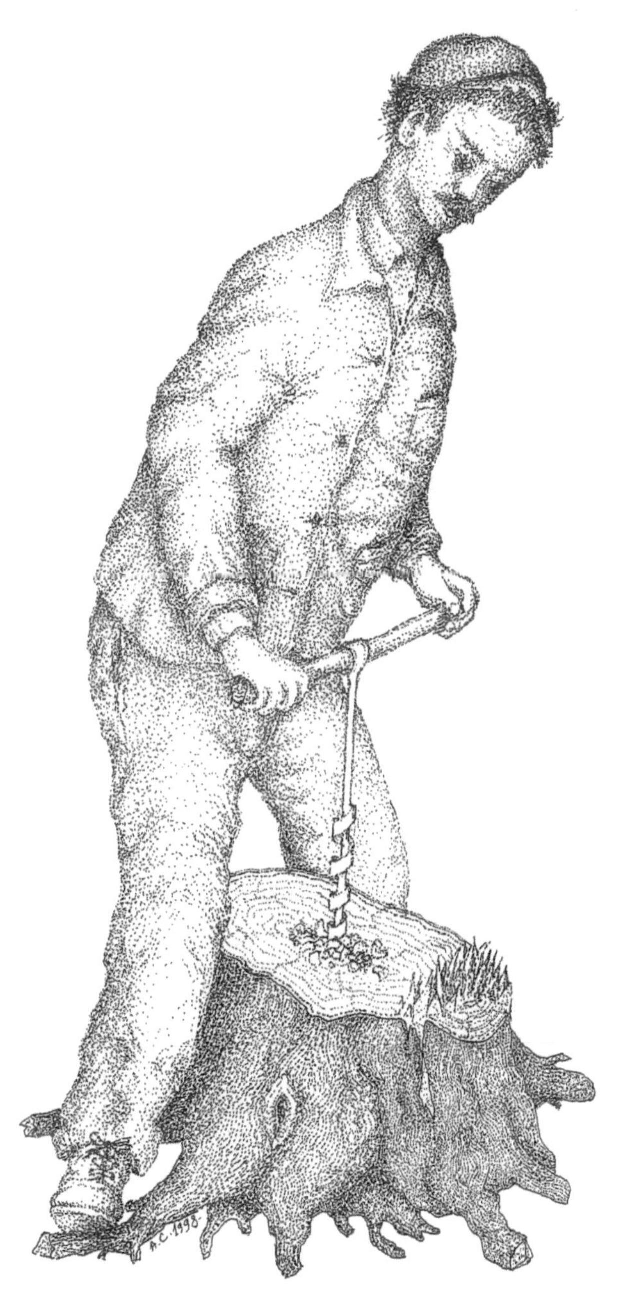

« Chez ces gens-là, Monsieur,
On ne jette pas, Monsieur,
On ne jette pas. »
Voilà ce qu'aurait chanté Jacques Brel.

L'Angèle qui sait le juste prix des choses n'hésite pas à récupérer le crottin de cheval sur la route : il servira d'engrais à ses géraniums.

Coupe-t-on un arbre ? On extrait du sol la partie noueuse d'où partent les racines. On ne va quand même pas perdre ce bois de chauffage et si la hache et les coins d'acier sont incapables d'en venir à bout : on fera parler la poudre noire !

Cinquante ans après, je suis effaré. Le "creux à Manet", on l'aurait comblé en six mois avec nos ordures.

La lambique

Elle arrive bientôt. Ça, c'est le bavardage des hommes autour des picholettes au bistrot qui nous l'apprend. Elle sera là lundi prochain. Voilà ce qu'affirme le papier affiché par l'Éloïse.

Elle est dans le village, la lambique. Pardon de parler ainsi de la machine à goutte : depuis que Lebordet nous a appris, dans la classe du certificat d'études, ce que c'était que les phrases alambiquées qui ne vont pas droit mais suivent les courbes du serpentin, on parle d'alambic et non de la lambique. On en cause au féminin de cette grosse mère pansue et cuivrée qui va de village en hameau faire couler l'alcool dans les bonbonnes.

La machine prend ses quartiers au centre du village, à côté du bassin car elle est grande buveuse d'eau fraîche. Durant huit jours elle fait partie du paysage et s'intègre à la cour du bistrotier, avec son pitain traité qu'elle vomit de ses entrailles de cuivre et qui ressemble à de gros excréments qui la colleraient au sol. Elle est bel et bien prisonnière de toutes les familles, bouilleurs de crû sans exception, qui ne l'autoriseront à reprendre la route que lorsqu'elle aura craché sa dernière goutte de goutte. On prend rendez-vous avec elle et on ne passe pas derrière n'importe qui : si le pitain de certains a mal fermenté et qu'on arrive juste après eux à la machine, notre goutte peut avoir mauvais goût. Il y a des ruses de sioux, des hésitations, des palabres pour passer au bon moment dans les bras de la belle. Autre impératif : il faut que la machine soit bien chaude si on veut que le pitain rende tout son alcool. Il n'est pas question de passer le premier le matin.

Le pitain ? Les pommes et les poires broyées et pressées, le raisin écrasé pour en extraire la maude et le vin, il reste dans le pressoir ce qui a été « pitaté », serré pour en extraire le jus : voilà le pitain. Il est mis dans un gros tonneau vertical dont on a enlevé la porte de remplissage. Entre les douves du tonneau, durant approximativement trois mois, va s'opérer la fermentation alcoolique à l'abri de l'air extérieur, transformant en alcool le sucre restant dans les résidus de pressage. De temps en temps Melchior ou Jean, mettent leur nez sur l'orifice découvert du tonneau et jugent à la narine le degré de transformation.

Arthur régit tout dans son magasin. On peut tout y acheter ou presque : Journal, pain, tabac, essence à la pompe à cinq litres, épicerie, tissus, boutons, aiguilles à coudre ou à tricoter, laine, recette buraliste.

Après s'être fait délivré un acquit par cette dernière pour pouvoir traverser le village avec la goutte sans avoir peur de la volante, c'est comme ça que l'Angèle parle des contrôleurs qui font peur dans les villages : la volante, on transporte le pitain vers l'alambic à l'aide du barot. Saurait-on d'ailleurs vivre sans barot ?

Nous les gamins, on se fait rabrouer si on s'approche trop de la machine à goutte. Elle s'entoure d'un nuage de vapeur lorsqu'on ouvre les cuves bouillantes. Il y a cependant des malins qui nous appellent : *« Hé, petit, viens donc goûter ! »* La niole, (ou gniole ou gnôle ou encore gnaule, ou on peut toujours l'écrire ainsi la gnole : la dictée de Bernard Pivot n'a pas encore tranché !) ; la niole coule tiède dans le seau mesureur poinçonné par le service des poids et mesures. Elle arrose en permanence le pèse-alcool à mercure, droit comme un i, imperturbable dans son liquide. Lebordet a essayé de nous expliquer comment ça fonctionne :

« Vous avez un gaz lesté en son fonds par du mercure et qui se termine en haut par une tige graduée sur laquelle on peut lire des degrés de 30 à 99. Le mercure l'oblige à rester toujours vertical. Dans l'alcool pur qui a une densité de 0,78 il va flotter en déplaçant exactement son poids de liquide déplacé ; je vous rappelle le principe d'Archimède. Il s'enfoncera le plus possible et le liquide affleurera à 99 environ. Si on mélange de l'eau à l'alcool, il va ressortir davantage et on lira le degré d'alcool sur le tube. »

L'école étant laïque, obligatoire, en plus antialcoolique. Lebordet se garde bien de sortir son appareil, il n'est pas dans l'armoire compendium : en d'autres circonstances il aurait sorti sa leçon d'observation avec l'expérimentation réelle, les croquis, l'explication, une vraie école comme on la veut !

« Elle a bien donné cette année et c'est de la bonne » disent les paysans.
Qui est-ce "elle" ?
La lambique pardi !
"La bonne" ?

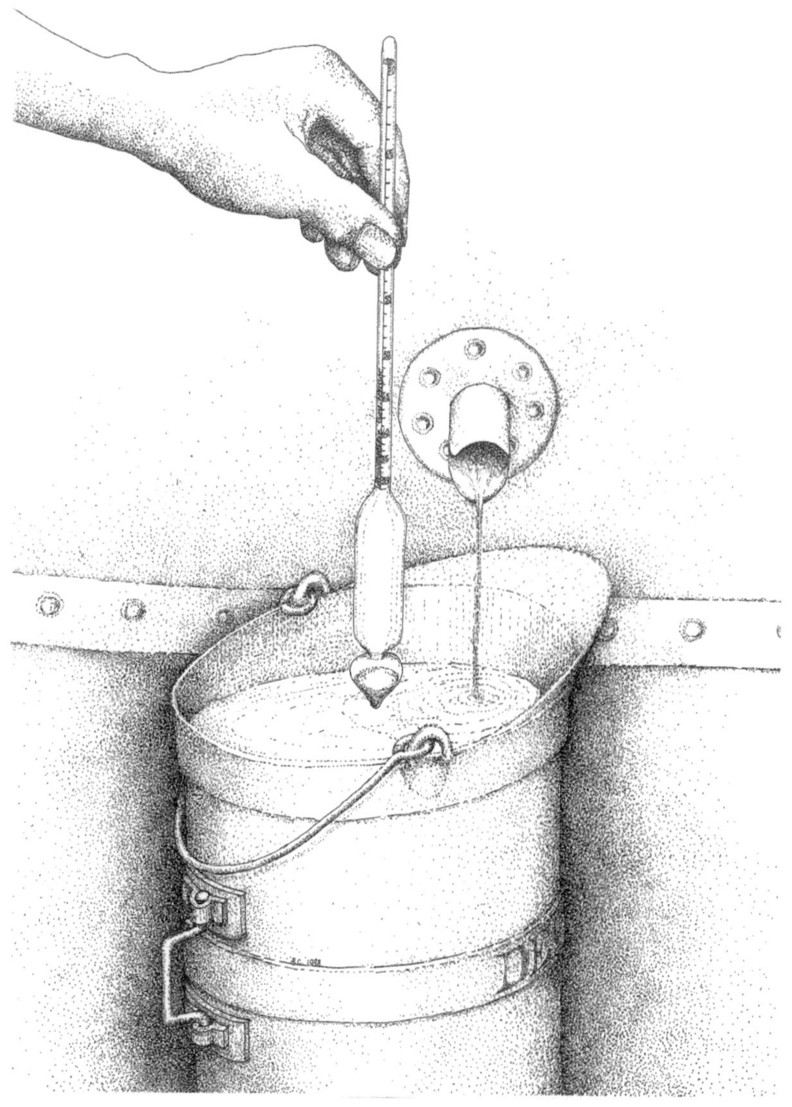

C'est de « *la bonne alcool* » disent-ils encore en utilisant le féminin au lieu du masculin. Ils parlent de la machine comme on parlerait d'une vache qui a mis bas un beau veau. La niole, on la goûte, on la regoûte encore. Les vêtements sont imprégnés par son odeur.

Lebordet nous fait un sale œil à l'école car nous sommes en retard malgré une course dans les crossettes. Il nous renifle et questionne, soupçonneux :
« T'es encore allé traîner du côté de l'alambic ?
Tu n'as pas bu d'alcool au moins ? »

D'un doigt moralisateur, il nous désigne le carton affiché sur le mur. Vidal et Lablache réunis y ont dessiné le foie et l'estomac d'un individu ne buvant jamais d'alcool et les mêmes organes racornis d'un cirrhotique invétéré.

Face au carton je me demande où en est le foie de l'oncle car l'Angèle prétend qu'il ne crache pas dans le verre. Ce n'est pas possible que son foie soit ainsi puisqu'apparemment l'oncle a l'air tout à fait normal.

Je n'en dirai pas autant du Maréchal des logis-chef de la gendarmerie à Saint Louis du Sénégal, pensionné de l'état. Il profite pleinement du passage de la machine à goutte pour faire sa neuvaine. Du matin au soir il ne quitte pas d'un pouce la lambique sauf pour aller de temps à autre au café, en face, se chauffer près du fourneau et du même coup changer de boisson alcoolisée.

Le soir, toute la route nationale lui appartient et le matin qui suit, pressé par son impérieux besoin d'ivrogne, il n'a pas le temps de s'habiller. Il arrive en pyjama, un méchant maillot enfilé par-dessus, le cheveu filasse hirsute, l'œil bleu-mort, les pieds coincés dans des charentaises. La première goutte va le réveiller, suivie d'autres et d'autres encore comme s'il lui fallait pour vivre téter à intervalles réguliers.

« Sacré bordel ! Elle est bonne ma niole, hein ! » s'exclament chacun à leur tour ceux qui viennent faire bouillir, tapant dans le dos du Maréchal des logis, heureux d'avoir l'occasion pour une fois d'être familiers, donc irrespectueux, avec la maréchaussée. Il reste là, de client en client, sa femme a beau passer en ronchonnant et lui demander d'être un peu plus digne : il s'en fiche.

Même ses deux chiens se méfient et ne vont pas lui faire la fête. Les bêtes se souviennent de sales coups de pied d'ivrogne reçus en ces lieux. Il va traîner sa mauvaise humeur ensuite, après le départ de la lambique. La bien aimée pourvoyeuse de délices quotidiens prolongés étant sous d'autres cieux.

« Ah, t'es encore de mauvais poil ! » l'invective sa femme de la fenêtre de leur chambre du premier étage. « *Tiens*, poursuit-elle, *je vais te montrer quelque chose qui va te mettre de bonne humeur ! Regarde !* »

Et de lui faire voir ainsi qu'à tous les voisins, en remontant la jupe et la combinaison, un gros cul-blanc qui bouche le paysage de la fenêtre. Vu qu'elle s'est penchée pour bien l'exhiber, le postérieur s'engage résolument au-dessus de l'appui de la fenêtre. *« Ça, tu l'as bien vu, oui ? Tu le reverras quand tu ne feras plus la gueule ! »* Le cul recule, la combinaison tombe et cache tout. Rideau.

Quant à la goutte stockée dans des bonbonnes elle servira à tout durant l'année : remontant lorsque tout va mal, désinfectant des plaies, conservateur de pruneaux du jardin, sous le papier des pots de confiture elle empêche de moisir. L'Angèle prétend qu'appliquée en frictions sur le cuir chevelu c'est encore plus efficace que le "Pétrole Hahn" !

Humiliation

Il arrive qu'à une heure, pour le départ de l'école, il fasse beau et qu'à la sortie, à quatre heures et demie, il pleuve à roïlle. Ce n'est pas une petite carre suivant le vocabulaire de l'Angèle, mais un ciel qui se vide à fond, comme il a l'habitude de le faire à proximité du Léman, entre Jura et Chablais. On le voit arriver de loin ce paquet qui va nous inonder, pointer son nez du côté de Fort l'Écluse, noyer le Salève, estomper définitivement le Crêt de la neige et la Faucille dans le lointain Jura et s'écraser, là, sur nos têtes et nos cartables en bois

C'est la grosse douche assurée au retour de l'école, à moins qu'Arthur du magasin ne soit le sauveur. Il est le seul dans le village, avec le maréchal des logis chef, retraité de la gendarmerie coloniale qui ait une voiture. Le gendarme n'ayant pas d'enfant, sa voiture ne viendra pas nous chercher. Arthur en a quatre à l'école.

Il règne sans contestation sur le magasin, pompe l'essence par cinq litres, tire l'huile d'arachide des fûts métalliques, pèse au plus juste le café qu'il vient de griller et les pâtes, vend le "gros cul" et le papier à cigarettes de marque Job. Il rédige les acquits lors du passage de l'alambic. Il vend de tout : les aiguilles à tricoter, la laine grise ou bleue en écheveaux, le coton en pelote et même la ficelle pour les saucisses, la noix muscade ou le poivre, le journal que ce soit le Messager ou le Petit Dauphinois. Bref, il mérite la particule qui suit son prénom ; il est bien Arthur du magasin et pas un manant quelconque.

Le noble de la banque de chêne a sorti sa Peugeot 301 pour se rendre à l'école. Nous trouvant dégoulinant d'eau sur la route vers la croix des nants, il met vite à l'abri sa progéniture, les enfants des voisins proches du magasin, ceux des bien-pensants du village. N'est-il pas responsable local de la légion, chère au Maréchal Pétain ? La seule fois où il a passé le seuil de notre porte c'était pour essayer d'embrigader mon oncle et mon père dans la légion en 1940 ; en vain d'ailleurs.

La voiture est devenue boîte à sardines. Arthur entrouvre sa vitre embuée et lance : « *Y a pus de place !* » et plante là, sur le bord de

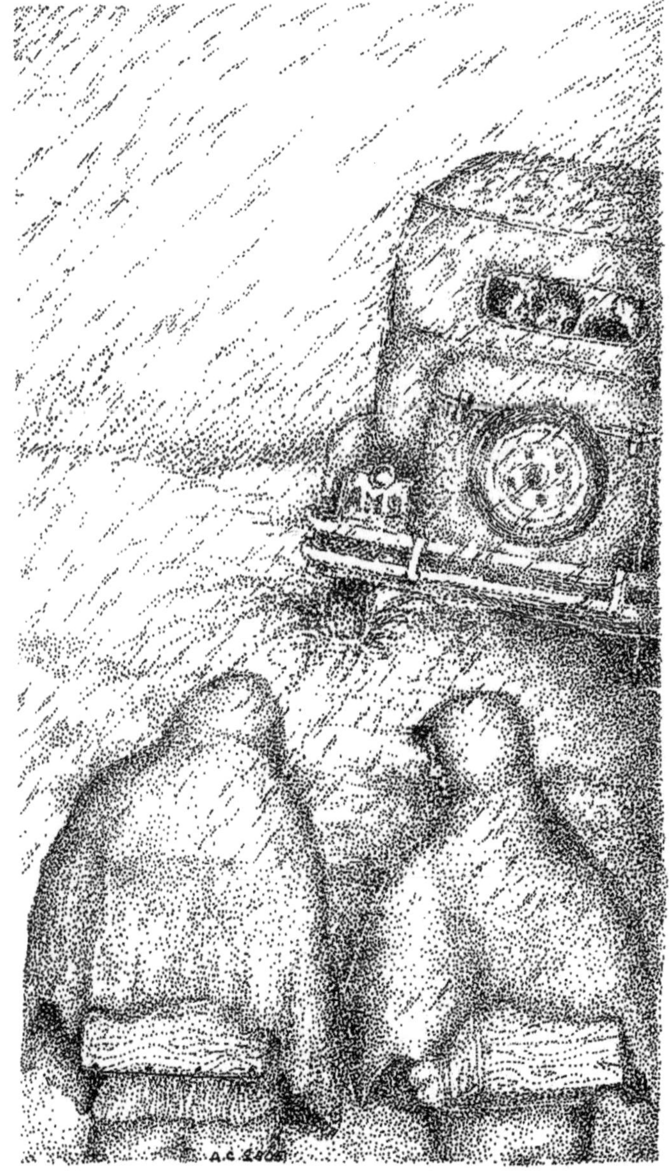

la route, le fils du pioulet et du mécréant réunis ainsi que les deux garçons de l'assistance publique que l'Augustine a en pension chez elle. Épouse du charpentier, elle essaie de gagner quelques sous ainsi, sous sur lesquels Léon n'aura aucun droit. Je regarde la 301 s'éloigner, rejeté dans l'indignité qu'il faut assumer.

Heureusement qu'à l'arrivée à la maison, l'accueil de l'Angèle, tout en amour et en sollicitude, fait tout oublier.

Caroline

Elle habitait juste derrière notre grange, deux pièces plein sud, un tout petit jardin avec des cacatières à son extrémité. Vieille, elle était vieille, toujours vêtue de noir pisseux à cause de la crasse et de la répétition de trop nombreuses lessives. Comme tous les vieux, elle s'ennuyait ferme ce qui explique qu'elle passait la majeure partie de son temps à tenir compagnie à l'Angèle. Elle faisait d'ailleurs d'une pierre deux coups : elle tuait son mortel ennui et tant qu'elle se chauffait devant le fourneau de sa voisine elle ne brûlait pas de bois dans le sien. Les jours d'automne et d'hiver embrumés par la bise glacée venue de la Suisse au nord et chargée de toute l'humidité du Léman, dès son lever elle frappait à la porte. L'Angèle jetait un coup d'œil en coin à l'extérieur : *« Ah, c'est la Caroline. »*

Elle s'asseyait près du feu, s'appropriant le grillon pour rabouiller tout à son aise les braises et ne le lâchant plus, m'en menaçant même si j'avais le malheur, en jouant sous la table, d'être quelque peu bruyant ou simplement de rappeler à son bon souvenir le gosse que j'étais. Tout le ressentiment envers la jeunesse ressortait : *« Sale gosse,* disait-elle dans sa sénilité radoteuse, *t'es mal élevé ! Ah, si t'étais à moi tu verrais ! »*

Le grillon en tremblait de rage brandi dans une main décharnée qui se voulait justicière. Heureusement que je n'étais pas sien et, sous la table, sachant que j'aurais dix fois le temps de me mettre à l'abri des coups si elle s'avisait de venir vers moi en soulevant son tas d'os grinçant aux articulations, j'en profitais pour lui faire des grimaces et lui dire : *« T'es pas chez toi, toi ! »*

Trop bonne, l'Angèle riait sous cape en entendant dire ce qu'elle n'aurait pas osé et me faisait simplement signe d'être patient. Patient ? Comment l'être alors qu'on est importuné même par l'odeur ?

Je l'ai retrouvée cette odeur issue de trois géniteurs, pipi sueur et crasse, accumulée sur les tissus noirs et les raidissant, je l'ai retrouvée des années plus tard, au nord de la Macédoine, à Okhrid juste à la frontière de la Grèce et de l'Albanie.

Jour de marché : les paysannes sont descendues des villages de la montagne, apportant des monceaux de fromage blanc aigre qui attendent le client en partageant les mouches avec les tas d'abats posés à même le sol, le tout sous un soleil de plomb car c'est celui qui fait pousser le tabac d'orient et le coton.

J'y avais acheté un gigot d'agneau découpé à la hache sur un billot de bois. Ma femme horrifiée me chargea de le préparer car le «troufignon» de la bête était resté avec la viande. Selon la coutume, ces montagnardes ont sur elles plusieurs vêtements empilés pour montrer qu'elles sont riches et les couches successives de jupons en laine noire font macérer ce qui se trouve en dessous. Lorsqu'on les frôle, l'insupportable odeur d'humanité mêlée à celle de fromage aigre nous offusque.

Ça sent ma jeunesse. La Caroline vient au coin de la cour guigner ce qui peut bien se passer sur la route nationale. On la voit soudain écarter légèrement les pieds, se concentrer sur elle-même et tapoter ensuite ses jupes et son tablier tandis qu'un petit gouillat apparaît, cherchant la pente dans la poussière de la cour. Caroline se déplace et laisse derrière elle la petite mare d'urine qui bataille avant de disparaître dans le sol durci de la cour.

Près de la route elle est bien placée pour faire un brin de causette à ceux qui vont aux champs. Lorsqu'elle parle, le fond de l'entonnoir reversé que forme sa bouche complètement édentée s'ouvre pour laisser tomber d'une voix chevrotante quelques aphorismes qui sont toujours méchants : « *Qui a fait le veau le lèche !* ». Autrement dit celle qui a fait un enfant doit s'en occuper. « *Elle s'est mariée pour avoir la bague au doigt. Elle ne sait pas que toute sa vie y aura de la merde sous l'anneau !* ». Dans la cave de la Caroline il y a un petit barot, un vrai jouet de poupée et encore la poussette aux grandes roues de plus de cinquante centimètres de diamètre, celle qui élève plusieurs générations de mômes, celle dans laquelle on emmène les bébés dans les champs si le travail presse.

L'Angèle m'a expliqué que la Caroline ramassait ses framboises dans de petits paniers, des groseilles rouges, des prunes et des pruneaux, qu'elle mettait aussi de côté, pour les vendre, quelques œufs frais. La marchandise enveloppée dans des feuilles de rhubarbe, soigneusement empilée dans la poussette où ses mômes avaient grandi, Caroline se levait à deux heures du matin poussant son trésor devant elle sur une quinzaine de kilomètres et marchait autant pour revenir. Pour quelques sous suisses, chienne de vie !

J'ai pensé très fort à elle, lorsque des vieilles paysannes sibériennes nous proposaient aux arrêts du transsibérien entre Novossibirsk et Irkoutz, les mêmes framboises, les myrtilles, les concombres, amenées dans les mêmes poussettes brinquebalantes aux grandes roues : les sœurs de celle à la Caroline.

Bonne l'Angèle qui n'hésite pas quand la soupe est cuite sur le coin du fourneau avec, selon les saisons, poireaux, cerfeuil, orties, dents de lion, à en faire emporter un pot par la Caroline. Le pot est accompagnée de la bouillotte d'eau chaude afin que la vieille voisine puisse réchauffer sa couche à l'heure de s'endormir dans une maison glacée.

Villipendée l'Angèle parce que, une nuit d'hiver du terrible 1956, elle n'a pas vu la vieille voisine solitaire s'en aller et disparaître dans les champs glacés. On l'a retrouvée le lendemain matin, tâche noire tout juste un peu blanchie sur la neige poudrant les chaumes, le corps en boule, gelée par la bise du Léman et tirant encore désespérément son châle sur elle.

Léon qui a fabriqué son dernier costume en chêne a eu toutes les peines du monde à la mettre dans son cercueil :

« Bon dieu, j'ai dû la casser pour la faire rentrer ! »

Comment l'Angèle parle-t-elle ?

On n'a jamais rien rangé chez l'Angèle, on a réduit : *« va réduire le balai. »*

On l'accroche à sa place, au clou, derrière la porte d'entrée et on ne le diminue pas en taille. On réduit tout à la maison : la veste dans l'armoire, les opinels dans le tiroir et le pain dans le buffet. Réduire c'est mettre de l'ordre : réduis donc ton chenis ou range tes affaires désordonnées. Réduis ce qu'il y a sur la table signifie débarrasse la table pour y mettre le couvert et pouvoir manger. Le moindre coin, une angouène, est bon pour réduire.

On réduit encore au galetas, c'est le grenier français, l'espace de rangement sous les combles. Galetas viendrait, Larousse dixit, de la tour de Galata à Istanbul.

Si on ne réduisait pas, on jetait dans le trou à Manet ce qui ne pouvait pas pourrir. Tout ce qui pouvait pourrir finissait au ruclon. Voilà un autre mot suisse, je l'ai entendu dans la bouche de Michel Simon, le comédien décédé. Le ruclon c'est le tas à pourrir cher à nos jardiniers. Ah, la croissance des courges sur le ruclon ! Tellement énormes qu'il aurait presque fallu un barot pour les transporter. Le cerfeuil poussant sur le ruclon rivalisait en hauteur avec les poireaux du jardin.

Le plancher et le carrelage de la cuisine étaient enterrolées car on avait paccoté, marché dans la terre grasse, argileuse, le paccot.

« Regarde ce que tu as rentré avec tes chaussures pleines de paccot ! Il faudra que je panosse encore ! » dit l'Angèle. Elle n'avait pas de serpillière mais une panosse pour panosser. Encore un mot suisse qui désigne par dérision aussi la langue tirée : *« Oh, regarde la belle panosse ! »*

Spécialiste du tricot, l'Angèle qu'on venait consulter pour résoudre les problèmes délicats de diminution, de relevés de mailles sur l'encolure, ne tricotait pas des pulls mais des maillots. Maglia, signifie en italien maille mais encore tricot.

Ici, il n'y a pas de virages sur les chemins mais des contours. Vous me direz que manquer un virage ou un contour à vélo revient strictement au même. L'Angèle nomme sa hotte le passeport vaudois, toujours la confédération helvétique. Là-bas au pays du fendant, le vin blanc, il fallait remonter la terre au sommet des vignes, sur les collines ensoleillées côté sud, le passeport sur le dos.

Raccommode-t-elle un fond de pantalon en mettant une pièce ? Elle appelle cela faire une châtre.

Elle noue ensemble deux morceaux de ficelle : le nœud est une aponse.

Il n'y a pas de tisonnier chez elle : la tige de fer droite qui sert à rabouiller le feu est un grillon.

Sert-elle la soupe ? Sa louche a pour nom le pochon.

Pour laver le linge on sort la bouillisseuse. Pour le rincer, on va au bassin en mettant la bouillisseuse sur la brouette avec la planche.

Melchior garde soigneusement les peaux de lapin tendues sur une baguette de noisetier arquée avant de les tanner sommairement pour en faire des moufles que tout le monde ici nomme, à tort, des mitaines.

Va-t-on vendanger ? Il faut porter la brinde, récipient en bois, œuvre de tonnelier, porté comme une hotte et recueillant les raisins et leur jus.

Sœur de la brinde, voici la boille à lait pour porter sur le dos le lait à la fruitière.

Je n'ai jamais entendu parler de porcherie : les cochons vivent dans leur boîton. Quand on va fermer leur porte, le soir, on allume le fallot ou lampe-tempête à pétrole.

Quelque chose qui est tout cassé est ébriqué.

Perdre l'équilibre en butant du pied fait dire : « *je me suis encoublé* » ou « *je me suis ébortalé* ». C'est ce qui est arrivé un jour à l'Angèle, au magasin. Elle a perdu l'équilibre et s'est durement allongée sur le carrelage.

À l'hôpital elle m'a dit qu'elle s'était ébortalée.

Pour faire une tarte aux reines-claudes, c'est un délice entre ses mains, elle m'envoie secouer le prunier du jardin : « *greule-le bien pour faire tomber les prunes !* »

« *Va te peigner,* me dit-elle encore, *tu es tout écharpigné !* »

La patte à relaver c'est la Spontex de la vaisselle.

Invitant une connaissance à s'arrêter dans la maison, elle propose : « *vous prendrez bien une tasse de café avec une tombée de lait ?* » Une tombée de lait : évocateur du geste avec le pot à la main.

Si on écrase quelque chose avec les pieds, on le pite ou encore on le pitate. « *t'as fini de pitater le labouré ?* » questionne l'Angèle. La pomme broyée et pressée pour en extraire la maude devient du pitain.

Trop boire d'alcool fait perdre l'équilibre : l'alcoolique brète.

Le foin est mis en tas pour la nuit afin de ne pas prendre l'humidité de la rosée : les tas sont des moichons.

Si on joue aux quilles il faut d'abord enquiller les quilles destinées à être déquillées, puis renquillées.

Déguiller, à ne pas confondre avec déquiller, revient à faire tomber quelque chose qui est en haut, sur un rayon ou sur une branche d'arbre.

Rambicher, c'est renverser.

Rablet, bâtard, gaume, volame, tape à fumier sont des outils. La tape à fumier mérite l'arrêt : au chargement du tombereau de fumier on en met le plus possible en pointe et on le modèle en forme de pyramide à l'aide d'une grande taloche en bois pourvue d'un manche, pour ne pas en perdre en route sur les chemins. On a réinventé Kéops !

Richesse et diversité d'une langue qui a été châtrée par la norme simplificatrice du petit Larousse. Et pourtant y aurait-il plus adapté à la situation si on affirme que mes chaussures sont enterrolées ?

Revenait toujours dans la conversation de l'Angèle la construction spéciale avec répétition du participe passé : il a eu été longtemps malade.

Invariablement on retrouvait son expression favorite : « *Ah, je ne vous dis pas ce qui n'est pas !* »

Au fait, que dirait encore le grammairien de son « *Va voir regarder au magasin si y a du pain* » ?

Elle nous a laissé des expressions jamais entendues dans d'autres bouches.

Mari et femme du voisinage se font une scène, elle joue la pythie de Delphes en annonçant que ce soir ils vont coucher à l'hôtel du cul tourné.

Parlant de quelqu'un qui a vieilli, changé et ne peut plus être ce qu'il fut, elle dit qu'il a bien perdu sur la bête.

Vieillesse qui arrive : « *Y fait bon venir vieux mais il fait mal s'y trouver* ». Ou encore « *le chien qui m'a mordu te mordra bien un jour !* »

Sens de la répartie car j'étais fatigué d'avoir ce jour-là, à ramasser des pommes de terre et je geignais et me plaignais :
 « *Maman j'ai mal au ventre !*
 - C'est rien petit, c'est la merde qui détrempe ! »

Maux de ventre et dérangements intestinaux donnent matière à proverbes :
 « *Une jolie femme qui pète sent aussi mauvais qu'une vilaine !* »
 « *Pet retenu fait abcès au trou du cul !* »
 « *Si ça tonne du côté de cul l'air il pleut de la merde claire !* »

Les semelles des souliers sont tellement usées qu'il y a un trou et que le pied est directement en contact avec le sol : « *Mais tu marches sur la France !* » s'exclame l'Angèle. En ce temps-là on usait les chaussures ; le cordonnier les ressemelait plusieurs fois avant qu'elles ne soient totalement réformées. On allait vingt fois plus chez le cordonnier que chez le marchand de chaussures.

Il fallait être économe, voire radin, pour vivre et toujours selon l'Angèle : *« On va pas attacher les chiens avec des saucisses ! »*.

L'argent, toujours l'argent qui manque. Ironique elle constate qu'il lui faut *« Mener son porte-monnaie au bouc »*.

Elle n'acceptait pas qu'on lui demande : *« Es-tu prête ? »* et répondait invariablement : *« C'est les vaches qui vont mettre bas qui sont prêtes, moi je l'ai été mais je ne le suis plus »*.

On ne dit *« bonjour »* ou *« au revoir »* mais plutôt *« adieu »* à l'arrivée et au départ.

En signe de politesse elle m'invitait à aller *« toucher »* la main du monsieur.

À l'encontre des Genevois, elle avait une certaine rancœur due au fait que les Savoyards de la zone ont été trop souvent les Maghrébins du canton helvète. Elle ne supportait pas que ces Genevois mettent un drapeau suisse sur un mât juste à côté de la maison qu'ils avaient acheté en France. Elle ne se gênait pas pour leur lancer des quolibets :
« Ce sont des piques à mûrons » ou voleurs de mûres.

« Ils tiennent pas chopine, on leur frotte le derrière avec un citron et ils sont fin godets ! »

Il arrivait que dans certains ménages les enfants naissaient sans interruption. Désignant le mari, elle affirmait, à la limite du porno : *« il s'est pas contenté de se mettre à genoux devant la chapelle, il est souvent rentré dedans ! »*. Quand ce n'était pas scatologique telle cette comptine :
*« Merde au cul
Ma chemise colle
Je pète dessus
Ça la décolle ! »*

Une soirée très ordinaire

La bise soufflant du Léman pousse sous forme de brouillard froid et tenace toute l'humidité du lac. On n'y voit plus rien en cette fin de jour trop court de l'automne avancé. Mes parents ont « *fait les betteraves* », celles qui restaient encore dans le champ ont été nettoyées sur place du pacot[24] qui collait sur elles, transportées dans le barot jusqu'au fond de la remise : elles feront partie de la provende aux deux vaches de l'écurie durant l'hiver, du "ça aux vaches" comme dit l'Angèle. On n'a pas eu le temps de réchauffer les mains verglacées par le froid, de nettoyer les pieds pacoteux qu'il a fallu faire face aux tâches habituelles : distribuer aux bêtes le foin descendu du solis dans la grange et réparti par le daignet[25] dans leur râtelier devant leur nez ; porter "ça aux cochons" dans leur boîton du fond du jardin et fermer leur porte à double tour ainsi que celle du poulailler qui est juste à côté. La plupart du temps j'accompagne pour porter le falot à pétrole qui nous éclaire. Il a fallu traire les deux vaches, porter dans la boille le lait à la fruitière sans oublier le carnet sur lequel on note le poids quotidien de lait fourni.

Heureusement que la soupe cuit sur le fourneau tandis que l'Angèle s'affaire à traire les vaches. Jean rentre, on l'entend soulever le loquet de la porte de la cave afin de ranger son vélo en lieu sûr. Ses brodequins aux pointes munies de tricounis raclent le ciment de l'escalier. Le voilà, enfoncé dans sa veste de cuir râpé. Il la pend derrière la porte de la cuisine en disant :
« *I fait pas chaud ce soir !* »

C'est sa façon de dire bonsoir. Sa sœur lui répond :
« *Tiens, viens manger ta soupe, ça te réchauffera.* »

Les portes du bas ont toutes été fermées à clé. La maîtresse de maison vérifie d'un coup d'œil que toutes les clés sont à leur place, au clou. Les volets de la cuisine ont été tirés ; ils ont été posés récemment

---

24/ *Le pacot c'est de la terre argileuse.*
25/ *Le daignet ou daigneux : mot à l'orthographe très incertaine désignant la porte qui permet de communiquer entre la grange et le râtelier de l'écurie. Par cette porte on voit la tête de la bête.*

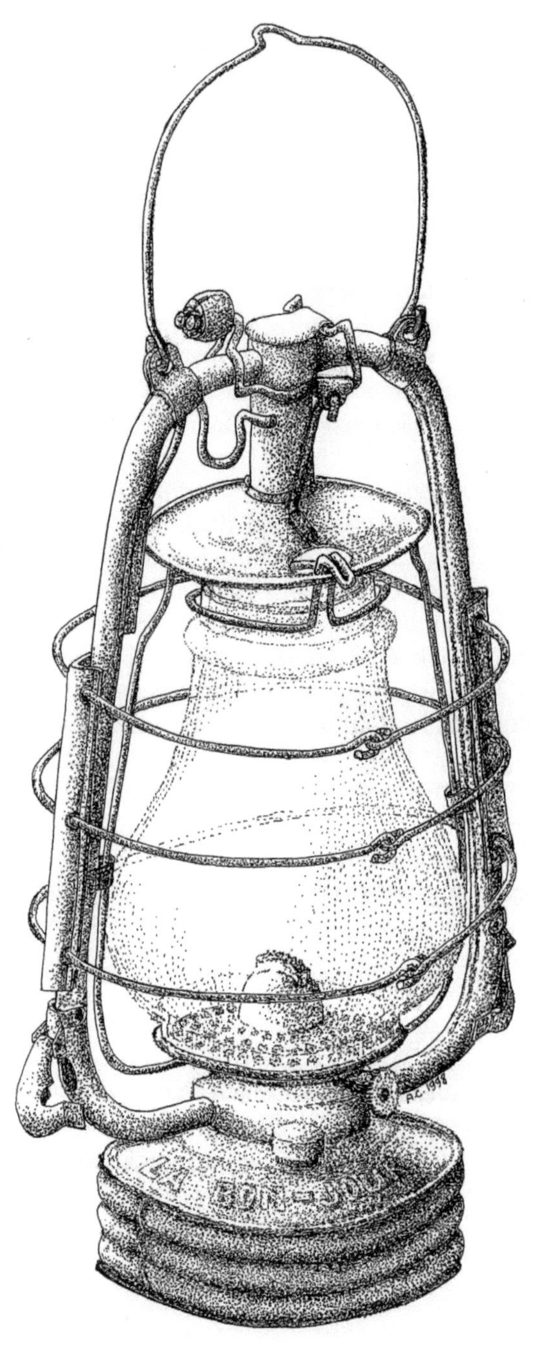
LA BON-JOUR

par Léon pour respecter les ordres des boches : couvre-feu, pas de lumière vue de l'extérieur ! La seule pièce dans laquelle on vit car on y fait le feu, ferme ses paupières en sapin. Une dernière vérification de l'Angèle se demandant si la boille a été bien rincée et la soupe est sur la table.

Jean a coupé un peu de pain dur dans l'assiette creuse, la soupe bouillante fume sur le pain détrempé qui s'amollit comme sous l'effet d'une caresse.

« Sandro, y a plus rien à boire, dit Melchior, *descends à la cave. »*

Je dévale les escaliers la clé de la cave et le pot à maude à la main. Il faut se hisser sur la pointe des pieds pour atteindre l'interrupteur de porcelaine blanche, batailler avec la clé dans la serrure qui ne se manœuvre que dans une certaine position, tirer la maude du mimi tandis que les odeurs de la cave vous assaillent.

Aigreur de la saumure du grand saloir, fadeur aux relents de pourri des patates accumulées à même le sol en terre battue, âcreté de la maude qui a coulé du mimi. On en goûte un peu à même le pot : c'est assez dégueulasse et ça râpe le tube digestif. La corvée est finie. Inquiétude de Jean au retour :

« T'as bien fermé le robinet du tonneau ? Et la cave aussi ? »

La soupe avalée avec des grandes lampées, un peu de fromage de la fruitière avec du pain termine le repas. Les opinels essuyés machinalement sur le pantalon sont glissés dans la poche du coltin.

L'Angèle remplit sa bassine avec ses pochons d'eau chaude puisés dans le réservoir du fourneau. Elle lave les assiettes danc le grand bac en faïence et les met essuyer sur le grand égouttoir en bois recouvert de tôle zinguée soudée par le magnin.

Melchior a repoussé sa casquette sur la nuque et une mèche de cheveux frisés poivre et sel, plutôt sel d'ailleurs, pointe son nez sous le couvre-chef. Il a pris l'almanach du messager boiteux de Berne et de Vevey pour satisfaire une curiosité relative à la lune.

Jean a extrait du tiroir qui se trouve devant lui, sous le plateau de la table, son carnet de travail. Il mouille de la langue la pointe de son crayon et note pour l'agent chef et l'ingénieur des ponts et des chaussettes les trajets du jour au volant de sa Tabouelle : gravier à la Dranse, trois mètres cubes.

L'Angèle s'explique avec son tricot, elle en est justement aux diminutions d'une pointe de chaussette avec ses trois aiguilles métalliques. Il ne s'agit pas de la distraire car elle compte ses mailles.

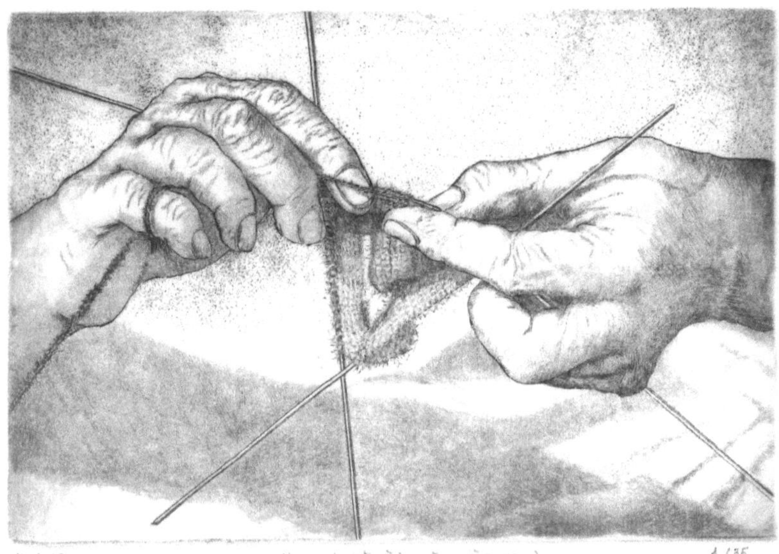

La grosse marmite de "ça aux cochons" commence de bouillir sur le fourneau. Épluchures, morceaux de pommes de terre récupérés dans ce qui était en train de pourrir, feuilles de chou, feuilles de betteraves : il y en a au moins trente litres qui cuisent dans une grosse marmite en tôle construite spécialement par Henri le forgeron. La vapeur fuse, soulève le couvercle, dégouline sur les carreaux de la fenêtre et emplit la petite cuisine de l'odeur de tambouille, odeur retrouvée longtemps après, dans certains internats de la République Française. Le clou, côté narine, c'est lorsque l'Angèle a eu la main lourde pour rajouter du son dans la marmite déjà pleine. Il gonfle tant et si bien que "ça aux cochons" passe par-dessus bord, se répand sur la plaque du fourneau et brûle en longues traînées qui vont du sépia au noir intense. Le lendemain, elle passera la toile émeri sur le fourneau en maudissant la corvée quotidienne.

Jean a terminé ses écritures et range papiers, carnet et crayon dans le tiroir. Je lorgne au passage les deux plumiers à la marqueterie tachée d'encre qui referment des trésors : des porte-plume et surtout deux stylos merveilleux. Jean absent, je ne me lasse pas de les ouvrir, refermer, caresser, admirer et de faire semblant d'écrire avec. On dévisse le capuchon, on tient le stylo vertical de la main gauche et on tourne de la main droite le bas du stylo. Miracle, la tête d'écriture c'est-à-dire la plume apparaît fixée à l'extrémité d'une vis hélicoïdale en matière plastique. Le rouge à lèvres, à l'heure actuelle, sort de son logement selon le même principe. Il fallait remplir le réservoir du stylo dans lequel trempaient la plume et sa vis à l'aide d'un compte-gouttes chargé dans un encrier. Gare aux taches : le compte-gouttes faisant des siennes, le stylo débordant si on rentrait la plume dans un réservoir trop plein, il fallait encore soigneusement visser le capuchon sinon le stylo se répandait dans les poches. Son inventeur avait-il été récompensé au concours Lépine, à la fin du siècle dernier, pour cette plume érotique se dressant sur commande ? Je ne sais mais je l'ai maudit plus tard, lorsqu'ayant hérité de ces merveilles, je me suis battu contre les pertes d'encre. À cette époque je n'avais pas encore la permission d'y toucher.

Heureusement j'avais le panier à coudre de l'Angèle avec ses boules à repriser en bois et surtout la boîte à boutons. En des jours anciens elle avait dû contenir du cacao Suchard avant de se retrouver réservée aux boutons. Les jeux n'en finissaient pas sur la table, en alignant, empilant les boutons, les triant par catégories dont j'avais le secret à moins que l'Angèle ne requière mes services pour tenir un écheveau de laine qu'elle mettait un temps infini à démêler et à pelotonner. Jouer avec un gros bouton de manteau : Melchior me montre comment on fait, avec un peu de fil et un peu de savoir-faire, pour le transformer en disque ronflant tellement il tourne vite sur lui-même et alternativement dans les deux sens.

Mon père a cessé de travailler au panier qu'il est en train de fabriquer pour m'apprendre le jeu du bouton. Il revient à son ouvrage. Les traverses recourbées en châtaignier constituent la trame et l'ossature du panier ; les lamelles souples, de châtaignier elles aussi, passées dessous dessus, finissent l'ouvrage en lui donnant toute sa rigidité. Pour pouvoir travailler facilement ces éclisses de bois il les plonge dans l'eau bouillante d'une grosse casserole voisinant la marmite aux cochons sur le fourneau. Afin d'obtenir cette matière première inusable, il a refendu patiemment des branches droites de châtaignier exemptes de nœuds, armé de son couteau italien à lame recourbée comme celle d'un goyet et qui se replie dans le manche tel un opinel.

Il tient une place du diable dans la petite cuisine avec son fourniment de vannier ce qui fait soupirer Jean car Melchior trouble sa quiétude. La cuisine n'est pas grande il est vrai : dix à douze mètres carrés qui sont pleins à ras bord. Chacun a sa place autour de la table et utilise tout son territoire. Pour se déplacer il faut prévoir où on va mettre les pieds. Il n'est pas question d'aller ouvrir la porte du buffet sans avoir négocié cette manœuvre et en avoir justifié la nécessité immédiate et absolue. Sinon on est certain de se voir opposer un niet :
« Tu y iras tout à l'heure ! »

"Ça aux cochons" est cuit. Jean baille. Melchior contemple son travail de la soirée et anticipe déjà sur ce qu'il fera le lendemain. L'Angèle se gratte le chignon à l'aide d'une de ses trois aiguilles qui ont servi à terminer les diminutions de son tricot. On n'entend plus que le bois qui pète dans le fourneau et le tic-tac du Jaz.

« C'est l'heure d'aller au lit ! » décrète l'Angèle en remontant le réveil. Je lanterne, traîne pour ranger les boutons dans la boîte de Suchard et réclame enfin une bouillotte.
« Une bouillotte ? Et pis quoi encore ? » questionne Jean.
« De mon temps... »

Inutile qu'il en dise plus, je connais l'antienne par cœur. L'Angèle qui pratique Jean depuis plus longtemps la connaît aussi.

Sans un mot, elle remplit d'eau la bouillotte en laiton, en vérifie la fermeture et, toujours muette, la pose devant moi. Je vais emporter ma part de douceur dans la froidure du premier, là où se trouve mon lit à la paillasse garnie de feuilles d'épis de maïs, dans une pièce borgne et sans lumière électrique. Déshabillé dans le noir, ayant gardé tout ce qui pouvait tenir un plus chaud, je me colle à la bouillotte en claquant des dents, le temps de s'acclimater.

En bas, en dessous, on s'ébroue. L'Angèle se fait aider pour sortir sur la galerie la marmite destinée aux cochons. Elle rabouille le fourneau et tourne un peu la clé du tirage. Jean s'est hissé dans sa chambre par l'escalier qui grince. Au bruit, je devine qu'il est en train de gratter, en geignant, un insupportable eczéma installé à demeure sur les orteils et sur le dessus des pieds. Il n'aime pas la laine qui le gratte et préfère s'envelopper les pieds de chaussettes russes, dans les brodequins qu'il traîne la journée.

J'identifie encore le bruit de l'interrupteur en porcelaine qu'on tourne à la cuisine, un gémissement du lit métallique de l'oncle, puis plus rien.

Le noir m'entoure dans un silence encore plus sombre.

Le "ça"

Il n'est pas à opposer au moi, il n'est pas celui de Molière *« oui, venez ça »*, il n'est pas davantage l'interjection : *« ça alors ! »*.

Le "ça", dans la bouche de l'Angèle marque l'ensemble possédé par celui qui est immédiatement derrière ce mot. Elle parle ainsi, à tout moment, de ça aux vaches, ça aux voisins, ça à un tel, ça à une telle…

« T'as porté ça aux poules ? » me demande-t-elle alors qu'elle ne désigne rien de visible à l'instant mais qu'elle fait référence à la nourriture que j'ai dû emporter dans le poulailler durant la matinée, c'était un fond d'épluchures dans un panier

De la même façon elle se lamente :
« Oh, j'ai pas eu le temps de faire cuire ça aux cochons ! » C'est ce qu'elle prépare quotidiennement aux affamés du boîton.

Alors que nous allons d'un pré à l'autre en dehors des chemins, elle me met en garde : *« Fais attention, t'es en train de marcher sur ça à Jules ! »*

Ainsi le ça est mis à toutes les sauces, raccourci commode désignant aussi bien la nourriture, les biens immobiliers, l'ensemble des affaires personnelles ou encore les outils. *« Ne touche pas à ça au papa ! »*
« Ferme ce tiroir et laisse tranquille ça au tonton ! »

Le ça s'en va parfois : *« Tiens prends ça pour la quête »*, déclare-t-elle avant mon départ pour la messe en me donnant une pièce trouée, de celles qui ont vraiment peu de valeur, dix ou vingt sous. À mon retour de l'office, soupçonneuse, elle me questionne :

« Le ça au curé, tu l'as bien donné ? ». Pauvre curé, avec mon ça qui devient son ça, il n'ira pas bien loin. Puisqu'il y avait le ça aux autres, par opposition existait le ça à nous.

Lebordet, à l'école, nous parlait d'une grande étendue désertique et sableuse qu'il appelait le *« ça à rats »*.

Après, j'ai su que c'était le Sahara.

Je remplissais le panier d'herbe destinée aux lapins, herbe ramassée selon les recommandations expresses de l'Angèle dans ça à nous. Toujours plus loin dans l'invention d'un langage qu'on ne nous donnait pas à analyser à l'école, un adverbe s'accrochait au ça et ça devenait : *« le ça anciennement à un tel »*.

Il eut fallu enregistrer des conversations :
« Où tu vas comme ça ?
- Je vais porter ça aux poules mais qu'est-ce que c'est mouillé dans
ça à nous, si tu veux je vais passer dans ça aux tiens. »

Ça suffit comme ça ?

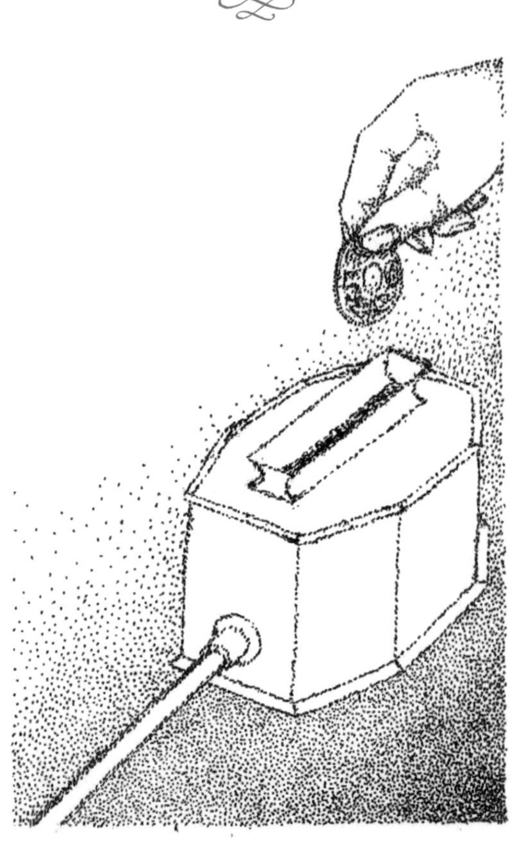

Va te faire couper les cheveux !

« J'en ai pas besoin ! » ai-je répondu à l'Angèle. D'ailleurs, besoin ou pas, là ne se situe pas le problème. Seule l'Angèle, soucieuse des apparences du petit, est sensible à la longueur des cates de cheveux, autrement dit des mèches. Mon problème c'est "Fonse", diminutif d'Alphonse. Ce petit nom appartient à un vieux garçon vivant de peu, ayant peu de besoins. Il a loué ses champs et ne travaille pas la terre sauf un petit coin de jardin derrière chez lui que l'Angèle regarde avec commisération car il y pousse autant de chiendent que de poireaux ou de salades. *« Du trinné »*, dit-elle, au lieu de parler de chiendent.

Pendant la guerre de 1914, la grande guerre, il a été gazé à l'ypérite, sur l'Yser, et depuis traîne ses poumons brûlés et bruyants. Avec l'orgue étranglé et ronflant qu'il cache dans sa poitrine, Fonse me fait peur. Je ne veux pas aller me faire couper les cheveux.

Et s'il n'y avait encore que mon appréhension du soufflet de forge !

Le samedi, l'échoppe est ouverte comme le dimanche matin. On traverse la cuisine pour y accéder. Cuisine ou local à vélos ? C'est les deux. Elle a oublié complètement sa destination première. L'idée même de peinture sur ses murs ne l'effleure même pas et la cuisine s'est abandonnée une fois pour toutes aux mouches et à leurs chiures. Seul le calendrier du facteur a un air neuf en Janvier et il prend très vite la teinte générale de la maison au fur et à mesure de l'avancée des mois, se faisant finalement oublier dans la grisouille en décembre.

Fonse a installé son fourbi dans la pièce à côté : quelques chaises empaillées, alignées le long de la cloison, un meuble en sapin dont le dessus est percé d'un trou cylindrique dans lequel s'emboîte exactement le fond de la cuvette émaillée, les accessoires du parfait coiffeur, la tondeuse, les ciseaux, les rasoirs, le bol à mousse en laiton, le blaireau aux poils raccourcis par des frottements répétés sur des mentons râpeux. Une petite glace mal nettoyée est accrochée au mur, on ne sait si c'est la poussière ou le tain de la glace particulièrement vérolé qui empêcherait de s'y voir.

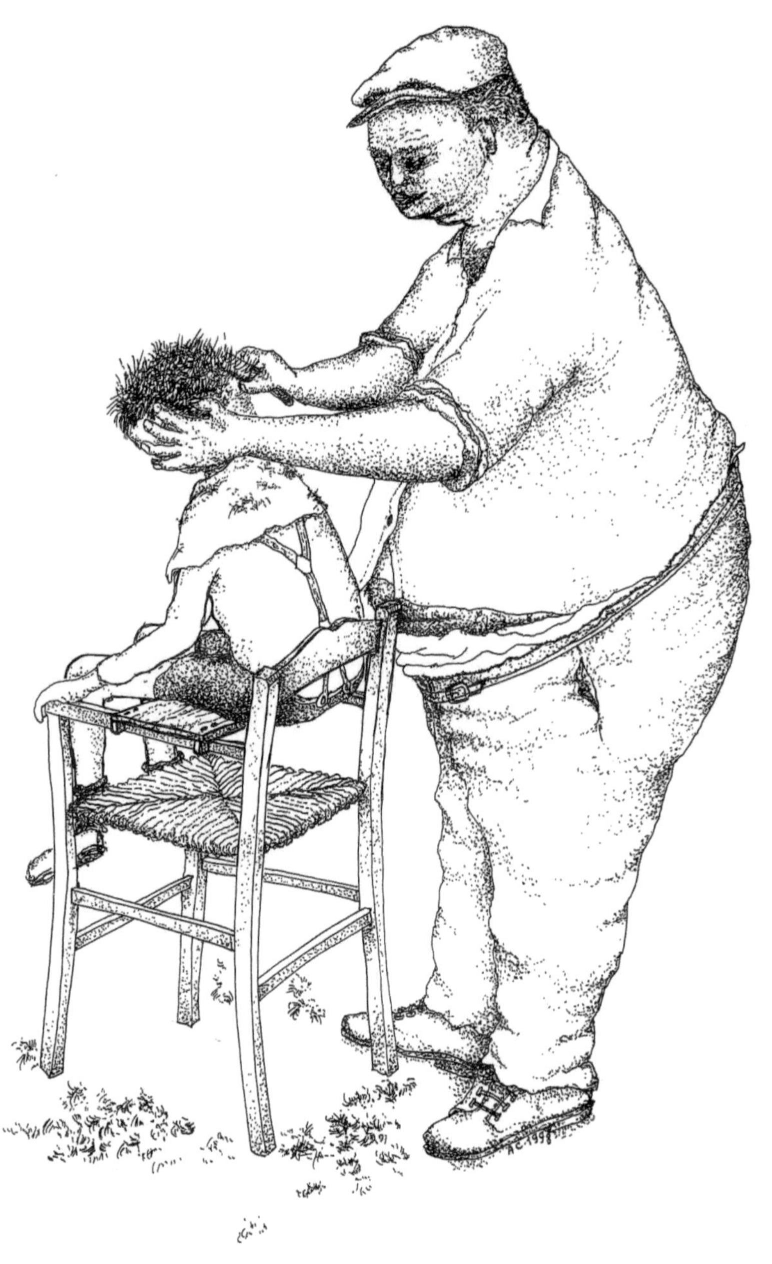

Avec ses courtes jambes, Fonse se déplace sur un parquet geignant à fendre l'âme à chacun de ses pas car les lambourdes le supportant sont pourries depuis longtemps.

Le bois des lames de parquet est resté intact aux parties noueuses, donc plus résistantes. Le reste du bois, usé, fait des creux dans lesquels s'accrochent désespérément les cheveux tombant de la tondeuse comme si ces petits têtus ne voulaient pas disparaître. Même le balai de rizette ne parvient pas à les déloger : le parquet est moquetté à peu de frais bien avant que la moquette ne soit à la mode. Cheveux gris sur un parquet gris de saleté : ça n'attire pas l'œil !

On rentre et on attend son tour. Les jambes ballantes sur une chaise dont la paille usée par endroits me pique les fesses, j'écoute les questions et les réponses de ceux qui patientent, soit pour les cheveux, soit pour la barbe. Questions laconiques, réponses monosyllabiques ou par un hochement de tête, le tout est souligné par le crissement du rasoir sur la barbe récalcitrante du patient qui attend stoïque la fin de ses tourments, sachant qu'il est tranquille, côté menton, pour au moins huit jours. Prétextant un barot d'herbe à couper, une brouette de fumier à sortir, les adultes arrivés les derniers me brûlent la politesse :
« T'as le temps toi petit ».

Mon tour enfin arrivé, j'ai droit à une chaise un peu plus haute que celle des anciens. Juché en équilibre sur ce siège je n'ose plus bouger d'autant qu'au moindre mouvement de tête j'ai droit à un *« Bou diou, tu vas rester tranquille ! »* tandis que de sa main gauche posée comme un grappin sur mon crâne Fonse place la tête dans la bonne direction. La serviette censée protéger des cheveux coupés, mal assujettie autour de mon cou, laisse tomber les cheveux sur mon maillot et ils glissent entre la peau et la chemise. Tel un sculpteur, Fonse tourne interminablement autour de la tête qui lui a été confiée. En plus du bruit d'orgue évoqué plus haut, l'odeur est particulièrement insupportable.

Fonse est gros, rond et divorcé depuis toujours d'avec le savon et l'eau de Cologne. Il a une bedaine impressionnante qui roule en plis successifs entre son pan de chemise repoussé vers le haut et sa ceinture de flanelle qui s'avachit sous le poids de la houle de graisse sur un pantalon placé en sous-ventrière, c'est-à-dire bas en dessous du nombril. Quelque peu phocomèle, Fonse ballade son ventre juste sous mon nez chatouillé par les remugles de cette masse velue, prenant vie au rythme d'un souffle incertain et difficile qui s'extirpe de ses poumons avec des plaintes et des râles. Terrorisé, n'osant détacher mon regard des poils noirs sur la peau luisante, je retiens mon souffle et attends que son nombril, œil de cyclope caché au fond d'un grand pli noir, cesse sa surveillance. Je me sauve, la coupe terminée, sans un regard dans la glace pour juger du résultat.

Pourtant Fonse est copain avec Jean et Melchior. Tous les trois, bouffeurs de curés, s'entendent comme larrons en foire.

À moi, il me fait peur. Même quand je le croise, hissé sur son vélo par un prodige d'équilibre, je n'ose lui parler. Je suis préoccupé par la possibilité future d'une oreille coupée nette au rasoir.

La possibilité du geste énergique il l'aura en 43-44. Après la carte de Russie sur laquelle il vivait publiquement l'avancée des troupes de Staline à Stalingrad, il avait jugé nécessaire de passer sa vie aux F.T.P.F de Haute-Savoie et de déserter son échoppe de coiffeur pour hommes sans attendre que les S.S. viennent le chercher. Deux de ses neveux avaient déjà pris le maquis plutôt que d'accepter le S.T.O.

Un soir, réunion des maquis F.T.P.F. et de l'A.S. Ces derniers viennent au-devant de Fonse qui est de garde, le pistolet-mitrailleur Thomson à la main.

« Le mot de passe ? crie Fonse.
– On est de l'A.S. et y a la réunion.
– Le mot de passe, diou de diou !
– Fais pas le con, on est du maquis.
– Ah, vous n'avez pas le mot de passe ?…»

Tacacatac… Tacacatac… La Thomson a parlé juste et fort.

Jouets

Le mot est apparu dans la langue française aux environs de douze cent affirme le Lexis mais les jouets avant mil neuf cent quarante n'avaient pas fait leur apparition : quand on n'a pas assez d'argent pour manger on ne peut acheter le superflu. Heureusement que la marraine de l'Angèle, épouse d'un garagiste près de Genève, venait de temps à autre à la maison, conduite en 301 par son mari, les gosses entassés sur la banquette arrière. C'est ainsi que j'ai découvert un tambour offert à mon frère de dix ans mon aîné. Il ne quittait pas le haut de l'armoire en sapin de la chambre de l'Angèle et il dut à cette utilisation particulièrement parcimonieuse une espérance de vie de plusieurs décennies, une espérance extraordinaire pour un tambour.

J'ai vu une patinette rouge utilisée successivement par mes frère et sœur et qui a cessé brutalement d'exister le jour où j'ai failli passer sous une traction. C'était sur la route nationale, dans un grand crissement de pneus je me suis retrouvé coincé sous le pare-chocs de la 11 C.V. Citroën qui appartenait à Reverchon, le propriétaire du Palais du Vêtement. Terrifié par ce qui aurait pu arriver, Melchior accrocha la patinette à cheval sur une poutre de la remise ; elle n'en est jamais descendue et la rouille a mangé le rouge de la peinture.

J'ai vu encore une poupée qui finit ses jours sans cheveux car ma sœur les avait coupés. Elle a fini sa vie dans le fourneau où la même main experte l'avait jetée car elle ne pouvait souffrir qu'on pût lui demander de vouloir me la prêter. Déjà garce ! Voici les seuls souvenirs de jouets qui ont franchi le seuil de la maison. Avait-on d'ailleurs le temps de jouer ?

Dès qu'on avait une minute de libre au retour de l'école il fallait monter le gros bois qui alimentait quotidiennement le fourneau, casser le petit bois pour alimenter le feu du lendemain, descendre du fenil la ration journalière de foin aux vaches. Ces corvées terminées, le panier vide à remplir d'herbe aux lapins nous attendait. De retour la boille était prête pour mener le lait à la fruitière ; le porter aurait dû dire l'Angèle. Retour de la fruitière à la nuit : où est donc passé le temps du jeu ?

À l'école, durant les récréations, on s'en donnait : pas de parents pour nous trouver une occupation utile. On sortait les mapis, ces petites billes de terre cuite façonnées à la main par des parents ouvriers à la tuilière.

Rares étaient les agates, billes de verre colorées, signe de richesse dans une maison : une agate se troquait contre cent mapis même si elle était constellée d'éclats pour avoir trop servi.

Les ballons ? On ne connaissait pas.

Les cerceaux ? Les jantes en acier des vieilles roues de bicyclette étaient réservées à cet usage.

Les landaus de bébé qui avaient promené au moins trois générations de rejetons braillards avant d'être réformés se retrouvaient promus au rang de carrioles dont les équipées dans le village valaient bien un parcours de diligences au Far-West.

Le charpentier Léon ne rechignait pas à nous découper à la scie à ruban, dans un morceau de planche de sapin, une forme qui ressemblait à s'y méprendre à un fusil. Ce qui nous faisait traiter par certains de sales petits morveux accompagnés de ce commentaire : « *On voit quiziètaient pas, eux !* » référence à la guerre de quatorze dix-huit, évidemment. Les fusils de bois strictement interdits durant les années de guerre de quarante à quarante-quatre, firent leur réapparition à la libération du quinze août quarante-quatre.

Quelques boîtes de sardines vides récupérées dans le trou à Manet suffisaient à nous remplir d'aise : on se faisait un train à peu de frais car un trou percé à chaque extrémité des boîtes, de la ficelle de bottes pour les relier entre elles et on obtenait une chose très convenable à tirer derrière soi sur la terre des cours en imitant le bruit de la locomotive à vapeur

Plus intéressante était la fronde. Une fourche de noisetier servait de support. On l'avait choisie dans une haie après beaucoup d'hésitations. On empruntait le goliet italien de Melchior, à son insu évidemment, pour couper la branche. C'était très difficile de se procurer les lanières de caoutchouc car les chambres à air de voitures ne courent pas les rues. Peut-on affirmer publiquement qu'il nous faut des caoutchoucs ? On nous répondrait que c'est pour faire une fronde ? Mais c'est interdit ! Objet de troc à l'école, les lanières étaient fixées sur les branches de la fourche par des ligatures en fil de fer.

La fronde terminée devenait entre nos mains inexpertes une arme dangereuse, prohibée par le trio parents, instituteur et curé réunis.

Elle n'a jamais tué d'oiseaux malgré le soin apporté aux visées, ni de corbeau trop intelligent pour ne pas se méfier, ni de pie, ni de merle ou de moineau. Fatigués de ces tirs sans résultats on se vengeait sur les poules des voisins car elles constituaient des cibles importantes, d'une bêtise crasseuse car elles ne s'éloignaient pas de nous-même à demi culbutée par une pierre plus chanceuse que celles qui l'ont manquée. Dans un caquètement indigné la poule reste là. Grande conne, va.

De temps à autre, l'instituteur averti par des boursouflures aux poches de tablier ou par un dénonciateur adulte zélé, procédait à une fouille généralisée et confisquait tout en nous menaçant des pires punitions quand il rapporterait ces armes aux autorités parentales. Nos guerres serbo-croates, cinquante ans plus tôt, on les faisait à coups de fronde, entre hameaux, à la sortie de l'école.

Plus pacifique, la fabrication de sifflets en marronnier nous intéressait un temps. Il faut attendre la montée de la sève d'avril lorsque les bourgeons poisseux éclatent leur vert tendre de feuilles en devenir.

Ouioui sort son opinel et m'apprend patiemment à faire le sifflet en séparant un cylindre d'écorce du bois de marronnier après l'avoir longuement tapoté du manche de l'opinel. Dommage que ce sifflet ne dure qu'un temps : l'écorce se dessèche et se fend. Comme une fleur fanée il a trépassé. On en refera d'autres l'année prochaine. Enfin peut-être...

Jouet... Mot décliné aujourd'hui tout le temps.
Jouets exposés sur les premiers rayons en entrant dans les grandes surfaces : règles de marketing obligent !
Jouets achetés à profusion.
Juste effleurés et déjà déflorés.
Rejetés, réformés et aussitôt abandonnés. Courir à d'autres à consommer à outrance suivant les modes : goldorak, barbie ou nintendo. J'en suis sidéré à Auchan ou à Toys R Us après les années 2000.
Mais où sont, vierge souveraine, mais où sont les mapis d'antan ?

Le dernier voyage

Enfant de chœur, tu es beau en surplis blanc à dentelles sur la soutane rouge : on ne voit plus tes vêtements rapiécés par la Fifine. Seuls les souliers à semelles de bois de la guerre attirent encore l'œil. Pour les enterrements la robe est noire, mais être enfant de chœur c'est terrible. Pour la bonne compréhension du problème il faut savoir qu'il y a dans la commune trois villages : l'un avec l'école, la mairie, la cure et l'église, c'est le chef-lieu, loin de la route nationale, adossé aux Bracots et dominant les marais que les chantiers de jeunesse vont assécher au début de la guerre.

Les deux autres villages sont des hameaux séparés du chef-lieu et entre eux par des vallées au fond desquelles coulent des nants. Pour aller d'un hameau à l'autre ou au chef-lieu il faut descendre et remonter ensuite par les crossettes. Ces chemins pierreux d'un autre âge ont été doublés par de routes goudronnées qui vont tourner assez loin pour éviter la pente et on fait des kilomètres pour aller d'un point à un autre.

La vieille Adélaïde est morte juste à côté de notre maison. On a sonné la définie au clocher. Léon a pris ses mesures et a fabriqué le cercueil, toutes affaires cessantes. Lorsque le curé arrive dans la cour de la maison de la morte le charpentier a serré les dernières vis du couvercle. Ça sent bon le vernis frais appliqué sur le chêne. Je suis là, à côté du curé. Pour aller enfiler cette satanée robe noire et son surplis blanc il a fallu déjà se rendre à l'église, en revenir chercher le cercueil de l'Adélaïde, à pied avec le curé. Il faut porter soit le goupillon et le bénitier d'argent, soit la croix et ça, c'est le pire des cas.

Cette croix est désespérément lourde pour de petits bras, elle a un crucifix d'argent et son support en ébène long comme un grand manche de fourche. Il n'est pas question de porter sur l'épaule : ce n'est pas un rablet ou un trident tout de même ! L'idée de ne pas la porter bien droite ne nous effleure même pas. Si le curé savait que cette idée nous vient en tête, la menace d'irrespect envers le sauveur miséricordieux serait punie sur le champ par la brutale et habituelle paire de gifles.

La croix étant toujours en tête du cortège, le moindre écart par rapport à la verticale est immédiatement repéré par le grand maître avec les conséquences qui s'imposent.

Marcel a étrillé soigneusement son cheval. La bête de trait est bizarrement accoutrée avec son bonnet noir à oreilles galonné d'argent et sa couverture sur le dos, elle aussi noire et argent. Elle secoue la tête, indignée de cet accessoire posé sur son chef tandis que sa queue est imprimée de l'habituel mouvement sur les flancs gauche et droit destiné à chasser éventuellement les mouches. Marcel a mis son costume du dimanche avec une cravate et une casquette plutôt neuve, c'est-à-dire qu'on ne voit pas encore la crasse grisailler la visière et la partie supérieure circulaire en contact avec la tête. L'attelage attend dans la cour et Marcel calme sa bête de la main et il lui parle à voix basse. Le cheval doit être habitué au parler de bègue de son maître : « *Tu-tu-tu res-res-te tran-tran-quille !* » Jean, mon oncle, le surnomme "le cocoli".

Le cercueil béni dans la maison est hissé dans le corbillard et nous voilà partis vers l'église : ça ne fera que le sixième kilomètre qui commence. La croix bien droite est suivie du curé qui psalmodie des prières au rythme des fers des sabots du cheval.

Suit le second enfant de chœur. Marcel a de la chance car il est juché sur son banc de postillon de diligence. De part et d'autre du corbillard marchent les quatre personnes qui tiennent les cordons du poêle. Derrière le corbillard vient la famille reconnaissable aux pleurs et aux vêtements de deuil. Les hommes suivent. Quant aux femmes elles sont reléguées, suivant l'usage, en queue de peloton et ferment la marche.

On y discute ferme dans le cortège, loin des prières du curé, on y parle autant des récoltes qui seront assez bonnes à condition que ni la pluie ni la grêle n'y apportent leur grain de sel, que de la vache qui vient de vêler ou des mérites de celui qui est en bière et qu'on accompagne une dernière fois. Si le cheval lâche son crottin fumant sur le goudron, la piétaille du cortège fait un drôle de ballet pour éviter d'y mettre les pieds et de salir les souliers du dimanche. Encore deux kilomètres et demi, voilà l'église toutes cloches sonnant. Les femmes suivent le cercueil à l'intérieur. Quelques hommes font de même mais la grosse majorité d'entre eux file aux deux bistrots. On y boit des chopines, on y parle haut en attendant que le bruit des cloches couvre votre voix et annoncent la fin de l'office à l'église. Elles sonneront tout au long du trajet menant au cimetière. Encore un kilomètre.

Une autre bénédiction avant la mise en terre. Marcel avec son cheval et son corbillard en a fini. Retour à la sacristie : un kilomètre de plus. On y quitte l'habit liturgique après avoir enfin posé la croix avec beaucoup de déférence. Il ne reste plus qu'à rentrer à la maison en utilisant les crossettes, rajoutons deux kilomètres. Faites les comptes : beaucoup plus de dix kilomètres dont cinq ou six en portant la croix. Pour des vivants, c'est vraiment crevant un enterrement !

Le bowling

Le père Fillion a façonné lui-même les boules, d'une bonne quinzaine de centimètres de diamètre, dans la partie noueuse d'une branche de platane. À la tarière et au ciseau à bois il a évidé deux parties : l'une cylindrique pour y glisser le pouce, l'autre allongée pour y installer les quatre doigts restant et tenir ainsi la boule d'une main ferme. Les quilles de cinquante centimètres de hauteur ont été façonnées, toujours par le grand-père Fillion, à partir de baliveaux de chêne. Construites pour durer, protégées à leur base par un cerclage de fer identique à celui des roues de char, elles résistent victorieusement à tous les mauvais traitements.

Une partie du jardin, en face du café, de l'autre côté de la route nationale, a été sacrifiée au détriment des pommes de terre qui y poussent. Il est recouvert de gravier et de sable provenant de la carrière à Manet et clos d'écoins cloués sur des piquets de pesses[27]. Le carré recevant les neuf quilles soigneusement délimité ainsi que les emplacements respectifs des quilles marqués par des fers plats enfoncés dans le sol, on sait exactement où mettre les neuf bois de chêne. De part et d'autre de ce carré et un peu en avant, des buttes de terre rabattent infailliblement la boule vers le jeu. Tout l'art du jeu consiste à lancer la boule avec de l'effet et beaucoup de vigueur exactement au bon endroit sur la butte afin qu'elle arrive sur le jeu en diagonale et déquille les neuf quilles.

Par comble de malchance, la boule parfois telle une fusée traverse le jeu en slalomant à travers les quilles, les frôlant sans en renverser une sous les quolibets des spectateurs adressés au joueur malchanceux. Pour ne pas tricher en s'approchant trop, le lanceur de boule ne doit pas dépasser dans sa course un tronc de sapin placé à terre en travers du jeu. Ce tronc sert de butoir arrêtant les boules que nous renvoyons du fond du jeu.

Une table formée de trois planches de sapin grisaillées par les intempéries, clouées elles-même sur des billots de sapin dressés en

---

27/ Pesse : épicéa.

guise de pieds et ombragée par une treille dont les raisins ne mûrissent jamais totalement vu qu'ils sont picorés avant, donne une note champêtre à ce lieu des retrouvailles des hommes.

Le dimanche après midi, ils sont là, tombant la veste, buvant les picholettes servies par l'Alice et la Maria. Les verres et les bouteilles font la navette entre le café et la treille situés de part et d'autre de la route nationale. Heureusement qu'en ce temps-là, les automobiles qui empruntent ce chemin se comptent sur les doigts d'une main.

Les hommes misent de l'argent. Chacun met sur la table la mise : dix sous, vingt sous… Ils jouent à tour de rôle et celui qui a déquillé le maximum de quilles rafle la totalité de la mise sans oublier de donner quelques pièces aux renquilleurs.

Les renquilleurs ? C'est nous les mômes. Notre rôle est simple : remettre les quilles en place, c'est à dire renquiller et renvoyer les boules aux joueurs en les faisant rouler. Lavorel avait un exemple tout trouvé pour illustrer la famille des mots : quille, enquiller, déquiller, renquiller, renquilleur. Rôle simple mais pas exempt de dangers : il faut vite vite déguerpir du jeu dès que les quilles sont en place et se mettre à l'abri derrière la palissade des écoins car les boules volent bas surtout si elles sont lancées par un joueur toujours perdant donc énervé et surtout aussi s'il a un coup dans le nez.

L'Angèle m'a prévenu d'ailleurs : *« Fais attention à la boule. Si tu la prenais sur la tête comme le Jeanjean des Mollards, tu serais toute ta vie simplet comme lui ! »*

À la fin de la partie, on se partage les pièces de deux sous et le verre de limonade de la Maria qui nous propose : *« Tiens petit, bois. »*

La patire

Depuis plusieurs semaines, Jean et Melchior se sont concertés en regardant le calendrier du mois de décembre sur L'Almanach du Messager boiteux, cherchant quelle serait la meilleure date pour tuer le cochon. Il y a un calendrier par mois sur cet almanach et celui de ce dernier mois représente un cochon qu'on tue. On y voit la paysanne qui remue le sang dans un seillot, l'ordonnateur du sacrifice a un couteau plongé dans la gorge du pouet[28] et la bête ne bouge pas, se soumettant à ce qui a été décidé autoritairement par l'homme.

Je ne savais lire mais étais capable de m'intéresser à ces dessins :
« Qu'est-ce que c'est ? » me demandait ma mère devant cette gravure.
« Ça, c'est la maman, elle fait le boudin ! »
« Et ça, qui c'est ? » rajoute-elle.
« C'est Armand le charcutier qui tue le cochon ! »

Le nôtre de cochon est très gros et la couche de lard lui rebondit les flancs, lui arrondit à tel point les cuisses qu'il est obligé d'écarter les pattes pour pouvoir se déplacer dans le boîton[29]. La machine à grossir tenue sous pression par l'Angèle qui, tous les jours, a préparé "ça aux cochons" tourne maintenant à vide. C'est justice que ce soit chacun à son tour de manger ! Mange que je te mange ! On ne lui a rien demandé à cette bête que de grossir en bonne santé. Il a profité de l'extérieur enfermé dans un petit enclos de planches prolongeant le boiton, quatre mètres carrés à l'intérieur, autant d'enclos, mais pas plus.

On l'a acheté tout petit, à la fruitière, au printemps. Avec le petit-lait, sous produit de la fabrication du beurre et du gruyère, le fruitier élève des cochons, à grande échelle, dans sa porcherie attenante à la laiterie.

« T'as demandé si "i" peut venir vendredi en quinze ? » questionne Melchior.

28/ *Le pouet est un autre nom du porc.*
29/ *Le boîton : j'y mets volontiers l'accent circonflexe car il vient de boîte.*
   C'est une petite construction cubique servant d'abri aux cochons.

« *Oui*, répond l'oncle, *mais je sais pas encore si on aura la patire* [30] *?
Il faudra voir chez le Bobinet.* »

La patire est une sorte de grande caisse en bois de sapin, une espèce de baignoire à caillon.

Son volume intérieur en tronc de pyramide renversé permet d'accueillir allongé, le plus grand porc possible. Les planches longitudinales
de cette baignoire se prolongent au-delà des petits côtés par quatre
poignées aux angles. Il y a peu de patires : on se la passe, on la retient
longtemps à l'avance comme le charcutier, pour quelques sous de
location. On va la chercher avec la charrette à cheval ou encore le barot.
Hissée à grand-peine sur la plate-forme la patire est tellement longue
qu'on peut à peine s'atteler aux deux brancards du barot pour le tirer.
L'animal a été prévenu par tous de ce qui l'attendait dans un futur on
ne peut plus proche. Il nous a toujours répondu par des grognements
de fond de gorge à nos avertissements répétés sans qu'apparemment
les prédictions le perturbent.

La veille du grand jour il n'a rien eu à manger mais a eu droit à
son verre de rhum du condamné à mort c'est-à-dire au seau de maude
tirée du tonneau, apporté par Melchior : première et dernière cuite avec
une diarrhée et des boyaux propres à nettoyer. Le lendemain, avec
une gueule de bois bien assurée, il a découvert son Amérique à lui, un
nouveau monde en traversant le jardin dans toute sa longueur, la route
nationale ensuite, la cour enfin, toujours solidement entravé par des
cordes attachées à sa tête et à ses pattes avant et arrière. Bon gré mal
gré, il s'est retrouvé couché sur le fond de la patire renversée poussant
de tels hurlements que tout le village était au courant de l'imminence
d'une exécution.

Depuis la veille l'Angèle avait mis à chauffer toute l'eau qu'elle pouvait stocker sur la plaque du fourneau. Le matin, très tôt, elle a bourré
le feu pour avoir de l'eau bouillante en quantité.

Ils sont trois à tenir la bête entravée, couchée sur le côté droit. J'ai
réclamé ma part de travail et la queue m'a été confiée. Je tire de toute ma

---

30/ *Patire ou patière ? L'orthographe est incertaine.*
  Le mot viendrait-il du vieux verbe pâtir c'est-à-dire souffrir, supporter ?

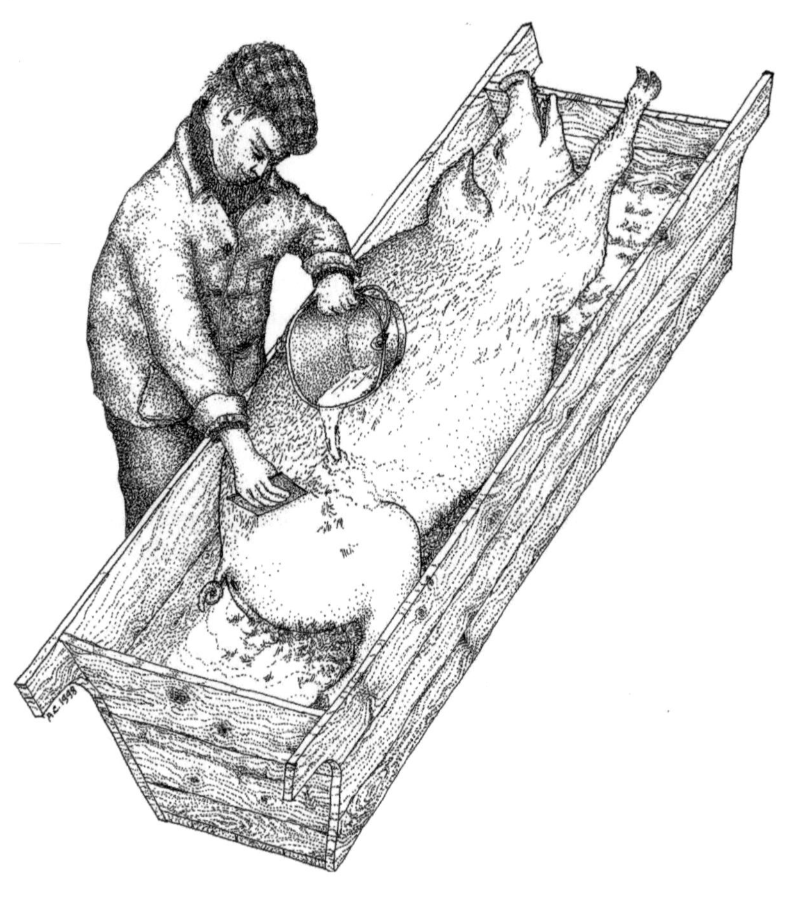

La patire

force sur cet appendice en défrisant le tire-bouchon tandis qu'Armand, le charcutier occasionnel, a préparé son couteau au tranchant brillant du récent aiguisage sur une meule de grès mouillé. L'instrument plonge dans une gorge graisseuse.

« Diou de diou ! J'arrive pas à le saigner ! » dit Armand tandis que son couteau hésite, se retourne dans le gras et la chair et que le cochon hurle de plus belle. On n'entend que lui.

« Ça y est ! » Il a trouvé l'artère et l'a tranchée nette. L'animal hoquette en beuglant. Le sang gicle au rythme du cœur et l'Angèle n'en perd pas une goutte, le recueillant dans le seillot qui sert à traire habituellement les deux vaches de l'écurie. Elle avait mis du vinaigre dans le récipient et de sa main droite elle brasse le liquide pour en ôter la fibrine. Rouge jusqu'au coude, elle s'applique à sa tâche, sortant des poignées de résille blanche, sans prêter attention à celui qu'elle a nourri et dont les yeux se voilent, sa gueule ouverte cherchant désespérément un peu d'air. La tête du cochon s'arque tandis que ses pattes entravées s'agitent comme pour fuir à jamais ces lieux maudits. L'urine coule sur la patire en une grande flaque jaune qui s'étale et fume dans le froid de ce matin de décembre. La tête retombe inerte avec un dernier râle de tréfonds d'être.

Armand, posément, manœuvre la jambe avant gauche du cadavre afin, dit-il, de bien le vider de son sang. Il faut le peser pour annoncer ensuite le poids de la belle bête. La grande échelle de la grange a été appuyée contre la façade, la balance romaine accrochée aux derniers barreaux supérieurs de l'échelle, le cochon attaché à grand-peine par ses pattes de l'arrière au crochet de la balance. Jean se hisse sur la pointe des pieds pour manœuvrer le curseur qui recherche son équilibre et annonce le verdict de la balance : 190 kg. C'était un beau cochon !

Allongé dans la patire, le cochon est ensuite ébouillanté. La vapeur monte, les mains s'activent armées d'un racloir d'acier qui gratte la crasse de la couenne en éliminant les poils longs et durs sans oublier un centimètre carré de peau. Et dire que ces poils se nomment des soies ! Blanc, rose, propre comme s'il sortait d'une pub de lessive à la télé, le cochon est hissé une deuxième fois sur l'échelle de la grange, les deux pattes avant écartées. Armand l'ouvre de haut en bas, de la gorge à la queue, libérant un gros paquet de ventraille. Encore du travail pour l'Angèle qui va nettoyer les boyaux consciencieusement. C'est une redondance d'utiliser ce mot car l'Angèle fait tout très consciencieusement. Ses mains rougies par l'eau froide du robinet, elle rince soigneusement la dizaine de mètres d'intestin, se battant contre ce que la diarrhée n'a pas évacué complètement. Les boyaux sont ébouillantés à l'eau salée, prêts à un autre emploi, une reconversion totale. Armand a tout enlevé, même la vessie vidée qu'il gonfle d'air à la bouche comme on souffle dans un ballon de baudruche, il la ferme soigneusement avec une ficelle de botte.

Melchior la pend à une poutre de la remise. Blanchâtre et veinée de rouge, elle deviendra au fil des semaines jaunâtre et veinée de noir avant de terminer son existence en blague à tabac. Le sexe graisseux de la bête a été enlevé par Armand. Jean l'a attaché avec une ficelle à un clou de la porte de la remise. Il va y sécher et rancir à l'air mais sa graisse ne pourrit pas. Comme dit Bruno Masure : « *Chez le cochon tout est bon !* » même ce bout gras de sa zigounette qu'on frottera sur l'acier de la scie à bûches ou sur celui du bâtard[31] lorsque ces outils coincent dans la coupe du bois vert. Le verrat teigneux qui cherchait à vous mordre les mollets dans l'enclos n'a jamais eu l'idée du sort réservé à son sexe.

Tout sert, tout est accommodé : les abats passés à la machine à hacher et malaxés avec de l'ail, des oignons, des épices, deviennent atriaux enveloppés dans la crépine. Le sang additionné de crème est devenu lui boudin, enroulé sur lui-même et refroidissant traditionnellement sur la planche à laver le linge au bassin. Oreilles, joues, museau, deviennent pâté de tête. La couenne cuite, relevée au cumin, hachée et mélangée à de la chair à saucisse fera des longeoles. Armand, aidé par une Angèle efficace, règne sans partage sur ces transformations de bouffe. Il a arrondi les jambons, réclamé selon ses besoins sel, poivre en grains, noix de muscade ou bien encore ficelle pour lier les boudins, demandé où étaient les boyaux salés achetés chez le boucher du village voisin pour multiplier les saucissons. Les morceaux de viande désossée par ses soins s'accumulent dans des récipients qu'on a récupérés ici ou là. La machine à hacher est fixée sur le plateau de la table de la cuisine. Armand y introduit les longs rectangles de gras, les bouts de chair rouge avalés par la vis hélicoïdale. Sa main droite tourne la manivelle,

---

31/ *Le bâtard est une grosse scie en ruban d'acier avec une poignée à chaque extrémité,
elle est manœuvrée par deux servants, idéale pour couper un gros arbre.*

la gauche approvisionne la machine et les doigts accompagnent cette descente, attentifs à ne pas s'aventurer trop bas dans cet entonnoir où disparaît la viande. Il s'est arrêté de mouliner pour me montrer deux drôles d'extrémités de doigts, le majeur et l'annulaire, raccourcis, boudinés et veufs de leur ongle. Je les avais déjà remarqués évidemment. *« Tu vois, un jour ma main est descendue trop bas et mes bouts de doigts sont devenus de la chair à saucisse. »*

« Quel goût devaient avoir ces saucisses ? » me suis-je demandé. N'empêche que je le surveillais du coin de l'œil : s'il rééditait son fatal exploit ? D'autant que plus la journée s'avançait, plus ses gestes étaient mal assurés, plus ses yeux brillaient : l'alcool n'y était pas étranger. Il parait que le soir, lorsqu'il rentrait avec sur le dos sa hotte contenant ses outils de bourreau des cochons, le vélo retrouvait tout seul le chemin de sa maison.

La petite douzaine de mètres carrés de la cuisine était transformée en laboratoire de traiteur. Ça sentait le boyau frais, le gras bouillant, la viande fraîche fadasse, le vin de chez Duvernay, la gnôle, le café à l'orge réchauffé, mélangé suivant les moments à une odeur d'épices. Les saucisses glissent les unes sur les autres, les jambons frottés au gros sel s'essuient au plafond. Lorsqu'on passe en dessous il y a beaucoup de chances pour qu'on soit baptisé aux gouttes salées. Les saucissons attachés à une grosse perche de noisetier viennent rejoindre les jambons au plafond avant d'être exilés au plafond de mon alcôve, juste au-dessus de mon lit. Joli spectacle en ouvrant l'œil dans la pénombre des matins ! Le "boutatiou" me nargue pendu à côté des gros saucissons. C'est le rectum qui fournit ce géant qu'on mangera beaucoup plus tard, un jour de fête. Il m'arrive de subtiliser un petit saucisson pour satisfaire une grosse faim au lit.

Mais je n'ose guère ! Ça se verrait !

L'Angèle, toujours elle et on peut penser qu'il n'y a qu'elle qui travaille, s'est acharnée à nettoyer le saloir en ciment. Dans la saumure fraîche, elle y range tout ce qui doit être salé : poitrine, côtelettes, plaque entrelardée. Les jours suivants il faudra encore faire fondre le gras pour obtenir le saindoux qu'on coule bouillant dans les toupines. Il servira de gras quotidien pour faire sauter les pommes de terre, enfin tant qu'il y en a dans la toupine. Rien ne se jette même les résidus de cette transformation du lard en saindoux, les "grebons" restent dans une assiette. Ils seront mangés avec une tranche de pain, emportés à l'école, pliés dans du papier de façon à ne pas tâcher de gras les poches du pantalon court. Le boiton est vide quelque temps. Il faudra bien en remettre un cochon pour l'année prochaine. Pauvre bête : elle a une telle importance dans la subsistance de la famille qu'elle est accommodée dans les expressions : *« On n'est pas bons à donner aux cochons. »* Des moins que rien ! *« Il vaut mieux élever des cochons que des enfants : les cochons au moins on les mange. Si tu n'es pas sage on te donnera à manger aux cochons. »*

La bouffe

La grosse bouffe correspond à l'exécution du cochon : il n'y a pas de frigo ni évidemment de congélateur. On mange donc plus qu'à l'accoutumée afin de ne rien laisser perdre ni le moindre centimètre de boudin ni le plus petit grebon. Aujourd'hui il y a un "congèle" mais pas de cochon.

Le menu de tous les jours est presque invariablement le même.

Au petit-déjeuner le café qui reste au chaud à l'intérieur de la cafetière émaillée à damiers blancs et bleus, installée à demeure à un endroit précis de la plaque du fourneau, ni trop au chaud, ni trop au froid. Le café est à la chicorée avec adjonction d'un peu d'orge grillé. Monsieur Mélita n'ayant pas encore traîné ses guêtres et ses filtres chez moi, le café passait encore à la chaussette. Café servi avec du lait frais, dans un grand bol de faïence ébréchée, le tout recouvrant des restes de vieux pain coupé en morceaux. Au contact du café au lait fumant ils reprenaient vie telle une vieille éponge qu'on aurait imbibée.

Pas de confiture au petit-déjeuner : on mangeait cette pâtée de pain gonflée dans le café au lait avec une grosse cuillère en fer-blanc qui fut un jour étamée par le magnin. La confiture est réservée aux quatre heures. L'Angèle en faisait avec les fruits du jardin : pruneaux, reines-claudes, rhubarbe, "craisons" ou "crésons" qui sont des pommes au goût âpre. Sa confiture remplissait de gros pots en terre cuite émaillée. Pour l'empêcher de moisir elle avait l'habitude de découper un morceau de papier blanc sulfurisé exactement au diamètre intérieur de la petite toupine, de le poser sur la confiture et de le recouvrir d'un bon centimètre de goutte. Ensuite elle recouvrait la toupine d'un papier journal en plusieurs épaisseurs, tenu en place à la ficelle de botte. Quatre-vingt-dix-neuf fois sur cent sa confiture moisissait en générant un magnifique duvet gris. Bah, on enlève la rondelle de papier, on racle soigneusement ce qui est moisi et on mange ce qui est dessous. Étalé sur une tranche de pain c'est quand même super ! Le pot de confiture reste longtemps entamé : interdiction de se servir seul, interdiction de la manger à la cuillère. L'Angèle hésitait avant d'en ouvrir un autre car elle n'en avait qu'une petite dizaine pour l'année.

À midi, tous les jours il y a des pommes de terre, le plus souvent en robe des champs c'est-à-dire bouillies pour économiser le gras, parfois en purée, parfois sautées au saindoux pris dans la toupine qui servait à le conserver. Quelquefois ce saindoux rance donnait un drôle de goût à la fricassée de patates. La pomme de terre économisait le pain qu'on achète alors que les tubercules de Parmentier sont dans la cave, au fond, versées après la récolte à même la terre battue. Lorsque les pommes de terre commencent à pourrir dans le tas, l'Angèle me réquisitionne pour tout trier et ça dure des heures et des jours ce tri indispensable si on veut, grâce à ce qui est sain, faire la soudure avec la nouvelle récolte.

Putains de patates ! J'ai dû les mettre en terre, traînant le panier de semences de trou en trou creusés au foussoir par l'Angèle ou Melchior. J'ai dû les combler. J'ai dû cueillir un à un les doryphores accrochés aux feuilles montantes pour les brûler ensuite avec un peu de pétrole. Il m'a fallu désherber le champ avant la nouvelle récolte pour que les arracheurs sachent exactement où planter le foussoir afin d'étaler d'un geste les tubercules, la panse à l'air. J'ai dû les ramasser en les triant derrière les foussoyeurs, mapis pour les cochons, moyennes et grosses en deux tas séparés. J'ai dû encore les mettre en sacs et les transporter avec le barot, les vider en tas à la cave. De plus il fallait toujours se dépêcher, l'Angèle nous prévenait :
   « Dépêche-toi de finir d'enlever la mauvaise herbe, le papa va venir. »
   « Dépêche-toi de ramasser, y faut rentrer avant la pluie. Si les pommes de terre sont mouillées, elles vont pourrir ! »

Sacrées patates, que ne faut-il pas faire pour les voir tous les jours tous les midis sur la table ! Elles accompagnent un jour les pâtes, le lendemain le riz, un autre jour les carottes, les épinards, les côtes de blette, le céleri-rave ou encore la chicorée amère en salade. De temps à autre un peu de lard gras sorti du saloir vient se coincer dans le repas et semer la zizanie entre les deux plats.

Fromage ? Réservé au repas du soir avec le pot de soupe, poireaux et pommes de terre, pain trempé, avec les légumes de saison : orties, cerfeuil, dent de lion. Le mot fromage désigne exclusivement le gruyère acheté à la fruitière. Tomme ou reblochon ne font pas partie de la grande famille du fromage : ce ne sont que tomme ou reblochon, ils constituent des ensembles indépendants, pour reprendre les termes des maths modernes.

Heureusement que dans cette monotonie l'Angèle se fait fée et je garde au cœur le goût des beignets aux pommes reinettes grises du champ de la vigne ; le goût des pains perdus, croustillants, saupoudrés de sucre après avoir gonflé dans le lait et les œufs ; celui des rissoles de Noël, ces petits pâtés frits en pâte feuilletée fourrés aux poires loup. Ces poires immangeables sont gardées justement pour les rissoles. Dures à éplucher comme des coings, à la chair grenue, elles cuisaient des heures durant sur le coin du fourneau, prenaient une teinte cramoisie et brune à la fois avant de se caler entre deux parois de pâte feuilletée. Les poires loup ont été rangées en septembre sur un rayon du placard de ma pièce aux côtés de pommes christ, de pommes reinettes grises qui se fripaient au cours des mois telles des mamies nonagénaires. Il y a encore quelques poires Charles pour compléter ces fruits pour l'hiver. Il n'est pas question de s'y servir sans autorisation très spéciale et l'Angèle sait, à la pomme près, où en est la réserve. La berner ? Il n'en est pas question et l'idée ne nous effleure pas. Pommes et poires sont perchées sur un rayon et surplombent les habits du dimanche de Melchior et de Jean. Ils sont pendus juste en dessous. Le costume qu'on enfile de temps à autre le dimanche en été, le manteau qui tient compagnie au costume les jours de froidure d'hiver. En fait ils servent surtout pour les enterrements. On en achète un exemplaire dans une vie et il faut les garder en bon état car ils serviront une dernière fois lorsque vous partirez dans la caisse aux quatre planches et huit clous.

Le dimanche, suivant l'état du porte-monnaie, il y a un rôti de bœuf qui cuit durant des heures sur le fourneau, tourné et retourné par l'Angèle car l'essentiel à ses yeux c'est d'avoir du bon jus à répandre sur les pommes de terre.

On mangeait parfois de drôles de choses dont j'ai perdu le goût, la mémoire du nom reste encore présente : la froissure ou fricassée de cœur et de poumons. Aujourd'hui le poumon se nomme mou pour chat. La tétine de vache toujours en fricassée : plus spongieux tu ne trouveras pas. Où sont-ils à l'aube du troisième millénaire ces mauvais abats ? Canigou ou Whiskas ?

Le nirvana ce sont les œufs à la neige. Les poules du fond du jardin se sont associées aux deux vaches de l'écurie pour fournir ensemble la matière première. Attention : les œufs à la neige sont réservés à quelques grandes occasions, la communion ou la confirmation. Ils se comptent sur l'année avec les doigts d'une seule main. L'Angèle les sert dans les assiettes du fond du buffet, celles qui ont une devinette ; il y en a malheureusement six car c'est un héritage de mon arrière-grand-mère qui a partagé ses douze assiettes.

Ce qui n'est pas mal non plus c'est la tarte. Aux pommes, aux prunes, à la rhubarbe, selon les saisons. Moi, je dois secouer le prunier aux reines-claudes ou le pruneaullier. L'Angèle a beaucoup de peine à faire cuire ses tartes avec le fourneau à bois. Son four a une zone proche du foyer qui brûle ce qu'il devrait cuire alors que le reste du four reste désespérément froid. Il faut tourner toutes les dix minutes la tarte d'un petit quart de tour.

Tous les jours, il y avait la petite gâterie du lait frais juste trait. Lorsque l'Angèle remonte de l'écurie dans laquelle elle a trait les deux vaches, elle tient à la main son seillot fumant. Comme le chat de la maison j'ai droit au lait chaud.

Le meilleur de la nourriture reste pour la "faim/fin" : le pain !

Pain sacré aux yeux de tous qu'on l'entame avec ou sans signe de croix tracé au couteau.

Pain cuit au feu de bois qui garde souvent, enchâssé dans sa croûte, un charbon noir du reste de cuisson.

Boule odorante glissée dans le sac par le boulanger blanc de farine.

Pain que je porte à l'abri dans le sac de toile cirée noire.

Pain qui gonfle la poche du tablier quand on va à l'école, avec un sucre pour lui tenir compagnie : le chocolat est trop cher.

Pain qui manque cruellement dans les années noires de la guerre et pour lequel il faut donner des tickets de rationnement. Triomphant, Jean le pose sur la table car il l'a obtenu exceptionnellement sans ticket grâce à son ami boulanger.

Que de fois j'ai entendu, durant la guerre, se lamenter l'Angèle :

« Y a plus de pain ! »

« Va voir si y a du pain. »

« Ah, si on avait du pain ! »

Aujourd'hui je regarde le choix qui nous est offert chez le boulanger : pain à l'ancienne, fariné, aux six céréales, à l'épeautre, au seigle, au son, complet, biologique, aux lardons, aux olives, au sésame, au pavot, au lait, borsa ; pain vendu sous la forme de bâtard, de ficelle, de michon, pain fendu, marguerite, épi, sans compter la bannette ou le baniol.

CARTE INDIVIDUELLE D'ALIMENTATION - Titre 3021
N° 80
Nom : Clérino Angèle
Prénoms :
Né le 16-5-1906
à : Feu
Nationalité : F   Sexe : F
Département : H. Savoie
Commune : Feu
Rue :
Délivrée le : 4-10-1946
par la Mairie de : Feu
Signature du Maire
Cachet de la Mairie

24 FEV. 1948
FEUILLE TRIMESTRIELLE DE COUPONS
2e Trimestre 1949
TITRE 207
JUIN 1949
A
COUPON ÉCHANGE
LA LOI PUNIT DES PEINES LES PLUS GRAVES LA CONTREFAÇON ET LA MISE EN CIRCULATION IRRÉGULIÈRE DES TITRES D'ALIMENT

CARTE INDIVIDUELLE D'ALIMENTATION - Titre 3021
N° 71
Nom : Clérino Melchior
Prénoms :
Né le 8-3-1909
à : Carena - (It.)
Nationalité : F   Sexe : M
Département : H. Savoie
Commune : Feu
Rue :

REMISES EXCEPTIONNELLES
MOTIFS
DATES des REMISES NORMALES
TITRE : 208
FEUILLE TRIMESTRIELLE DE COUPONS
2e Trimestre 1949
CACHET
JUIN 1949
COUPON D'ÉCHANGE
M
La loi punit des peines les plus grav

CARTE INDIVIDUELLE D'ALIMENTATION - Titre 3021
N° 73
Nom : Clérino Alexandre
Prénoms :
Né le 16-4-1934
à : Feu
Nationalité : F   Sexe : M
Département : H. Savoie
Commune : Feu
Rue :
Délivrée le : 4-10-1946
par la Mairie de : Feu
Signature du Maire
Cachet de la Mairie

J'hésite avant de répondre à la boulangère et à son quotidien *« Qu'est-ce qu'il vous faut aujourd'hui ? »* et me rappelle le retour chez moi, revenant du boulanger de ma jeunesse, j'étais un môme de huit ou neuf ans au sac noir vide, obligé de dire à ma mère :

« Y zont pas voulu m'en donner. Y a plus de ticket sur la carte. »

L'Angèle n'a jamais voulu détruire les cartes de rationnement qui dataient de la fin de la guerre.

Après la guerre, on mangeait le "pain bénit" à la grand-messe du dimanche. Une part de pain au lait était distribuée à chacun dans l'église après que le curé l'eût aspergée à grands coups de goupillon accompagné de son latin. Il ne manquait pas de dire au sermon :

« Oujoud'hui, la famille… offre le pain bénit. Mes frères, prions pour cette famille et ses disparus. Remercions le dieu tout-puissant qui… etc. »

Je n'ai jamais entendu prier pour la mienne de famille. Trop pauvre ?

T'auras rien à manger !

Jean et Melchior ont pris chacun leur vélo, la daille[32] attachée au cadre, le coffi plein d'eau glissé à la ceinture dans le dos, avec la pierre à aiguiser à l'intérieur. Ils sont allés au champ du Vionnet, loué à la Clotilde à Camille, pour préparer le passage de la faucheuse dans le champ de blé. Il ne s'agit pas de faire avancer le cheval et la faucheuse sur le champ du voisin ou encore de piétiner notre blé : il est trop précieux. L'Angèle va au champ à pied, pour faire des gerbes avec le blé coupé à la faux. Elle n'a pas de vélo, a su en faire il y a bien longtemps quand elle a appris avec des copines. Elle ne sait plus maintenant monter sur un vélo. La voix grosse de peine contenue, elle m'a si souvent répété : *« Mon père, quand je lui ai parlé de vélo, il m'a répondu qu'il allait m'en acheter un avec des roues en bois. Ça voulait tout dire ! Il ne fallait pas insister avec ton grand-père Alexandre ! »*

Je suis allé à pied, avec elle, au champ du Vionnet. Il y a un travail important derrière ma mère qui ramasse par poignées les tiges de blé derrière la faux, préparant la gerbe dans ses bras : glaner les rares épis oubliés. Après notre passage, les chaumes coupés sont propres comme des fanes de pommes de terre sur lesquelles on aurait trop longtemps laissé s'attarder des doryphores.

Le lendemain matin, Lucien qui fut copain de régiment à Jean en 1913, vient avec sa "Mac Cormick", la faucheuse à laquelle on a attelé son cheval "Bijou". C'est merveille de les voir faire. Lucien conduit son Bijou de main de maître. La lame de la faucheuse attaque les tiges de blé par ses triangles affûtés et les coupe net à dix centimètres du sol. Les grandes tiges basculent toutes de la même façon et s'accumulent, rangées impeccablement à l'arrière de la lame. Lorsque Lucien estime qu'il y en a suffisamment pour faire une gerbe, il actionne un mécanisme qui permet aux épis de glisser par terre et d'y rester.

Il faut encore le ramasser et le déplacer car il sera exactement sur le trajet du cheval au tour suivant de la faucheuse. C'est le travail de

---

32/ Daille: c'est la faux

l'Angèle et ses bras nus sont rapidement couverts d'écorchures. Melchior et Jean lient les gerbes à l'aide d'une grande aiguille recourbée en acier qui mesure quatre-vingts centimètres de longueur. Elle permet de serrer le lien en fil de fer autour de la gerbe. Je ne me lasse pas de courir derrière la faucheuse, d'écouter les *« Hue, dia, ho »* de Lucien à l'adresse du cheval et de voir fauchés les uns après les autres les épis déjà penchés sur le sol à cause de leurs grains matures. Et je trotte, n'écoutant surtout pas ceux qui m'invitent à ramasser les épis éparpillés après la mise en gerbes.

« Sandro, o si o no, tou ramasses les épis ? » tonne Melchior.

Dian y va de son couplet habituel en constatant :
« Ouate, ils sont obéissants ces gamins de maintenant, diou de diou ! Ah on peut dire qu'ils sont bien élevés ! On aura tout vu ! »

L'Angèle sent venir l'orage et m'exhorte :
« Allez, écoute ce qu'on te dit. »

« Cause toujours, tu m'intéresses » ai-je dû penser à ce moment-là et je continuai de plus belle à trotter derrière la faucheuse. Lucien a commencé à me lancer quelques regards de plus en plus énervés puis arrêtant d'un *« ho »* énergique son Bijou, il m'a demandé : *« Tu ne veux pas ramasser le blé ?*
- Non », ai-je répondu, outré que quelqu'un d'extérieur à la maison puisse me donner des ordres.

« Alors t'auras rien à manger à midi » a balancé Lucien en relançant la faucheuse.

Jusqu'à midi on m'a fichu une paix royale. Arrive le repas à la maison, il manque mon assiette habituelle.

« Et moi ? » ai-je demandé, croyant qu'il s'agissait d'un oubli fâcheux.

« Toi, t'as droit à rien. Celui qui fait rien mange pas ! »

Ma sœur qui ne manquait surtout pas une occasion de m'embêter renchérit en faisant valoir qu'elle, au moins, elle travaillait et que je n'étais qu'un *« feignant »*.

L'Angèle se tut, une moue désapprobatrice sur le visage. C'était mon seul avocat et quand nos regards se croisèrent elle leva imperceptiblement ses sourcils pour me faire comprendre qu'elle ne pouvait rien pour moi et que le trio des mâles adultes, Jean, Lucien et Melchior, érigé en tribunal populaire de flagrant délit avait rendu sa sentence, sans appel possible. Je n'ai rien eu du jambon cru gardé pour les grandes occasions, des tranches de pain, du lard et des pommes de terre. Seule l'eau m'était permise. Je la refusai dans un excès d'orgueil et allai me désaltérer au bassin, en face du bistrot.

« On y retourne ? » dit Lucien en essuyant son opinel sur son pantalon avant de le fermer et de le ranger dans sa poche. Il attela Bijou au char et laissa la Mac Cormick dans la cour. Il fallait charger les gerbes et les rentrer sur le solis, au-dessus de la grange. Jamais travail ne fut mieux fait l'après-midi. Les vieilles glaneuses pouvaient toujours venir dans notre champ avec leur tablier noir aux coins relevés par des épingles nourrice formant poche à remplir d'épis : il n'en restait plus un et j'avais tout ratissé sous l'œil narquois de Lucien.

De plus, et ce souvenir me reste au creux de l'estomac plus d'un demi-siècle après, j'avais et j'ai encore faim !

T'es malade ?

« Tu tousses ? Fais voir tes yeux.
Oh, tu les as à la fricassée ! Approche ton front. »

Il n'y a pas de thermomètre médical dans les maisons, encore un luxe inconnu. La meilleure façon de se rendre compte d'un éventuel état fiévreux c'est encore la paume de la main ou la joue de la mère posée sur le front du malade. Le verdict tombe :

« T'as de la fièvre ! Va au lit avec une bouillotte et je vais te faire un cataplasme. »

Le lit, c'est le sien dans la chambre-alcôve à côté de la cuisine. J'y ai droit le temps du traitement diurne journalier, de la même façon qu'en d'autres temps on passe en salle d'opération. J'y ai droit à ce lit car c'est le seul de la maison qui soit dans un lieu tempéré.

Le mien, là-haut, dans l'autre alcôve, c'est un vrai frigo et on y claque des dents de froid le temps de faire son trou sous les couvertures additionnées qui sont plus pesantes que chaudes. Après on s'y habitue à la condition de ne pas aller explorer de façon téméraire des contrées limitrophes trop glacées. Installé au départ en chien de fusil sous les couvertures, je gagne centimètre par centimètre un peu d'aisance afin de pouvoir déplier mes jambes.

Chance : aujourd'hui je suis dans le lit de l'Angèle. Elle s'affaire dans la cuisine. La bouillie de farine de lin bout dans la casserole en laiton, celle qui s'emboîte exactement dans le trou du fourneau. Elle bout en faisant des grosses bulles qui peinent à monter crever en surface et qui y expirent dans un dernier effort en expulsant quelque crachat de pâte chaude qui retombe sur le champ, inerte, dans la casserole. Elle a choisi dans l'armoire un torchon vieux mais sans trou, l'étale au milieu de la cuisine, enduit un carré central de moutarde et verse par-dessus la farine de lin qui fume et s'étale comme une minicoulée de lave. Elle replie soigneusement en les rabattant les côtés du torchon obtenant ainsi une galette carrée de vingt centimètres de côté environ. Elle pose la main dessus : *« Trop chaud ! »*

Elle souffle un peu sur le torchon et le jugeant à la bonne température, me fait soulever le maillot et la chemise pour découvrir la poitrine à soigner. Son carré fumant est déposé, il doit décongestionner les bronches et les poumons. Hurlement de protestation :

« C'est chaud ! Trop chaud !

– Ah, garde-le bien, répond l'Angèle, *c'est comme ça que ça fait du bien !* »

Gémissements, pleurs, rien n'y fait : il faut garder ce cataplasme qui dégage une chaleur de petit fourneau entre peau et chemise. Lorsqu'il est tiède l'Angèle le retire et découvre un carré de peau rouge écrevisse. La moutarde me brûle encore par tous les pores. Satisfaite de sa médication l'Angèle remet en place chemise et maillot et nous laisse dans son lit jusqu'au soir. Au dernier moment, avant d'aller au lit glacé du haut, elle administre une grande cuillerée à soupe de sirop. La bouteille est toujours à portée de main, coincée sur la tablette de la cheminée entre le vieux moulin à café qui finit ses jours en moulin à poivre et la boîte d'allumettes émaillée en bleu et blanc. Rien qu'à la pensée du cataplasme on n'a guère envie de se plaindre qu'on est enrhumé ; on retient une quinte de toux qui peut vous trahir. La discrétion permettra peut-être d'échapper au carré brûlant.

Je revois des veillées durant lesquelles ma mère raconte ses souvenirs. Elle ne le fait qu'en présence de ses enfants lorsque frère et mari sont au bistrot. Raconte, raconte encore ce qui était. Aujourd'hui on ne parle que télé ou on lit un livre : rien de ce qui s'est passé strictement dans la famille n'apparaît…

« En 1917, durant l'hiver, dit-elle, *alors que j'étais seule avec mon père puisque mes frères étaient à la guerre et que j'avais perdu ma mère, la Mélie, en 1913, il y a eu la grippe espagnole. On n'en a jamais autant envoyé à la "tate à l'Arpin" avec une bise qui gelait les oreilles du curé. Y a qu'à regarder les croix du cimetière pour le savoir. Il y avait tout près de chez nous la Joséphine qui est morte à 22 ans. Le père du cordonnier y est passé en trois jours. C'était affreux !* »

Lebordet nous parle des pestes du Moyen Âge : elles sont dans les livres, la grippe espagnole n'y est pas. Elle nous parle encore du croup[33] qui a emporté sous quatre planches la petite sœur d'Édouard.

33/ Le croup est une affection respiratoire

CATAPLASHE A.C. 2005-
Marta

« Ça gonfle dans le cou et ça étouffe, c'est terrible ! » nous dit-elle.

Tout est servi avec force détails notamment les dates de naissance car l'Angèle les connaît toutes. Qu'on se rappelle encore celle d'un cousin éloigné vingt ans après sa naissance, je le veux bien mais il lui suffisait de jeter un coup d'œil à l'éphéméride pour affirmer que telle dame que nous ne connaissions guère aurait aujourd'hui quarante ans.

Elle émaille ses propos de dates et de souvenirs si précis qu'elle doit avoir un disque dur dans la tête, avec un accès immédiat. Elle connaît aussi les dates de mort des uns et des autres et dans son parler elle fait référence à ses souvenirs, citant nom naissance ou mort dans un ordre parfait qui nous donnait le tournis à l'entendre.

« Juste avant la guerre de 1939 un gros abcès a mûri dans ma gorge et il a crevé sans une visite du docteur. Je pesais alors 85 kg et pendant des mois j'ai flotté dans mes vêtements avec 45 kg. Les gens se demandaient si je tenais encore le coup : ils n'auraient pas parié sur ma santé. »

Il y a quand même quelques avantages à être malades : le premier c'est la limonade. Lorsqu'on est au lit, abattu par la fièvre, l'Angèle va chercher une bouteille de limonade au bistrot, fabriqué par le limonadier d'Annemasse. Elle trône sur la table de nuit, tiédit peu à peu, perd ses bulles de gaz carbonique. Qu'importe, c'est un délice et seul le malade y a droit. Les autres le regardent boire. C'est moins cher que le docteur. Ma sœur en crève de jalousie et profite de sa position dans la fratrie, d'aînée par rapport à moi, pour adresser des reproches à ma mère :

« Est-ce qu'il faut acheter de la limonade pour qu'il guérisse ? C'est de l'argent fichu loin ! Est-ce que j'en ai eu, moi de la limonade, la dernière fois que j'étais malade ? » L'Angèle à la mémoire d'éléphant proteste que ce n'est pas vrai. Ma mère a toujours le souci d'équité.

Autre avantage à être malade : on coupe aux corvées. Finis pour un temps les paniers de dents de lion à ramasser pour les lapins, les fascines de bois à couper sur le plot de la remise, la boille à porter à la fruitière. Fini d'aller porter "ça aux poules", de fermer le soir tel Poil de Carotte, les boîtons au fond du jardin épouvantable de noir : la belle vie quoi !

D'autant plus qu'on peut lire, lire à outrance tant que les yeux enfiévrés ne se ferment tout seuls sur le catalogue de Manufrance à la page des vélos Hirondelle ou sur l'almanach Vermot qui a perdu sa couverture et dont on connaît par cœur les blagues. Sur un dessin, on voit un monchu, un plan à la main, dire à un paysan :

« Vous voyez, la ligne de chemin de fer passera exactement par votre grange.

– Et vous croyez que je vais ouvrir la porte de ma grange à chaque passage du train ? » répond le paysan.

Parfois c'est un livre qu'on se met sous les yeux. Pour une scarlatine carabinée, les trois tomes des Misérables, prêtés par Lebordet, ont été dévorés en moins de deux. Dans le village, lire est un privilège réservé aux riches et aux fainéants. Le jour on travaille ; le soir on lit laborieusement, suivant du doigt et des lèvres le journal aux nouvelles plus très fraîches qu'un tel ou un tel a prêté.

Seul un malade peut lire quand le soleil brille dehors : vive la maladie !

Le curé

Le faire surgir de l'ombre, c'est obligatoirement évoquer les taloches, mais pas des caresses, ça vous pouvez me croire, plutôt les gifles dont on garde marqué sur des joues tendres de môme, en brûlures carmin, les cinq doigts et la paume de la main. La brûlure est longue à disparaître sur la joue. Ailleurs, au fond de la mémoire, elle reste à jamais gravée comme dans l'airain.

Le salaud !

Jamais je n'ai été autant révolté que par l'abbé, curé de la commune, un jeune homme aux traits marqués, les cheveux tirés vers l'arrière sur le crâne. Un patronyme bien français qui n'avait rien à voir avec le mien puant son rital, une habitude de tourner autour des filles, d'aller un peu plus loin que ce que lui permettait la religion : coucher avec certaines ne lui déplaisait pas.

L'oncle le savait :

« Quand il croise la Germaine ou la Julie sa soutane sur son ventre se tient toute droite à l'horizontale. Ces femmes ont un petit fourneau entre les jambes qui a besoin d'être ramoné ! ».

Le curé faisait partie de la trilogie éducative avec l'instituteur et les parents. Il fallait y passer. Il chantait sa messe en latin et en même temps avait l'œil à tout : sur René à l'harmonium, sur Auguste le numéro un des chantres et puis sur nous les enfants de chœur.

Gare si tu sonnais avec un peu de retard à l'élévation.
Gare si tu présentais mal les burettes qui servaient à ses ablutions.
Gare si le charbon de bois brûlant dans l'encensoir venait
à s'éteindre malgré nos précautions. Il fallait retourner dans
la sacristie pour le rallumer.
Gare si on tenait mal le tableau de la communion.
À cette époque, le communiant à genoux, ouvrait la bouche
et tirait la langue pour recevoir l'hostie. Le plateau de vermeil
placé sous le menton était censé prévenir tout risque de chute
du pain consacré.
Gare si ton œil s'attarde du côté des filles !

À la moindre peccadille, au retour dans la sacristie, il prenait le temps de quitter son étole et sa chasuble et s'occupait enfin de nous :

« Qu'est-ce que tu as fait ? Mets-toi à genoux, les mains dans le dos et regarde-moi ! »

Au même instant, une gifle magistrale te pulvérise la joue gauche. Tu vas tomber sur le sol en sapin ! Avant d'avoir touché le plancher la seconde main du curé, jalouse de cogner elle aussi, te marque la joue droite et corrige l'équilibre menacé en te ramenant à l'intérieur du polygone de sustentation délimité par tes deux genoux.

« Dieu est amour » disent les écritures.

« Qui aime bien châtie bien » dit le proverbe.

Décidément le curé connaît ses classiques, les apophtegmes et de plus il met la main à la pâte. Le salaud, il est génial ! Peut-être qu'avec Jacques dont les parents étaient mécréants comme les miens nous avions droit à un traitement un peu spécial et nous recevions de préférence les coups. Il est vrai que ni Melchior qui a fui le fascisme, ni Jean mon oncle, ni l'Angèle ne venaient à l'église. Ma mère n'y venait que pour les enterrements et faire un brin de dernière conduite à ceux qui ont oublié de souffler. Elle restait près de la grande porte. Pudique, l'Angèle ne m'a jamais rapporté quels affronts elle avait dû subir lorsqu'elle enfanta le fruit du péché dans les années vingt. On ne s'était pas gêné pour lui faire honte publiquement, la montrer du doigt et jeter l'anathème sur elle du haut de la chaire. Elle l'a fui ce curé de l'anathème, même au cimetière elle le fuit encore ce prêtre d'autrefois dont il ne reste qu'une plaque émaillée de blanc avec son nom en noir sur un grand crucifix recouvert en petites perles noires.

Juste avant la libération, le curé du jour au lendemain se terre et disparaît. Qu'avait donc à se reprocher alors ? Quelques mois plus tard, il est revenu et célèbre la grand-messe. Je l'écoute débuter son sermon selon son habitude :

« Oujoud'hui, oujoud'hui, énième dimanche après la Pentecôte, la messe est dite pour rappeler à Dieu l'existence de sa servante Joséphine. Prions le sauveur, bien chers frères et sœurs… »

À la sortie de la messe toute la bigoterie l'entoure et se réjouit. Alléluia, il est là ! Elle serait prête à lui baiser les pieds si elle l'osait. Moi, je sais que le temps des gifles est de retour et je fais la gueule.

Des années plus tard, le curé fera installer une horloge dans le clocher de l'église. Melchior qui était encore à ce moment-là artisan maçon régulièrement inscrit au registre de la chambre des métiers, avait été pressenti pour percer les murs et installer la merveille horlogère. Le travail exécuté, le curé le règle à la cure, en liasses de billets de cinquante francs anciens. Arrivé à la maison, Melchior compte et recompte les liasses sur la table de la cuisine. Il s'aperçoit que toutes, sauf une, n'ont que neuf billets au lieu de dix.

« Tu vois le curé, explique-t-il à l'Angèle, il a compté le paquet de dix billets devant moi et m'a demandé si je voulais qu'on vérifie les autres paquets. J'ai répondu que non parce que j'avais confiance. C'est un coquin. »

Le hasard parfois s'accommode des personnes : le curé a utilisé le denier du culte pour s'acheter une moto Monet et Goyon de 175 cm^3 de cylindrée. Ce n'est pas ce que l'Angèle lui donnait en un an qui lui permettait de remplir une fois le réservoir. On le voyait passer sur la route nationale au ralenti, l'air malheureux : il ne pouvait pas accélérer, le moteur s'arrêtait. Toutes les visites au concessionnaire s'avérèrent inutiles, le curé fut condamné à rouler en escargot sous les yeux ironiques de ceux qui le regardaient. Les plus culottés lui demandaient : *« Elle va toujours bien cette moto ? »*

Léon le charpentier est mort, le curé aussi, terrassé par un arrêt cardiaque au volant de sa 2 CV. Je vais travailler chez un ébéniste un peu à l'écart du village. Il n'a qu'un bras, le gauche car il a perdu le droit à la guerre. Comment vous imaginez-vous qu'on réapprend tout avec les machines sans avoir sa main préférée car il était évidemment droitier ? Il est devenu particulièrement adroit de sa main gauche. Il alla me chercher un jour un morceau de plateau de noyer en me disant :
« Tiens, toi qui as été enfant de chœur, prends ça, c'est un morceau des stalles de l'église qu'on a démontées. Ça te fera un souvenir. »

J'en ai fait un support de tube de Toricelli. Rien de mieux pour un baromètre à mercure. Le matin, je le tape un peu pour faire bouger le mercure en pensant à celui qui m'a trop fait chier gamin : le curé cogneur. Le salaud !

L'Angèle raconte : « *où faut-il placer la tête des défunts ?* »

Ils étaient trois frères et sœur, des voisins du village, qui voulaient absolument que, dans leur tombe, leur tête soit du côté de leur maison.

La "tate à l'Arpin", autrement dit le cimetière, se trouve entre l'église bâtie dans le village devenu chef-lieu de la commune et notre hameau qui n'a qu'un avantage dont il se passerait, d'être à cheval sur la route nationale. La "tate à l'Arpin" dans le vocabulaire de l'Angèle, c'est un morceau de champ qui appartenait à un dénommé Arpin et qui a remplacé l'endroit où on empilait les disparus autour de l'église. On laisse maintenant pousser de l'herbe près du lieu saint, le mot gazon n'était pas rentré dans notre vocabulaire.

Le cimetière rectangulaire s'allonge parallèle à la ligne du chemin de fer qui passe à une vingtaine de mètres. Les défunts sont alignés en rangées dans le sens de la longueur, de part et d'autre de la croix centrale. Ceux qui sont enterrés à droite de là croix ont leur tête du côté de l'église, ceux qui sont à gauche présentent leurs pieds à l'église. Dans la petite partie impartie à chacun, au champ des allongés, on a donc une chance sur deux d'avoir la tête du côté du village.

Au premier décès, le "fossoyeux" creuse le trou à droite. Que faire ? Élémentaire mon cher Watson : on mit le cadavre la tête aux pieds à l'intérieur du cercueil. Le secret ne fut pas suffisamment gardé et il advint que le curé eût vent de l'histoire. Le tour joué à l'ecclésiastique n'était risible que s'il était public ! Le curé se jura qu'on ne l'y prendrait plus.

Au deuxième décès le trou du fossoyeur posa le même problème. Sachant que le curé était au courant on mit le cadavre dans le bon sens à l'intérieur du cercueil, la tête à sa place normale. Au cimetière le curé fit placer le cercueil en inversant les pieds et la tête, le mort devait avoir la tête au bon endroit estimait-il, du côté de l'église. Les langues se délièrent à nouveau. Fureur du curé.

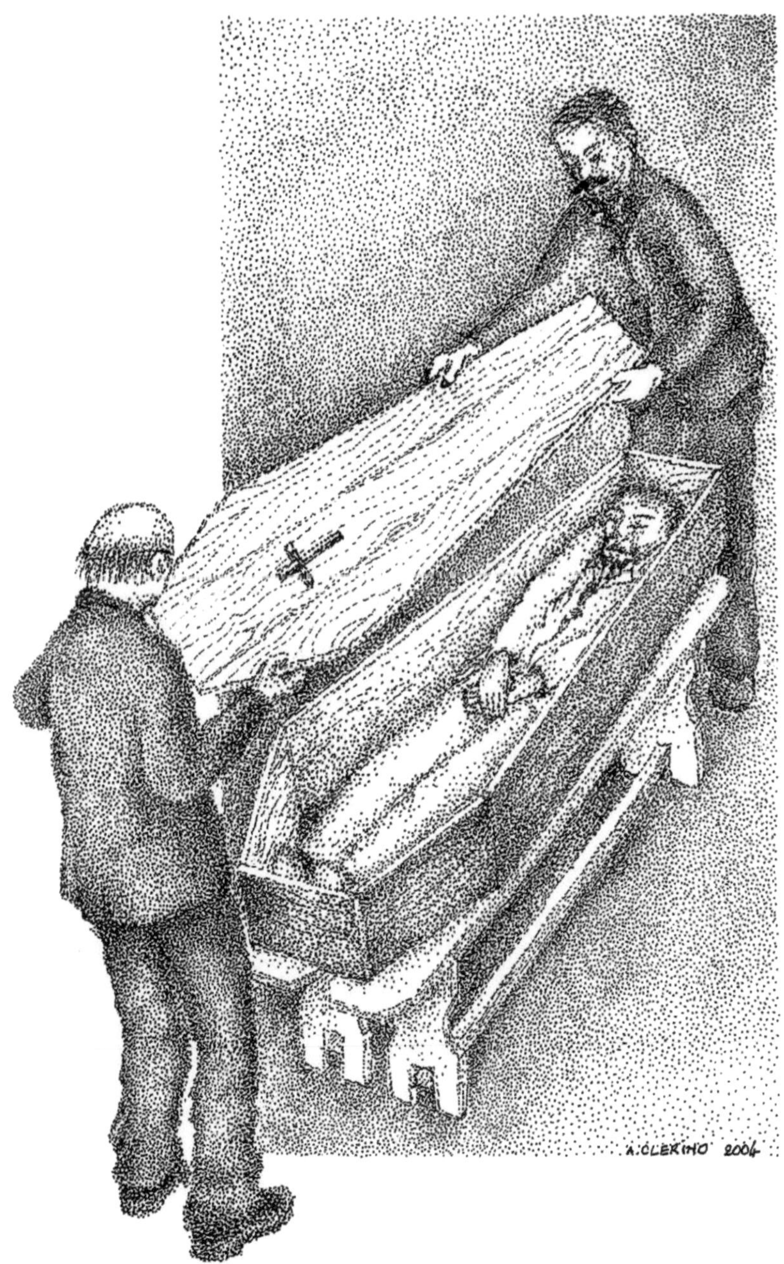

Au troisième décès, c'était encore le même problème avec la fosse à droite. On tient conseil autour du cercueil. Le curé sait qu'on l'a berné. Si on place le mort dans le bon sens, le curé fera tourner le cercueil avant de l'enterrer. Comme il est malin, il se ravisera et ne tournera pas la caisse dans la fosse. On met donc la tête à la place des pieds du mort. Au cimetière le curé est encore berné. On en rit encore de sa fureur.

Quelquefois l'Angèle se trompait dans les explications du troisième mort. Je m'en souviens. Elle se rattrapait en disant : *« En fin de compte ils ont eu le dernier mot ; on ne peut rien contre nous ! »*

Le père Lebordet

« Elle va te faire un beau tablier en raccommodant celui de ton frère » déclarait ma mère. Elle, c'était la Fifine, la couturière qui régentait nos tenues : *« comment faire bien avec moins que rien ? »* devait-elle se demander.

« Tu iras à l'école et tu seras sage parce que sinon le régent te punira ». C'est encore l'Angèle qui parle. Elle est fière d'avoir le même âge que l'instituteur, née en 1900, avec le siècle. Elle parle de lui avec le respect des gens qui n'ont pas eu suffisamment de temps pour aller à l'école, qui ont eu juste le temps d'apprendre à lire et à écrire avant d'aller traire les vaches.

Dans le ménage d'instituteurs, la Dame est attachée aux petites classes et le mari est responsable des grands jusqu'au certificat d'études. Pour nous c'était "le père Lebordet". À cette époque on apprenait tout à l'école : pas de radio ni forcément de télé, presque pas de journaux-savait-on toujours les lire d'ailleurs ? L'instruction venait de notre maître. On n'était pas très savant et beaucoup de choses nous encombraient l'esprit inutilement : le coprah vient de Madagascar, l'alfa d'Afrique du nord, et alors ? Ce sont eux qui vont nous aider à sortir la brouette de fumier que les vaches ont caqué ?

N'empêche que l'école c'est drôlement bien. On y passe trente heures dans la semaine dans un lieu chauffé et bien éclairé où même les W.C. à la turque, avec leur chasse d'eau qui perdait, n'avaient rien à voir avec nos cacatières de sauvages. Il y avait des jeux dans la cour pendant la récréation et personne pour nous empêcher de jouer sous prétexte qu'il y avait une fascine de bois à couper, un panier de dents de lion à ramasser pour les lapins ou encore du foin à descendre du solis.

Personne encore pour nous interdire, sur le chemin du retour, de quitter les chaussures à semelle de bois et d'aller pieds nus dans le nant retourner les pierres afin d'affoler les truites. Personne pour nous empêcher de fumer de la barbe de maïs roulées dans des feuilles de

"Riz Lacroix", marque répandue de papier à cigarettes. Personne pour nous interdire de faire du feu et de brûler les talus d'herbe sèche au risque de faire cramer les petits plantons d'arbres. Personne pour nous rappeler à l'ordre les jours de grands gels alors que nous allions glisser sur la glace des marais carrés ou sur celle des fossés du château.

On était à l'abri des coups de gueule des parents et pourtant le père Lebordet en poussait aussi. Il fallait le voir en face de pauvres filles passant au tableau en tremblant à l'idée qu'elles étaient incapables de résoudre un problème simple de réduction de fractions au même dénominateur. Secouées telles des pruniers de reines-claudes et essayant de se préserver d'une éventuelle taloche par un avant-bras levé ou par des pleurs, elles essuyaient des propos indignés dans lesquels il était question de nullité, de bêtises accompagnée de petits noms d'oiseaux du genre "grande dinde". Pendant ce temps, nous attendions connaissant la solution du problème et, pour tromper l'ennui d'une scène qui ne nous concernait guère, les bavardages devenaient de plus en plus bruyants.

Lorsque le père Lebordet s'apercevait de ce qui se passait dans son dos, avec un rugissement venu de son indignation mal contenue, il nous envoyait à la figure le torchon du tableau. Le nuage de craie du torchon nous transformait en meunier dans l'hilarité retenue de toute la classe. Ce torchon était en réalité un petit coussin rectangulaire, bourré de chiffons tel un bibendum, pourvu d'une lacette à un angle pour pouvoir le suspendre à un clou planté sur le côté du tableau noir. Pour préparer le torchon, sa Dame avait dû passer quelques soirées

J'ai souvent reçu le torchon, me retrouvant blanc comme plâtre. De même, en punition, je me suis retrouvé dans la cabine téléphonique du couloir. Il y avait un seul appareil téléphonique dans le village et il se trouvait dans la mairie, entre les deux classes, dans le couloir. J'étais "puni-cagibi" à l'intérieur de la cabine. Pour tromper l'ennui, je ne manquais pas de manœuvrer la manivelle de la magnéto d'appel sur le poste téléphonique. La postière du gros bourg voisin, à travers l'écouteur plaqué contre mon oreille, usait de sa voix autoritaire et pointue :
« Allo, ici la poste, quel numéro désirez-vous ? »

Je l'écoutais s'énerver face au mur de silence de son interlocuteur et questionner de façon plus aigre :

« Allo, allo, répondez ! mais répondez donc ! »

Je restais muet, j'ignorais encore l'existence du "22 à Asnières". Il dut y avoir des plaintes acides de la postière car Lebordet ne nous enferma plus dans la cabine téléphonique.

Il s'était par contre rendu compte que j'avais un excellent coup de crayon et étais capable de décalquer le cadastre mieux que lui. Si ma présence se révélait perturbante en classe il m'emmenait au premier étage, dans la salle de la mairie, ouvrait le registre cadastral, fournissait le papier calque, taillait avec minutie un crayon à papier et me confiait la reproduction d'une partie du plan. Et nous étions tous les deux tranquilles pour une heure. En tant que secrétaire de mairie, Lebordet pourra fournir le relevé cadastral demandé. Penché sur la grande table recouverte de tissu vert billard, je travaille sous l'œil bleu du vieux qui m'observe sans relâche avec son képi décoré de feuilles de chênes et ses moustaches blanches : le maréchal Pétain. Le maître revient, vérifie la justesse de mon tracé et me dit : *« c'est bien »* de la même façon qu'il me le répète devant des lignes d'écriture à l'encre violette tracées sur mon cahier à l'aide de la plume sergent-major ou pour être plus précis que la "général Leman" car c'est celle que nous utilisions en classe. Il me dit encore que *« c'est bien »* lorsque j'ai récité "Le chat, la belette et le petit lapin" de Jean de la Fontaine. Le jour de la visite de l'inspecteur, il ne manque pas de m'interroger sachant à l'avance que je ne lui ferai pas l'affront de mal répondre et mon cahier était toujours le premier sur la pile à être présenté au visiteur redouté.

Au père Lebordet, à mon maître en blouse grise blanchie de craie, je lui dois tout et je ne l'ai jamais remercié : c'est lui qui est allé à maintes reprises parlementer avec mes parents pour qu'ils me poussent *« aux écoles ». « Il a fait les écoles »* disait-on en ce temps-là dès qu'on avait quitté l'école communale. En 1945, au sortir de la guerre, mes parents affolés par ce que coûtait une entrée au collège avec les frais de trousseau, la pension, le voyage, avaient préféré me laisser encore à l'école. Lebordet a insisté pour me présenter à l'examen d'entrée en cinquième du collège, après le certificat d'études. Trois ans plus tard c'est l'École Normale, la meilleure des formations pour les pauvres, la plus belle des promotions pour un petit pégu au temps où les cartes de rationnement de la guerre avaient tout juste disparu.

Merci mon maître !

On m'a proposé de changer de département pour rentrer à l'École Normale. J'ai assumé la tâche de déporté matrimonial et suis resté dans le nouveau département. Aux vacances, j'ai su que mon maître était devenu directeur d'une grosse école à la préfecture et qu'il avait fait construire une maison pour sa retraite.

Devenu "instruizou" à mon tour, j'ai maintes fois pensé à ce qu'il faisait, armé d'une gomme et d'un crayon : sur son grand cahier prévoyant les activités journalières pour l'ensemble de la classe il gommait une date pour en écrire une autre au crayon à papier, à la place.

Les mêmes leçons, les mêmes émerveillements revenaient d'année en année. « *Tu verras,* me prévenait un vieux de la classe voyant entrer le maître avec une outre en caoutchouc rouge qui devait contenir du gaz, *il va faire brûler du fer !* ». L'hydrogène explosait dans le tube à essai avec un petit pet et une flamme bleutée et pourtant on ne le voit pas ce gaz dans le tube ! L'oxygène rallumait l'allumette dont il ne restait qu'un point incandescent, il faisait brûler le soufre avec un éclat de soleil, même le fil de fer y disparaissait en projetant des gerbes d'étincelles sur le bocal tels les cierges magiques de l'arbre de noël d'aujourd'hui. Alors çà !

Le gaz carbonique n'était guère intéressant, sauf quand le père Lebordet racontait d'année en année l'histoire de la grotte de Chamalières : un homme avec son chien pénètre dans la grotte ; il constate que sa bête a des difficultés pour souffler et qu'elle gît ensuite à terre : le gaz carbonique est plus lourd que l'air et s'accumule au dessous, donc le chien seul était touché. Le CO_2 n'est pas intéressant.

Évidemment, Lebordet le fabriquait avec de l'acide qui tombait sur la craie. Que pouvait-on attendre d'un produit fabriqué avec la craie du tableau noir ?

On jonglait avec la multiplication ou la division d'une fraction par une autre fraction, avec les tables de onze, douze, treize, quatorze et quinze. Il n'y avait pas un sou d'avance à la maison, n'empêche qu'on planchait sur les calculs de placements et d'intérêts, ouvrant de grands yeux à l'annonce par Lebordet, qu'un franc placé à la naissance de Jésus Christ aurait rapporté, capital et intérêts réunis, un nombre de francs qui s'écrirait avec le chiffre un suivi de dix-neuf zéros.

On fabriquait un pyromètre qui fonctionnait à la gnôle, des corbeilles en raphia naturel. Le mercredi après-midi, Lebordet sortait les crayons de couleur : mon régal ! Dans un silence religieux, le samedi après midi, le maître nous lisait "Le petit Roi d'Ys" ou "Trois étoiles filantes". Il s'agissait des livres recouverts de papier kraft bleu et rangés dans le placard du local dans lequel nous nous déshabillons. C'était la fête, un "oh" de dépit se faisait entendre quand Lebordet fermait le livre disant qu'il nous lirait la suite un autre samedi ! Quand on n'a, à la maison, à se mettre sous les yeux qu'un vieux catalogue de Manufrance datant des années trente, un exemplaire de l'almanach Vermot de la même période et le Messager Boîteux de Berne et de Vevey réunis, on regrette bien fort d'attendre le samedi suivant ! Rien à lire, il n'y avait rien ! Mon luxe d'aujourd'hui en lecture est insolent. À cette époque j'aurais dû remercier les dieux auxquels je ne croyais déjà plus : Lebordet m'avait prêté, le temps d'une scarlatine, les trois volumes des Misérables de Victor Hugo. Écarquillant les yeux, je les ai dévorés dans la pénombre du lit, dans l'alcôve des parents.

L'E.P.S. est oubliée à l'école : jamais on n'en a fait, sauf une fois par an. On va par les chemins dans les bois, en direction des Bracots. On sort le pain et ce qui sert de goûter durant les années de guerre qu'on mange dans le seul pré rencontré sur des kilomètres de bois. On joue un jour dans l'année dans ce pré plat qui est maintenant une décharge municipale. Avait-on besoin de faire de la gym ? Au bas mot dix kilomètres répartis sur quatre trajets pour aller de la maison à l'école devaient nous suffire. Au certificat d'études il n'y a pas d'éducation physique. La seule sortie de l'année semble donner raison à Lebordet qui a affiché dans sa classe : "Plein air le mardi après-midi".

La récréation du matin est sacrée. Lebordet va boire son verre de blanc au bistrot de l'ancien maire, en face de l'école, "chez Carlin" selon l'Angèle. La Dame surveille en même temps la cour des petits et celle des grands. Son mari roule une clope de tabac gris, du scaferlati ordinaire et déguste cigarette et vin blanc. Il essuie ensuite sa moustache jaunie par la nicotine et de la route qui sépare le bistrot de l'école il nous crie : *« Allez, en rangs ! »*

En rentrant on passe sous le dessin d'une planche cartonnée de chez Fernand Nathan montrant l'utilisation du masque à gaz. Après la déclaration de la guerre, en 1939, on les a essayés.

Si on avait attaqué l'école avec des gaz asphyxiants, les élèves seraient saufs !

En classe, Lebordet ouvre le Godin, rabouille le charbon dans le fourneau pour activer la combustion et faire tomber les cendres. Avant de refermer le dessus du Godin, il se racle la gorge et expédie sur le charbon rouge blanc un jet de mucosités qui se transforme aussitôt en vapeurs. Il vérifiait l'explication donnée en sciences concernant le passage de l'état liquide à l'état gazeux. Le Godin refermé, le travail reprend à son *« Alors, on y est ? »*.

En l'absence du maître on a souvent essayé de cracher comme lui, sur le feu, sans y parvenir. Le glaviot échoue lamentablement sur la fonte surchauffée du poêle, il roule dans tous les sens sur le métal comme s'il protestait quant au traitement subi.

Toutes les semaines il fallait écrire, s'entraîner à la rédaction sur un sujet proposé par le maître. Il corrigeait et durant le compte rendu, en classe, se mettait en colère après Madeleine. C'est une aînée, peu fine, elle n'aurait pas cassé une patte à un serpent. Elle nous a dit un jour, entre enfants, que son grand-père quand il allait dans les champs, l'obligeait à lui caresser le zizi.

Lebordet bouillait pour autre chose, il n'était pas au courant : *« Vous savez comment elle a terminé sa rédaction ? Comme d'habitude ! Elle a écrit : "j'ai fait la vaisselle et je suis allé me coucher". Quoi qu'on lui demande elle répond toujours la même chose ! »*

À quatre heures et demie, branle-bas de combat : on range dans sa boîte les affaires de classe. Chacun des élèves, fille ou garçon, avait une caisse en bois en guise de cartable. Cette caisse, grande et peu épaisse, on la portait sur le dos comme on ferait actuellement avec un sac à dos, le confort en moins.

Une serviette pour aller à l'école ? Vous n'y pensez pas ! Léon le charpentier fait une boîte en sapin de trente-cinq centimètres de large, autant en hauteur et de quinze à dix-huit centimètres d'épaisseur. Les bretelles sont taillées dans de vieux harnais et fixées au bois à l'aide de rivets en cuivre. Les restes du harnais serviront même de charnière au couvercle.

Dans une famille on se passait la caisse d'un enfant à l'autre. Un coup de peinture et la voilà remise à neuf. Ce qui restait d'une rare toilette de volets ou de la peinture d'un intérieur de cuisine donnait un air proplet au caisson. Pour le reconnaître de façon indélébile des pères faisaient chauffer au feu l'outil en fer avec leurs deux initiales du nom et du prénom et marquaient l'intérieur du couvercle.

On serrait là-dedans les livres sur lesquels il faudrait apprendre par cœur les leçons. Une ardoise et un crayon d'ardoise nous permettent de rédiger la solution du (ou des) problème(s) donné(s) en devoirs.

Il fallait bien apprendre à porter sur son dos. Plus tard il y aura la "boille"[33] pour "mener"[35] le lait à la fruitière, la "brinde" pour le grain à la batteuse ou pour les vendanges et surtout la bonne vieille hotte à tout faire surnommée "le passeport vaudois" par l'Angèle.

Quatre heures et demie, à l'école, c'est l'heure des corvées. À tour de rôle on déplace les tables, on arrose à l'aide d'un récipient conique percé d'un trou qui distribue son pipi en arabesques sur le plancher de sapin, on balaie en soulevant encore la poussière malgré l'arrosage et on vide de ses cendres encore tièdes le gros Godin. Les choses se compliquent encore avec le fourneau car il faut trier les restes de boulets pas entièrement brûlés.

Dans un coin, à l'extérieur de l'école, avec un grand tamis on secoue les cendres. Avec le vent qui tourne, elles nous arrivent dans la figure, tombent sur les genoux, les bas et les godasses.

« T'as encore secoué les cendres ! » constate l'Angèle en me voyant rentrer à la maison. Tout ça pour une poignée de boulets aux trois quarts calcinés. Parcimonie de paysan et économies de guerre s'ajoutaient pour faire brûler le charbon jusqu'à sa dernière extrémité.

Lebordet était toujours digne. Digne dans son ignorance laïque des agissements bruyants du curé voisin.

34/ *La boille ou boïlle: à prononcer "boy" à l'anglaise, orthographe du mot non garantie.*
35/ *On ne porte le lait à la fruitière, on le mène. On entend dans la conversation:*
  « T'as mené le lait ? T'as rincé la boille au bassin ? »

Digne dans sa façon de lever les couleurs en laissant chanter les élèves, « *Maréchal, nous voilà* », sans en rajouter, faisant juste ce qu'il fallait pour ne pas être remarqué alors que suspicion et dénonciation étaient monnaie courante dans l'État de Vichy. Il avait fait mettre le mât derrière l'école, juste devant les cabinets. Maintenant je le soupçonne de l'avoir fait exprès, prétextant qu'en cas de mauvais temps les enfants seraient à l'abri sous le préau.

Un matin d'hiver, en 1943, en arrivant à l'école à huit heures trente, nous sommes accueillis par la Dame en pleurs qui nous fait vite repartir sans bruit. Son mari est arrêté par les Allemands comme tous les hommes du village et enfermé, à l'aube, dans l'église grise et gelée. C'est la seule fois où il a passé cette porte de la maison de dieu. Certains sont emmenés par la gestapo : on traque les terroristes et le pauvre maître est cruellement battu lors de son interrogatoire. Il reprend la classe huit jours plus tard. Interdits, honteux, ne pipant mot, nous tournons les bérets noirs dans nos mains et baissons les yeux plutôt que de supporter la vue de ce visage tuméfié, jaune, violet, marqué par les coups.

Un invité chez le père Lebordet

Parfois un culotté joue les trouble-fêtes dans le ronron de la classe. Nous avons pris des hannetons en venant à l'école. Ils crissent en s'accrochant aux parois de la boîte d'allumettes vide dans laquelle ils sont enfermés. Dans la chaleur de la fin de printemps Lebordet dicte un texte d'Alphonse Daudet. On s'entraîne sec en dictée, en vue du certificat d'études et l'honneur du maître est en jeu car c'est une belle récompense pour lui de présenter le candidat qui sera le premier du canton. Les plumes Général Leman crissent elles aussi sur le papier.

Dans la torpeur quiète du début d'après-midi troublé par les pas pesants du maître faisant gémir à son passage les planches de sapin du plancher, un B 52 pend pesamment son envol derrière le dos du régent. Il est chargé de bombes comme ceux qu'on vit plus tard, quittant la base de Da Nang au Vietnam. Une bûche sèche de foin est enfilée dans le derrière du hanneton.

Posé sur le bureau il hésite et démarre avec difficultés. Il lui faut assurer un équilibre compromis par cet appendice démesurément long lui pendant au cul. Il le traîne telle une réclame de Peter Stuyvesant (une marque de cigarettes) défilant derrière un biplan sur les plages de la Méditerranée. Le hanneton mouline de toutes ses ailes qui doivent tourner dans la zone rouge du compteur, il hésite, il s'élève en évitant de peu les lampes et les fils de fer qui maintiennent en place le tuyau du poêle, suivi par trente paires d'yeux levés comme les plumes tandis que Lebordet cesse de dicter Alphonse Daudet pour s'exclamer :
« Ah, c'est malin ! Quel est le crétin qui a fait ça ? »

Sans attendre de réponse, il ordonne d'ouvrir en grand toutes les fenêtres. Le B 52 tourne encore un moment puis fonce délibérément vers l'extérieur, nous laissant à notre dictée dont Lebordet force l'allure malgré nos soupirs et nos yeux de pauvres malheureux menés à l'abattoir.

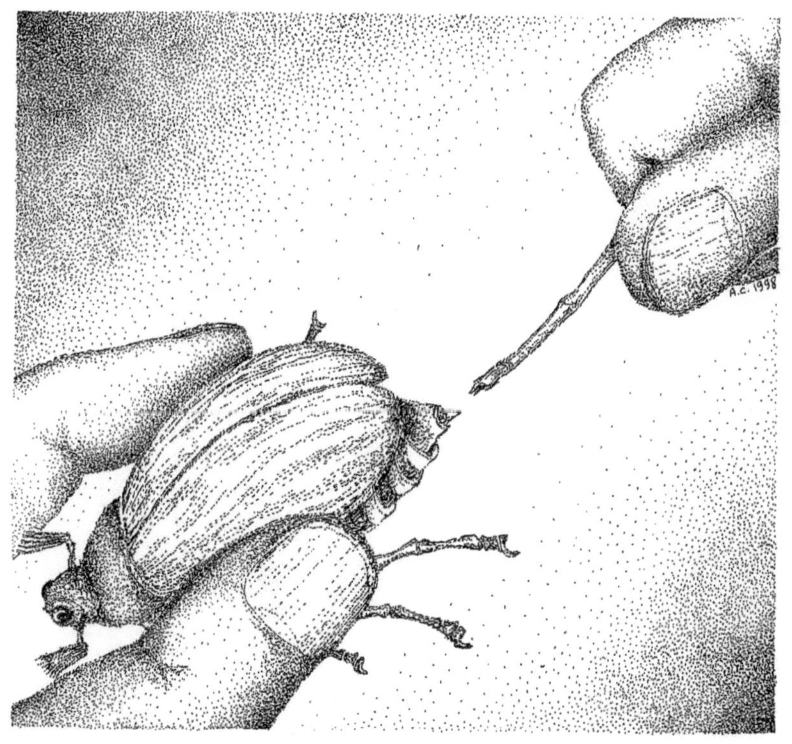

La Chenard et Walker

Dans un garage situé sous le préau, il y a une Chenard et Walker, grosse, lourde, aux imposants phares chromés. De temps à autre, durant une récréation, Lebordet certainement nostalgique des promenades en voiture dont il était privé vu la pénurie absolue d'essence durant la guerre, ouvre les deux portes du garage. On sort la Chenard et Walker en la poussant. La Dame vient enlever la housse de cotonnade qui recouvre l'engin. On enlève la poussière trop visible sur une carrosserie noire en s'aidant d'une sorte de brosse en coton blanc et à manche. Après son office, cette brosse est rangée dans un carton cylindrique qui retrouve sa place dans le coffre : prêt à recommencer. Encore un instrument que nous n'avions encore jamais vu dans notre monde de paysans.

Les pneus sont regonflés à l'aide d'une pompe à air coincée entre les deux pieds et actionnée par les bras. C'est inimaginable la quantité d'air et les coups de pompe nécessaires pour que la Chenard et Walker n'ait plus des flancs de pneus avachis mais bien verticaux. Je suis persuadé que l'auteur des "Shadoks" a passé par notre école dans les années quarante à quarante-cinq et qu'il nous a vus pomper. On rentre maintenant la merveille dans le garage jusqu'à la prochaine séance de musculation.

Le père Lebordet ne perd jamais une occasion de faire travailler sa troupe en blouses grises. Il faut rentrer le bois fourni par les coupes communales. Les tombereaux ont vidé leur contenu dans la cour de l'école.

« Chacun fait des brassées pour monter le bois au second étage » commande le régent. Les escaliers de pierre qui conduisent tout d'abord à la salle de la mairie et ensuite au grenier sont parcourus maintes et maintes fois. On s'y presse, on s'y frotte aux filles qui montent, surtout quand on descend, car on a les mains libres. Elles sont coincées dans l'escalier, les bras surchargés, et elles prennent un air outragé. *« Je vais le dire au maître ! »* se défendent-elles.

Une partie du bois est stockée dans un autre grenier, dans le préau. Le jeu c'est de lancer les bûches par la porte du grenier située deux mètres cinquante au-dessus du préau. Gare aux bûches mal lancées qui retombent !

Le troc

Vivre en ville, c'est intéressant si on a un appartement ayant le chauffage central. Un cumulus à eau chaude suspendu au-dessus du fourneau bouilleur alimente en eau chaude l'évier et surtout la petite baignoire blanche de la salle de bains carrelée en grès moucheté beige. Richard le cousin, vit dans cet éden qu'il a mérité par sa présence durant des décennies devant les machines de décolletage. Un jour d'inattention, les machines lui ont pris deux phalanges sur chacun des quatre doigts de la main droite et le début du pouce et lui ont laissé une drôle de main. Elle n'a pas l'air finie tels les gants de laine que l'Angèle tricote avec ses trois aiguilles. On aurait dit la lecture de "325 000 F" écrit plus tard par Roger Vailland : j'avais en tête la main de Richard.

La guerre est venue et tout a manqué. Les machines de décolletage ne pondaient pas d'œufs et les pommes de terre ne poussaient à leur ombre. Richard a connu la faim avec les siens et il s'est souvenu des cousins du village, à une quinzaine de kilomètres. Il a enfourché son vélo, passé la bride de la musette autour de son cou, serré de ses moignons mutilés les poignées du guidon et pédalé ferme vers une éventuelle bouffe.

Au soir de ce premier dimanche, la musette bourrée à craquer a permis de se voir venir, côté estomac, durant quelques jours. L'habitude prise rapidement des va-et-vient avec la musette, il a fallu passer à une vitesse supérieure, prendre un sac à dos et organiser du troc. La fruitière a justement besoin de lubrifiants, huile et graisse minérales qu'on ne trouve plus dans le commerce. Il en faut pourtant pour la machine à vapeur et toute l'installation mécanique qui, à grand renfort de poulies et de courroies, fait tourner l'écrémeuse Alfa-Laval, la grosse baratte en chêne cerclée de fer et l'immense tranche-caillé qui tourne interminablement dans la grande cuve de cuivre afin de préparer la meule de gruyère. Edgard le fruitier, fumeur invétéré, troque du lait, du beurre, de la tomme et du fromage soustrait aux réquisitions contre l'huile et la graisse cités précédemment et du tabac sous la forme de *« gros cul »*, c'est-à-dire le scaferlati ordinaire de la SEITA. Les non-fumeurs étaient les premiers à se présenter au buraliste afin de toucher leur ration de

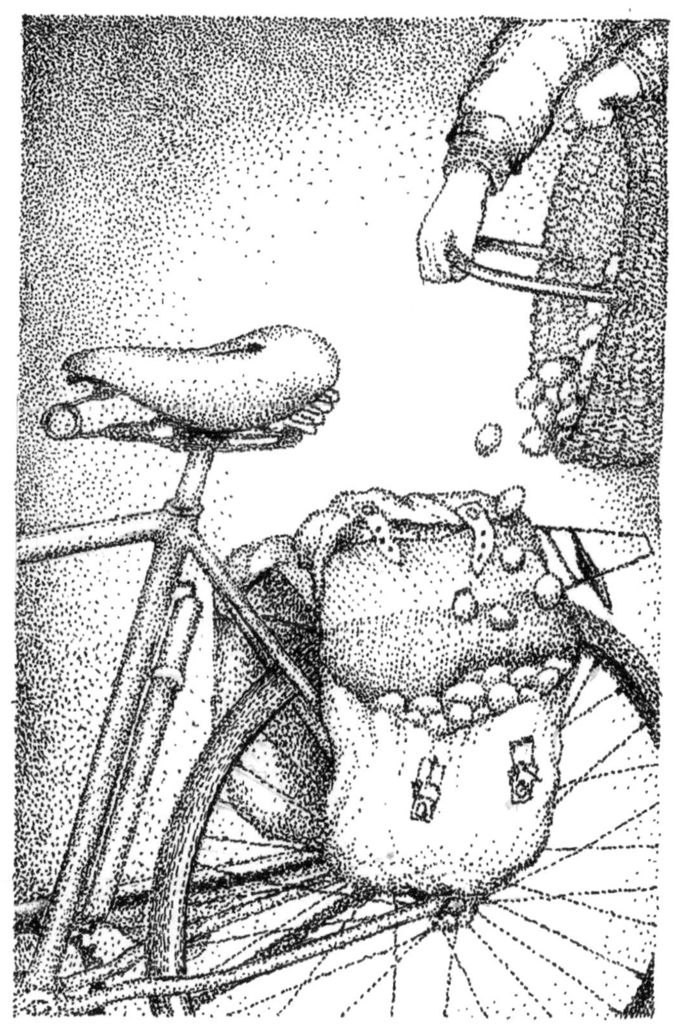

tabac en remettant les timbres de la carte de rationnement sachant que les autres, les fumeurs, feraient n'importe quoi pour en rouler et en griller une.

Réquisition : *demande faite par l'État ou l'Administration de mettre à sa disposition pour un service public des personnes ou des choses.*

Jamais mot n'avait fait une apparition aussi fulgurante dans le quotidien. Les "autorités d'occupation", c'est-à-dire les fridolins, les boches, les frisous, les teutons, les doryphores, les talènes vertes, ces mots étaient tous chargés du dernier mépris dans la bouche des français. À part si on portait la francisque : les légionnaires étaient très respectueux et parlaient d'eux en disant *« les Allemands ».*

Ceux-là faisaient tenir un compte précis, dans chaque mairie de ce qui était planté en pommes de terre, en blé, de la quantité de lait livrée à la fruitière, donc du beurre et du fromage produits, du nombre de chevaux, vaches ou porcs. Tout était comptabilisé avec la rigueur et la précision germaniques.

« Pour un peu, disait l'Angèle, *ils auraient compté les œufs à venir en tâtant le cul des poules ! »*

Chacun devait livrer ses produits à vil prix afin de nourrir le grand Reich et ses armées. L'art de la triche pour camoufler les bêtes ou les plantations était poussé au plus haut point. À un certain moment de la guerre on ne pouvait dire pour qui tel ou tel voisin penchait : maquis ou allemands ? On se méfiait de tout, l'année 44 était encore éloignée ! Je revois Jean et Melchior, à la lueur du falot, tuant à l'écurie un veau juste né.

Robert repartait le dimanche soir à la nuit tombée, le sac de montagne bien calé sur les reins, les sacoches du vélo bourrées jusqu'à la gueule elles aussi de pommes de terre ou de légumes. Il faisait semblant d'être venu au village pour passer le dimanche. Il traînait au bistrot en tapant le carton devant un verre de vin. La nuit, sans lumière, il empruntait au maximum les petites routes, rallongeant son trajet afin d'éviter la nationale et surtout la ligne droite des bois de Rosses. Un bruit de moteur et il se cachait aussitôt avec son vélo pour laisser passer l'alerte.

Malgré ces précautions des miliciens l'ont arrêté un soir. Le coffre de la traction-avant a reçu les contenus du sac de montagne et des sacoches et lui a pris des coups de crosse de mitraillette.

« *Salauds,* disait-il quinze jours plus tard en montrant les traces sur son corps virant au jaune, la voix tremblante de rage, *ils m'ont laissé partir après m'avoir tout piqué !* »

Se chauffer

Pas question de peser le pour et le contre, de faire appel à un technicien et de choisir entre le fuel, le gaz, l'électricité, le solaire ou encore le charbon ou le bois. Une seule source de chaleur, la même depuis l'aube de l'humanité et la guerre du feu de Rosny ainé : le bois, encore le bois, toujours le bois, celui dont Jules Renard disait qu'il réchauffait deux fois, une fois en le faisant et une autre en le brûlant. Il en faut du bois car le grand dévoreur qu'est le fourneau, du matin au soir et trois cent soixante-cinq jours par an, avale ses bûches ; parfois une par une mais trop souvent deux à la fois. Il me semble que ça n'en finit jamais de monter des brassées de bois dans la caisse de la cuisine, de préparer du "prin-bois", c'est-à-dire de couper les fascines pour allumer le feu.

Lorsque j'arrive de l'école, faire le bois est une des corvées obligées. L'Angèle intraitable considère que c'est normal d'assumer ainsi ma part de responsabilité. Interminablement la serpe sectionne net les tiges de bois. Les riutes[36] elles-mêmes doivent être coupées de façon à rentrer dans le fourneau. Celles-là, je ne les aime pas : les tiges de noisetier vert qui ont servi de lien aux fascines ont pris en séchant une forme circulaire qui ne convient pas à l'automatisme de la serpe tenue de la main droite qui tombe sur le billot, sectionnant à la longueur désirée la branche tenue par la main gauche. Plutôt que de les couper je cache ces riutes et temps à autre l'Angèle les découvre. En soupirant elle les tranche elle-même avec une dextérité tellement extraordinaire que sa serpe semble sortir tout droit d'un dessin animé de Tex Avery !

Des années plus tard, il fallait couper le cou à un poulet. Le coq devait peser plus de cinq kilos : la croix et la bannière pour pouvoir en faire façon dans le poulailler. L'Angèle m'explique qu'il suffit de le tenir par les pattes de la main gauche et de lui couper le cou avec la serpe. Je le tiens de la bonne main, j'aligne le cou sur le billot, je prends mon élan avec la serpe, l'outil tombe et s'enfonce dans le bois : le coq est indemne car il a changé de position. Impossible de manœuvrer la serpe coincée dans le billot ! Il a fallu s'y mettre à quatre mains pour

---

36/ *Riutes : liens en noisetier entourant les fagots.*

expédier le coq dans un autre monde. Putain de billot, m'aura-t-il fait suer toute ma vie ! En plein hiver, alors que sont interdits par le froid tous les travaux des champs, on s'occupe à couper le bois soit dans les haies qui bordent les prés, soit aux communaux au fond des bracots.

Les communaux, bois appartenant à la commune, situés au-delà des marais et des dernières cultures, sont coupés par lots. La même partie est coupée tous les trente ans. Le Maire, Lebordet l'instituteur secrétaire de mairie, le garde des eaux et forêts, tous se sont penchés sur le cadastre et ont préparé sur le papier et sur le terrain, les lots qui seront tirés au sort. Ils ont marqué les baliveaux qui ne seront pas coupés ; ce sont des grosses pièces qui seront vendues plus tard à un marchand de bois. Chacun s'affaire sur son lot et prépare les alignements de gros bois sectionné à un mètre de longueur ainsi que les fascines. Transporté dans la cour, le gros bois sera coupé avec la scie à bûches, fendu et rangé sur le solis aux côtés des fascines. Tout le monde s'y met, même l'Angèle scie et fend le bois. Elle le fera ainsi jusqu'à l'année de toutes les fins...

Ce que je préfère encore c'est grimper dans la montagne, derrière le village, aller couper les sapins aux Pesses avec Melchior. Il a mis dans sa hotte du pain et du lard, des coins en acier, une serpe et une hache bien aiguisées et le bâtard ou passe-partout, cette grande scie à deux poignées qui vient à bout des orgueilleux dressés à l'assaut du ciel et les couche comme des malpropres, la cime dans la boue.

En arrivant aux Pesses on a fait un grand feu de branches. Melchior est magique car il secoue les branches de sapin chargées de neige durcie et réussit à les embraser. Elles nous rôtissent la couenne sur le devant tandis que le dos est gelé par le froid. Baste, on se tournera pour réchauffer toutes les faces. Assis sur une branche, le visage rouge du froid et du chaud alternant, le lard a un goût divin.

Melchior attaque un sapin à la hache puis installe le bâtard et me met entre les mains une des deux poignées.
« Ecco, Sandro, tou tires ? »

L'aller et retour de la lame rythmé par les deux poignées tirées alternativement et accompagné d'un jet de sciure, mord le tronc et rentre petit à petit jusqu'au cœur du bois. C'est long. Une heure et plus parfois, les bras moulus, il faut manœuvrer le bâtard.

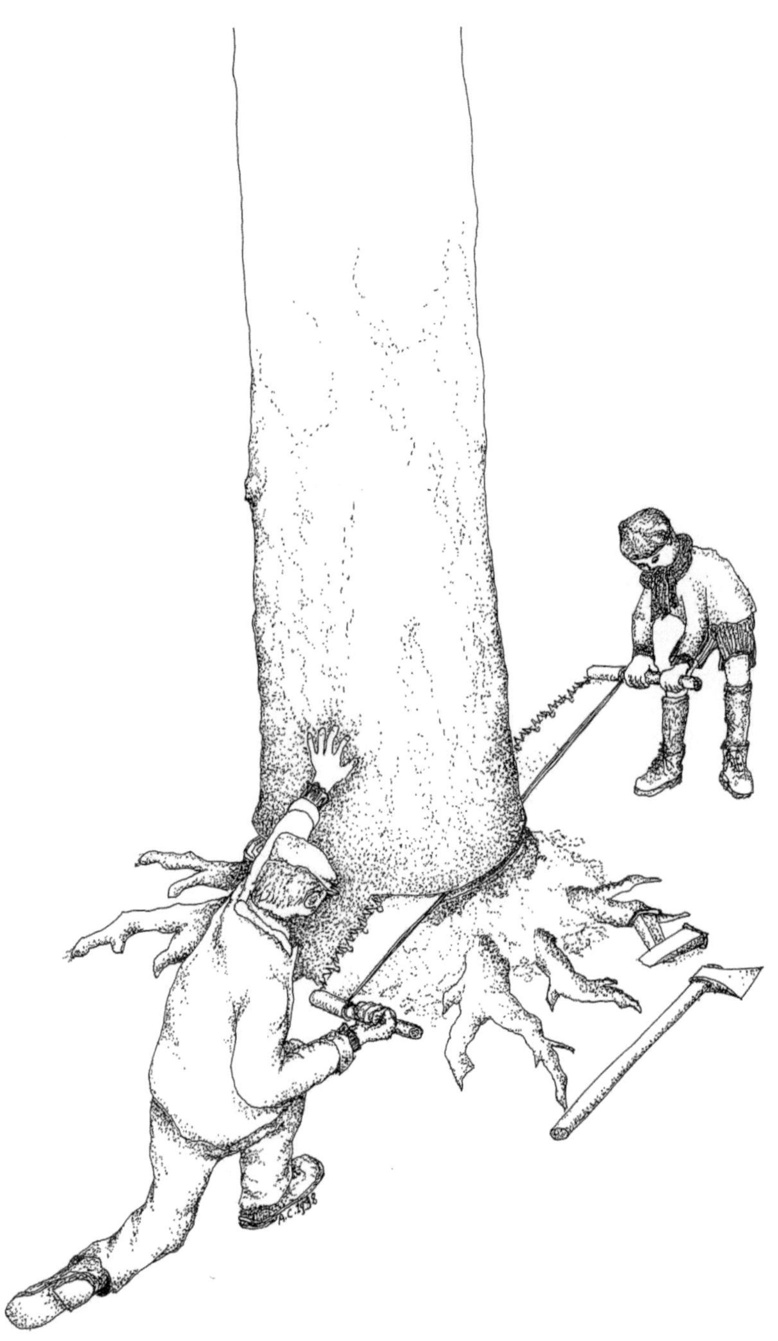

Les seuls arrêts autorisés sont décidés par Melchior. Au fur et à mesure de l'avancée de la lame, il place les coins d'acier enfoncés dans la fente de la scie à l'aide du talon de la hache en guise de masse. Le bâtard ne sera pas coincé et Melchior arrivera à orienter très exactement la chute du sapin.

« Tou vois, y faut qui tombe ici pour pas abîmer les autres. »

À cette époque les sapins étaient précieux. Vendre un arbre au scieur ça faisait de l'argent. La concurrence tchèque, roumaine, russe ou finnoise n'avait pas encore, comme aujourd'hui, fait chuter les cours.

Le tronc tressaille, des éclatements espacés annoncent le grand naufrage. Melchior pousse plus en avant ses coins dans la fente. On revient au bâtard. Dans l'air froid qui caille notre haleine on lève un œil inquiet sur le grand fût. Il bouge ! Les craquements s'accélèrent d'un seul coup et deviennent hurlement désespéré tandis que le géant vaincu s'étale sur le sol gelé et enneigé en faisant valdinguer poudre blanche et branches brisées. Un soubresaut et la bête s'immobilise. Il faudra encore l'ébrancher, l'écorcer, le sortir du bois. Il va glisser sur le sol gelé si on attelle un cheval à sa tête.

Le temps n'est pas encore venu aux longues pétarades des tronçonneuses et aux chemins défoncés par les engins chenillés sortant les grumes et les mettant à portée des camions.

Quant aux branches de sapin elles iront au fourneau quoique l'Angèle n'aime pas beaucoup ce combustible : elle l'accuse d'être responsable des feux de cheminée. Le feu, c'est sa terreur à l'Angèle. Elle nous raconte les maisons brûlées à cause d'un feu de cheminée. Elle écoute le ronflement du tirage dans le tuyau de fer qui surmonte le fourneau. S'il devient inquiétant elle tourne la clé du tirage, noie le foyer d'une marmite d'eau et jette un coup d'œil alarmé à l'intérieur de la cheminée. Si c'est rougeoyant, vite elle sort la vieille casserole qui contient du soufre, l'allume et place le récipient à l'intérieur de la cheminée. Les vapeurs de combustion du soufre sont censées éteindre le feu. Des sacs de jute mouillés viennent coiffer la cheminée sur le toit et empêchent tout tirage. *« Ah,* dit l'Angèle, *on l'a échappé belle ! Et il faudra surtout pas oublier de faire ramoner ! »*

Faner

« *Faner est la plus belle chose du monde* » affirmait la marquise[37]. Si elle avait traîné ses bottines du côté du village aurait-elle tenu les mêmes propos ?

Crevant, la fenaison c'était crevant de A à Z.

Dans un pays qui n'est pas plat les meilleurs champs ont été réservés à la culture car il faut bien y manier la brabant[38]. Sur les autres, pentus, difficiles d'accès, l'herbe à foin et à regain y croît volontiers se partageant avec les arbres fruitiers qui servent à la maude, avec les frênes ou les charmilles qui garnissent les talus en attendant d'être brûlés dans le fourneau. Ces prés, au fil des héritages donc des partages, sont devenus des garipelles remplissant tout juste une charrette de foin et se trouvent répartis aux quatre points cardinaux. À cette époque, les vaches n'allaient jamais en champ et il fallait remiser tout le foin nécessaire à leur existence de recluses nonnes à lait. Pauvres bêtes qui ne sortent que pour se faire prendre par le taureau ou encore pour le dernier voyage, clopin clopant, attachées derrière le char à banc du maquignon boucher. Toujours rivée à son râtelier et à sa mangeoire, la vache savait-elle encore marcher ?

L'oncle Jean passe de sa Tabouelle aux trois outils de la fenaison : faux, fourche et râteau. Melchior, durant quelques jours, laisse la truelle et la taloche. Les deux faux enchaplées par l'oncle c'est-à-dire battues sur l'enclumette jusqu'à ce que, de son index attentif, il suive un fil irréprochable le long de la faux. Elles attendent pendues derrière la porte de la grange en compagnie des coffis en noyer et des pierres à aiguiser.

On emprunterait bien le cheval et la faucheuse mais vraiment c'est trop pentu. Sujet de discussion très bref à table : l'éventuel appel à

37/ *Il s'agit de la marquise de Sévigné, Marie de Rabutin-Chantal.*
38/ *La brabant est une charrue tirant son nom de la province de Brabant en Belgique,
 dont on inverse le soc pour verser la terre à droite ou à gauche.
 Gamins levez les yeux : vous la verrez souvent décorer une pelouse à la campagne.*

l'aide d'un voisin et son canasson n'aura lieu que pour rentrer le foin car on a bien une charrette qui couche à côté du barot dans la remise mais pas de cheval pour l'atteler. Dernière précaution avant de faucher : on consulte les pierres de la cave, celles qui servent d'encadrement et surtout de baromètre. Elles sont sèches, il ne pleuvra pas trois jours au moins, on peut mettre à bas l'herbe.

C'est chose faite ce matin. L'Angèle m'a chargé d'une mission de confiance : porter le casse-croûte aux deux faucheurs à la Plantaz. Dans le panier en châtaignier, œuvre de mon père et dont j'ai la charge, elle a placé deux pots de soupe, du lard cuit, des tranches de pain et un morceau de fromage.

« Pour boire, ils ont la source » a-t-elle ajouté. Un torchon de toile rutilant de blancheur recouvre le panier.

Depuis cinq heures du matin, les deux hommes ont presque tout fauché et les andains s'alignent, impeccables, comme à la parade, juste à gauche de leurs pointes de faux. Entre deux andains on voit les traces qu'ont laissées les brodequins des faucheurs avançant petit à petit dans la pente. La sueur colle les chemises sur la peau, mouille le rebord de la casquette et perle sur la pointe du nez. Je n'ai pas le temps de jouer avec la source car le râteau m'attend, trois fois plus haut que moi à cause de son manche qui n'en finit pas et énervant à cause de la sale habitude qu'il a de se coincer entre les mottes d'herbe. De temps à autre Melchior puise dans sa réserve à la grange, pour remplacer les dents cassées de l'outil. Ce n'est pas le cas aujourd'hui car le râteau est fraîchement réparé.

Il faut rassembler ce qui sera foin, en séchant, en deux grandes bandes de deux mètres de largeur, bien exposées au soleil et râteler soigneusement tout le pré. Dans l'après-midi on viendra tourner, c'est-à-dire retourner le foin sur lui-même afin qu'il sèche de façon uniforme. Valse des fourches et vu ma taille, j'ai droit à la petite. Avec sa méchante jalousie coutumière contre ce qu'elle considère comme un privilège exorbitant, ma sœur évidemment rouspète. Toujours garce ! Le soir, nouvel air pour les râteaux et les fourches : on met en moichons, en tas, car la rosée de la nuit doit mouiller le moins possible le foin en cours de séchage. Le lendemain matin on défait les moichons, on tourne une dernière fois et en fin de journée, surtout si Phébus a consenti à bien darder ses rayons, le foin est prêt à trouver sa place sur le solis.

Albert est venu avec son cheval attelé au char à ridelles qui avance lentement entre les deux rangées de moichons au rythme des hue et des ho adressés au cheval. Melchior charge le foin tandis qu'on râtelle derrière. Pas une catte de foin n'est perdue. Tout est sur le char ? Pour bien maintenir la charge on met la presse, une longue barre de bois qui se coince à l'avant du char sous un barreau de l'échelle prévue à cet usage tandis qu'à son arrière une corde la relie au cabestan de bois. La corde s'enroule sur ce cylindre et on serre la presse qui maintient solidement en place le foin sur la charrette. Se jucher au sommet du char et rentrer à la maison, tels les rois fainéants, dont parle Lebordet, au pas du cheval dont on sent les odeurs, les fesses piquées par les bûches d'herbe séchée : voilà la récompense et le seul moment de détente de la fenaison.

Le plus dur reste à faire car le contenu du char doit trouver place dans le solis. Hissé sur le char, un trident à la main, Melchior monte le foin sur le plancher du solis. Là, l'Angèle prend le relais et l'expédie sur le tas, à l'étage au dessus vers les pieds de ma sœur. Cette dernière m'envoie ses fourchées de préférence dans la figure avec le plus souvent possible un coup de fourche afin de m'inciter à faire vite pour le ranger à l'extrême fond du solis, juste sous les tuiles pétant de chaleur.

Demain on foinera un autre pré jusqu'à ce qu'on termine par le pré de Molesat coincé par deux bois et le champ du disque, lopin appelé ainsi car il est proche de la voie du chemin de fer et d'un sémaphore à disque. À cet endroit, il y a un peu de spectacle car il arrive que le train à vapeur nous surprenne en plein travail. Le mécanicien actionne son sifflet. Des voyageurs nous font signe de la main. Ils doivent ensuite se dire :

« T'as vu où ils vont foiner, sur ce talus pentu ? »

Sérieusement, faner est-ce la plus belle chose du monde ?

Un jour, à ce sujet, il faudra absolument envoyer une lettre à la marquise !

Vélos

Impériaux ils étaient ces vélos, avec leurs guidons relevés en moustaches conquérantes, les poignées en hêtre verni et les freins à tiges métalliques chromées. Les adultes pédalaient avec dignité, le torse droit, les mains posées à plat sur le guidon tandis que leurs jambes moulinaient le macadam au rythme lent d'un développement unique au pignon arrière, une allure de chameau marchant à l'amble sur les dunes. Je les ai revus un demi-siècle plus tard, sur les pistes cyclables entre Groningue et Haarlem, ces "De Woiter" de ma jeunesse, même guidon, même selle large de l'arrière et à ressorts pour postérieurs fleurant l'opulence. Machines réservées à des vélocipédistes aristos juchant leurs narines bien au-delà des odeurs de crotte de chien des trottoirs. Jean et Melchior en avaient chacun un de ces vélos lourds en diable, mal étudiés pour nos régions toutes en bosses. Ils revenaient souvent en le poussant à la main, une roue à plat.

Commençait alors la corvée de réparation : le vélo sens dessus dessous, roue démontée, chambre à air extirpée de son logement à l'aide de manches de cuillères à soupe remplaçant les démonte-pneus. Dans l'eau de la seule cuvette en émail de la maison empruntée à l'Angèle, la chambre à air à demi gonflée laisse échapper un chapelet de bulles localisant très exactement les trous. Gratter les alentours des orifices à la râpe, mettre de la dissolution, coller la rustine, tout remonter, gonfler la chambre à air : *« Diou de diou ! Elle tient pas gonflée ! »* s'exclame Jean et il recommence tout.

Melchior nous transportait volontiers sur son engin, j'étais assis en amazone sur le cadre, les mains cramponnées au guidon avec interdiction de bouger et les recommandations habituelles :
« Sandro, tou te tiens bien ! »

Certains voisins aisés avaient une petite selle avec repose-pieds, le tout boulonné sur le cadre. Encore un luxe inconnu chez mon géniteur. Le hic avec ces vélos c'est que l'apprentissage de ce mode de locomotion relevait d'un exploit digne d'un reportage à Ushuaïa. On commençait par faire de l'équilibre sur une pédale en se servant du vélo comme

d'une patinette. Mais pour mettre les deux pieds sur les pédales il fallait soit attendre d'être une assez grande asperge de dix ou onze ans afin que la barre du cadre passe dans l'entrejambe quitte à se déhancher au pédalage, soit pédaler en passant la jambe à l'intérieur du cadre, juste au-dessus de la chaîne. Problème d'apprentissage qui ne se pose pas lorsqu'il y a un vélo de femme dans la famille. Ce n'était pas le cas car l'Angèle n'a jamais eu droit à un vélo. Comme je vous l'ai déjà écrit, elle nous a si souvent raconté, des larmes dans ses yeux, qu'elle avait appris avec ses copines à l'âge de vingt ans et qu'Alexandre, son père, n'a jamais voulu lui en acheter un. Elle s'est toujours déplacée à pied. À pied pour aller dans les champs, à pied pour aller aux commissions, son cabas en toile cirée noire pendant à ses bras.

Dès que j'ai su faire du vélo j'essayais d'emprunter un des engins qui se trouvaient à la cave pour aller faire un tour. Revenant trop souvent avec des bosses et des plaies et même un jour avec une roue avant voilée à la suite d'un arrêt brutal et involontaire contre le pont de pierre de Bary, j'avais droit quatre-vingt-dix-neuf fois sur cent à un refus si je demandais une permission, aussi avais-je décidé une fois pour toutes de me passer d'autorisation parentale et d'utiliser à ma guise un engin à deux roues. Avec des ruses de sioux j'attendais le moment propice, de préférence le dimanche après le repas, à l'heure où les hommes sacrifiaient au rituel de la sieste, j'ouvrais la porte de la cave dans un silence absolu, reculais un vélo, me faufilais le long de la galerie hors de portée des regards et trente mètres plus loin enfourchais ma monture.

Au retour, mêmes précautions pour remettre le vélo en place.

Parfois ça marchait, personne ne s'était aperçu de rien sauf l'Angèle qui ne cafardait pas et me disait seulement :
« Alors, t'as encore pris le vélo ? T'as rien cassé au moins ? »

Parfois le comité d'accueil m'attendait avec coups de casquette et coups de pieds au derrière distribués sans trop de conviction et une engueulée par-dessus le marché.

Ça ne m'a jamais empêché de recommencer.

Où sont les peines de chacun ?

« *Mais qu'est-ce que t'as ? T'as pas l'air dans ton assiette ?* » questionne Jean qui rentre à vélo, en ayant remisé sa tabouelle. L'Angèle est toute retournée, les yeux rouges et elle explique : « *Tu sais, ce matin, je devais aller voir le parrain qui est malade, vers Annemasse. J'ai pris le train à Machilly, à sept heures et demie, comme d'habitude. Arrivée à la gare d'Annemasse, il n'y avait pas de tram. Alors je suis partie à pied et j'ai remonté l'avenue, là où il y a les Allemands.* »

La Gestapo s'était installée au Pax Hôtel transformé en bunker avec chevaux de frise sur le trottoir et dans la rue. Bunker gardé jour et nuit, surmonté de la croix gammée, l'emblème que les nazis avaient adopté.

« *Quand je me suis approchée du Pax, j'ai entendu crier,* poursuit-elle. *Ça venait des fenêtres qui sont au ras du trottoir et qui donnent dans les caves. Tu sais Jean, c'était la voix d'André.*

– Tu crois ? Tu t'es trompée, c'est pas possible.

– Si si, je l'ai bien reconnue. Je te dis que c'est André qui criait. Je ne sais pas ce qu'on lui faisait mais c'était terrible. Ça m'a couru après toute la journée. Tiens, je l'entends encore. »

Elle en pleure. Jean soupire et n'ajoute rien. Il est au courant de ce que faisait André avec le maquis : transport d'armes et de ravitaillement. Sa vieille C4, une Citroën à gazo roulait au nez et à la barbe des boches. Il a été dénoncé par des voisins.

Les gendarmes sont venus signifier à l'épouse d'André que ce dernier était décédé. Ils étaient une poignée, dont l'Angèle, à entourer le cercueil plombé quelques jours plus tard dans le petit cimetière. Il reste aujourd'hui une plaque en marbre avec son nom et la mention : *Mort en martyr pour la France.*

Décidément l'Angèle est comme le chanteur Brassens : elle va où son cœur lui dit d'aller. Quelques semaines plus tard, elle s'habille pour un autre enterrement, celui d'un cousin éloigné. Les granges dans lesquelles on mettait le foin, là-haut dans les sapins, loin de la route et des occupants, ont brûlé.

On les voyait depuis le village. Le maquis s'y cachait et tous les gars ont été tués. Le cousin était marchand de bois. On le fit monter dans la montagne pour une coupe de sapins. Il y retrouva non pas le vendeur de bois, mais un groupe de maquisards qui voulaient venger leurs frères tués et savaient qui les avait vendus aux Allemands. Francesco Goya a laissé des dessins sur la guerre qui ont dû donner des idées aux maquisards. On retrouva le marchand de bois émasculé, ses attributs bourrés dans la gueule.

L'Angèle était encore là, derrière le cercueil. Melchior lui en fit le reproche et elle se récria que *« c'était un cousin ! »*

Le barot

Il est absent de tous les dictionnaires mais désigne un sacré outil : la charrette à bras à tout faire, celle qui participe à toutes les corvées, avec ses grandes roues de frêne cerclées de fer de plus d'un mètre de diamètre, œuvre d'un compagnon charron qui a dû casser sa pipe depuis longtemps alors que ses roues parcourent toujours les kilomètres. Son essieu d'acier surdimensionné permet de lui faire transporter sans risque toutes les charges jusque et y compris des blocs de pierre dans lesquels on prendrait les linteaux des portes de la cave. Ses deux brancards polis aux extrémités par les mains calleuses d'humains désignés comme bêtes de trait sont de toutes les peines, de toutes les corvées, des travaux pénibles de tous les jours.

Il n'y a plus de betteraves pour les vaches ? Un coup de barot pour se rendre dans le champ, ouvrir le silo recouvert de paille et de terre et revenir avec un plein barot de betteraves. Aller chercher les sacs de pommes ou de poires pour faire la maude ? Encore un coup du barot ! On a besoin de la patire prise au village voisin ? Le barot est toujours là. Léon l'emprunte pour livrer un cercueil qu'il arrime à l'aide d'une cordelette de chanvre passée dans les poignées laitonnées de la boîte à mort. Melchior transporte son matériel de maçon, les tréteaux, les plateaux, la gamate et la boîte à outils. Pourquoi, à l'heure actuelle, n'at-on pas un barot chez soi ? Il ne coûte rien et ne s'use pas.

Personnellement j'aurai bien voulu le voir au diable : tous les matins de printemps et d'été il sert à transporter l'herbe quotidienne des deux vaches. Il faut économiser le foin qu'on garde pour l'hiver. Les vaches restent toute leur vie de bêtes attachées dans l'écurie. Les pâturages entourés de barbelés n'existaient pas et les vaches ne connaissaient pas la villégiature à l'air libre. Les pauvres qui ne sortaient dans la cour, aveuglées de lumière, que pour être couvertes par le taureau ou livrées au boucher tandis que nous nous crevions à leur apporter de quoi ruminer dans le noir.

Jean prenait sa faux, le râteau et la fourche étaient posés dans le barot auquel on avait mis des échelles ou ridelles amovibles, indispensables pour retenir l'herbe. Quant au baudet c'était moi à sept ans ou huit ans. En route pour le pré loué à la "Mie à Jeandou", vieille veuve ayant un grand pré autour de son habitation qui fut autrefois un moulin. Ce pré était plus un talus frais déboulant en pente raide vers le nant qui coule à l'extrémité du village.

Deux ou trois andains remplissent les échelles du barot et le plus dur commence car Jean, partisan du chemin le plus court, se met en tête de prendre le raccourci pour remonter au village par la directissime à presque vingt pour cent de pente. La faux plantée dans l'herbe humide du barot afin d'être libre de ses gestes, il se plante à l'arrière du chargement et pousse de l'épaule avec une vigueur que ne désavouerait pas une première ligne au tournoi des cinq nations ou encore Jean Valjean des Misérables soulevant sa charrette sous les yeux de Javert ; de son coup de reins il bascule le barot et ce qu'il y a dedans, herbe et outils. Incapable de résister à la poussée et de maintenir les brancards à l'horizontale je les vois piquer du nez vers le sol tandis que j'ai droit à la litanie habituelle : *« Diou de diou mais tiens les brancards ! Qu'est-ce que tu as dans les bras ? De la bouse ? Ah ça fera jamais un Carpentier[39] ! »*

Saloperie de barot qui m'arrache les bras. M'en fiche de Carpentier, je ne le connais même pas ! Il ne figure pas dans le trombinoscope des députés et sénateurs que publia mon almanach Vermot. Trombinoscope coincé entre des blagues du genre : *« Quelle différence y a-t-il entre le train et le café ? »* Réponse : *« On prend le train quand il passe et le café quand il est passé. »*

Le barot ? Je le laisse bien volontiers tirer par d'autres. Un jour l'Angèle nous a expliqué qu'un vieux bonhomme que nous n'avions pas connu, le vieux Guste, était parti arracher des pommes de terre du côté des Pradus avec le foussoir sur l'épaule et un panier au bras. Après quelques coups de foussoir dans terre il est tombé raide mort. Mon père Alexandre était juste à côté avec son barot. On l'a ramené chez lui avec l'ambulance qu'il avait sous la main : le barot.

Un peu de respect pour cet engin !

39/ *Georges Carpentier : champion de boxe toutes catégories dans les années 1920.*

Le barot

La toilette

Tu vas dans la salle de bains, tu tournes le mélangeur thermosta-tique afin de le régler à ton usage : 34° pour la douche en hiver et le robinet ouvert ensuite n'apporte aucune surprise désagréable, ni froide ni brûlante, mais plutôt l'impression du cocon retrouvé, la plongée dans le quotidien du confort, le contact avec l'eau chaude à point, la caresse quoi ! La main se tend vers le savon surgras, vers le shampoing ultra-doux aux extraits naturels essentiels qui donnent à tes cheveux une fringance extraordinaire. Eau de toilette. Te voilà aseptisé, récuré, parfumé, glissant dans ton peignoir rincé au mini-doux. Rappelle-toi. Un peu de mémoire quand même !

Deux robinets existent à la maison, l'un à l'entrée de la cave car il faut bien donner à boire aux bêtes dans l'écurie à côté, l'autre est à la cuisine. Un pour les bêtes, un pour nous : à chacun le sien.

L'eau sur l'évier a été installée dans les années trente. L'Angèle ex-pliquait que la vieille mère aveugle d'une voisine venait constamment, à tâtons, tourner le robinet sur l'évier en remerciant la sainte Vierge et en disant que c'était ce qu'il y avait de mieux au monde. Pour avoir de l'eau chaude le fourneau à bois cache dans ses flancs une bouillotte entartrée par le calcaire et recouverte d'un rectangle de cuivre rouge. De temps à autre l'Angèle le frotte à l'aide d'une patte trempée dans un mélange de vinaigre et de sel gros. Un robinet permettait autrefois de tirer l'eau chaude. Le calcaire l'a bloqué. L'Angèle, armée d'un pochon qui demeure en permanence pendu à la barre laitonnée du fourneau, puise selon ses besoins en ignorant et en méprisant totalement le robinet jaune qui l'a trahie.

Jean et Melchior se font la barbe le dimanche matin, un bol d'eau chaude à portée de la main sur la table et le petit miroir encadré de bois noirci par la crasse coincée en oblique grâce au tiroir à couverts à peine ouvert. Le miroir avait sa place en remuant les opinels, le couteau de cuisine et celui plus édenté réservé à l'herbe aux lapins. Longuement ils se frottent la couenne des joues avant de faire entrer en action le "coupe-choux". Jean l'a longuement affûté sur la bande de cuir noir :

un coup d'un côté, un coup de l'autre. Le rasoir sabre dans la mousse blanche en exécutant un par un les poils coupables d'avoir poussé sans vergogne durant la semaine. Parfois le coupe-choux s'attaque à la peau et le rouge du sang vient colorer de rose la mousse blanche. Qu'importe, Jean est expert pour stopper le saignement en posant sur l'estafilade une feuille de papier à cigarette.

« Angèle, passe-moi le linge. » C'est un torchon de toile pendu sur un fil de fer au-dessus du fourneau. Il sert à s'essuyer car la serviette éponge n'avait pas encore passé le seuil des maisons du village.

À part ce rituel de la barbe, on ne voit pas les grands faire une toilette. Cinquante ans après, je cherche désespérément dans mes souvenirs : la vie de tous les jours réserve sa place à la nourriture, au travail, au sommeil mais pas à la toilette. Nous les mômes, on a droit à la seille dans un coin de la cuisine. La cérémonie est en général programmée après le repas du soir. À grands coups de pot à eau, l'Angèle corrige le brûlant ou le froid de l'eau de la seille et nous frotte ensuite avec l'unique savon de la maison, un gros cube "Le Chat", utilisé avec parcimonie. Il y a bien une tête de chat dessinée sur le savon. Il fallait que le savon de Marseille soit bien sec pour durer plus longtemps ; l'Angèle le met sécher des mois et des mois sur une tablette de bois dans la montée d'escalier des chambres. Le cube n'est utilisé que sec comme l'amadou et dur tel les pierres.

Le passage à la seille ne se justifiait qu'en cas de grosse crasse et encore les cheveux restaient souvent à l'abri de l'eau car Fonse, le coiffeur occasionnel coupait aussi bien les cheveux négligés. Ma mère qui portait un chignon regroupant des cheveux allant jusqu'aux cuisses se faisait laver la tête une fois par an. Elle avait soin de sa tresse pourtant. En cas de poux et ça nous arrivait souvent à cause de Madeleine à l'école qui nous refilait gratuitement les petites bêtes noires sans même réclamer un merci, en cas de poux donc, Fonse nous mettait la boule à zéro à grands coups de tondeuse et brûlait sur le champ la toison et ses locataires réunis. La honte, avec le crâne tout blanc sur lequel on tirait désespérément le béret, le descendant sur les oreilles et au ras des sourcils : quelle dégaine ! Le pire c'est le cabinet. As-tu besoin de faire pipi ? Il faut sortir, descendre l'escalier, traverser la cour, la route nationale et arriver enfin aux cabinets. si c'est juste un pipi qui urge, un coin à l'abri des regards suffira ; de préférence le ruclon ou le tas de fumier qui est juste à côté. L'Angèle vérifie de loin que je ne me suis pas laissé aller à arroser le cerfeuil ou les courges du ruclon. Elle me rappelle que, si tu veux faire caca, va bien aux cabinets et non pas derrière le boîton aux cochons.

Ce cabinet c'est ma hantise. Contrairement aux autres cacatières du village qui sont toutes en planches de sapin noircies par le temps et recouvertes de tiollons, Melchior l'a reconstruit en moellons, crépi, blanchi à la chaux, respectant lors de ces travaux de rénovation la magnifique glycine qui couronne la construction. Elle n'a pas de mérite à croître à vue d'œil puisqu'elle plonge ses racines droit dans la fosse à merde. Le hic de ces commodités c'est que Léon avait fixé une planche percée d'un trou circulaire juste au-dessus de la fosse. On s'assied sur cette planche pour satisfaire ces besoins et, avec un bruit étouffé, presque onctueux, tout tombe juste en dessous. Écologique avant que le mot ne soit à la mode car, de temps en temps, on vide la fosse à l'aide du gaume. Le contenu de la réserve répandu dans le jardin engraisse les carottes, les poireaux et la chicorée amère ; il rend monstrueux les courgettes et les côtes de blettes. Je repense au peintre Hundertwasser perdu dans une île de l'hémisphère austral qui faisait ses besoins sur le toit de sa maison pour y faire pousser le gazon…

Le trou circulaire percé par Léon correspond à un postérieur d'adulte, même si l'adulte l'a gros. Un petit comme moi a toutes les peines à se maintenir sur la planche : s'il place son troufignon et ses ballustines dans le trou, ses pieds ne touchent plus terre. À l'idée de passer tout entier dans la fosse une peur panique me noue les tripes. De plus, de façon cyclique, des vers cylindriques à queue filiforme, longs de quatre centimètres, blancs, grouillent dans la fosse, montent à l'assaut des parois cimentées. Alpinistes chevronnés, les plus hardis arrivaient à se hisser juste sous la planche verticale et se tordent entre mes semelles. L'horreur !

Malgré mes tentatives héroïques de passage aux cacatières je préférais encore l'herbe derrière le boîton aux cochons d'autant que je pouvais regarder le paysage en direction du lointain Jura et du col de la Faucille tandis que mes boyaux se vidaient.

Hold-up sur l'épicerie

Ce matin-là, les camions chargés de Fridolins ne bloquèrent pas la route nationale : ce fut le tour du maquis d'encercler le village. Des tractions et des motos se postèrent sur les différentes routes, juste vers l'entrée des maisons. En sortirent des bandits débonnaires, la mitraillette à la main, qui vinrent blaguer avec ceux qu'ils revoyaient, le sourire fendu jusqu'aux oreilles.

« *Alors, quand est-ce qu'on sera débarrassés de la vermine vert de gris ?* » *questionnaient les paysans.*

– *Bientôt, bientôt. En attendant tu sais que tu ne nous as pas vus, la fête ce sera plus tard !* »

Certains avaient fermé leur porte et faisaient semblant d'être absents alors que leurs yeux étaient vrillés sur la route à l'arrière de leurs fenêtres muettes. D'autres payaient à boire :

« *Tiens, y a du café qui vous attend. On sait bien qu'il y a beaucoup d'orge dedans, mais c'est chaud.*

– *Du café ? Du vrai ? Celui qu'on buvait avant la guerre, on va bien en trouver* » s'exclamèrent les maquisards.

Justement une camionnette s'en occupe.

Elle s'est arrêtée vers l'épicerie qui vend tout ce que l'on peut imaginer : du tabac, de l'huile, du café, du sucre, de la farine, du chocolat, de l'essence, de la laine et des vêtements à la condition d'avoir des tickets de la carte d'alimentation et que le père Arthur veuille bien vous les vendre. Le gros de la troupe du maquis est là. Il a fait sortir les tenanciers du magasin. On commence la fouille des caves, du garage et celle du commerce sous l'œil vert de rage d'Arthur qui voit disparaître ce qu'il a mis si longtemps à économiser. On sait qu'Arthur a été le premier Légionnaire en 1940, que son respect pour Pétain n'avait d'égal que sa haine pour le voyou, l'étranger. Alors que des maquisards hirsutes et inconnus viennent voler son magasin, cela dépassait son entendement.

« *Mais qu'est-ce que vous allez faire de ça ?* » crie Arthur devant les ballots qui encombrent la camionnette.

« On va manger un peu mieux que d'habitude » se moquent des maquisards.

Le chef essaie d'expliquer à Arthur qu'on est en train de noter tout ce qui lui est pris. Il y aura une liste complète de ce qui est emmené.
« Et qui va me payer ? » s'écrie le tenancier.
« Réquisition, lui répond le chef, *réquisition: nous n'avons pas d'argent mais avec ce qui est noté il sera toujours possible de te faire rembourser. »*

On avait suffisamment entendu le mot réquisition durant la guerre, toujours pour les fridolins. Vous vous taisez et vous payez en beurre, en pommes de terre, en bétail, en blé, en œufs et en corvées.

Tu es requis pour garder les voies.
Tu es requis pour payer.
Tu es requis pour donner ton fils qui ira travailler au S.T.O.
Requis, toujours requis.

Aujourd'hui c'est Arthur qui paie pour tout ce qu'il nous a refusé durant des années : *« Des pâtes, de l'huile ? Y en a plus. Du café ? Mais dieu du ciel on n'en a pas vu une graine depuis si longtemps ! »*

Emportant avec elle quelques jours de tranquillité concernant les repas, camionnette et tractions sont reparties laissant derrière elles un épicier blême de colère.

14 juillet 1944

L'impossibilité de trouver une goutte d'huile durant la guerre avait généralisé la culture du colza et de l'œillette. Devenu "colzatier" par nécessité, chacun avait son coin fleuri de jaune en juin, chacun avait fait pousser les fleurs de pavot de l'œillette dont les graines pressées donnent ce qu'on appelle la petite huile d'olive. L'arachide n'existait plus que dans les livres de géographie de Lebordet en tant que ressource d'une colonie de la France, le Sénégal. Il fallait bien graisser la marmite avec autre chose que ce que donnait la cacahuète ! Le pressoir à huile d'Henri avait repris du service. En hiver, on faisait de l'huile avec les noix et on pressait les graines de colza et d'œillette. Les résidus de pressage se présentaient en galette de cinq centimètres d'épaisseur. Concassé, ce résidu était donné aux vaches sous forme de tourteau. Cassé en petits morceaux, le tourteau est emporté à l'école dans la poche du tablier noir pour y être croqué à la récré. Croqué ? Je devrais dire mâchouiller car je n'ai jamais connu aussi dur à manger : du béton.

En juillet 1944 l'atmosphère était électrisée, la vie sous tension, les fridolins énervés. Depuis Stalingrad que Fonse avait expliqué en son temps, il y avait eu le débarquement du 6 Juin 44, en Normandie, annonçant la fin d'une occupation de quatre ans. Le maquis se conduisait en véritable armée de l'intérieur et il avait écrit en mars 44 la page héroïque du plateau des Glières où cinq cents maquisards avaient résisté à vingt mille Allemands. Il n'y avait pas encore de radio à la maison pour avoir des nouvelles. "Le Petit Dauphiné" en donnait qu'il fallait traduire vu que c'était le point de vue des pétainistes. D'ailleurs acheter un quotidien est un luxe que ne se permettait pas la famille : on savait par les autres autour de nous.

Ce 14 juillet Jean ne travaillait pas. L'État français, puisqu'on n'avait plus de République, n'avait pas encore décrété que l'anniversaire de la prise de la Bastille serait un jour comme les autres. Laissant la Tabouelle au garage Jean troqua le volant contre les brancards du barot auquel on avait mis des ridelles pour récolter le colza. Le trio des travailleurs, Jean Melchior et l'Angèle avaient prévu les outils, notamment les volames ou faucilles pour couper le colza, n'en ayant pas assez ils en ont emprunté

aux voisins. En route pour le champ du marronnier appelé ainsi parce que c'était le seul arbre ayant poussé à la ronde, juste à la pointe du champ. Le colza entièrement coupé, le soleil déjà haut dans le ciel, on chargeait la récolte dans le barot lorsque plusieurs coups de feu et une rafale de P.M. ont éclaté au-dessous de nous, faisant sursauter tout le monde, les brassées de colza paralysées dans leur élan. On a tout posé. Jean et Melchior inquiets se sont regardés.

« C'est là-dessous » dit Melchior désignant les terres qui s'en vont en direction de la voie du chemin de fer et des marais. On est allé à une rupture de pente qui faisait belvédère, avec beaucoup de précautions, pour voir ce qui se passait.

« Bouge pas et ne dis rien » m'ont-ils recommandé.

Ordre inutile. Trois corps sont couchés au bord d'une gravière désaffectée, là-bas en contrebas. Un moteur à essence pétaradait un peu plus loin.

« Allez viens vite » et on est retourné charger le colza dans le barot, soi-disant indifférents et absorbés par le travail mais en réalité l'œil et l'oreille aux aguets, le geste prêt à être suspendu. On a d'abord entendu le moteur de la traction avant qu'elle ne débouche du talus le long du champ avec sa tenue de camouflage verte et marron. Des vitres abaissées, les mitraillettes pointaient à l'extérieur de la voiture.

« Tu les connais tous ? » questionna Melchior.

« Oui » répondit Jean sans dire de qui il s'agissait mais en saluant le chauffeur de la traction qui lui avait fait un grand signe de la main. La traction a disparu sur les crés. Le travail fini, le barot chargé de colza a suivi le même chemin.

15 août 1944

Le maquis ne se cachait plus. Loin était le temps où la milice de Pétain prêtant main-forte aux Allemands traquait les résistants, les brûlant vifs comme ce fut le cas, à quelques kilomètres de là, dans la montagne qui est juste derrière chez nous, en incendiant les granges dans lesquelles les maquisards dormaient et en les tirant comme des lapins.

Les collectes de pommes de terre, d'œufs, de légumes allaient bon train pour alimenter le troupeau de jeunes maquisards qui allait grossissant. Tous les réfractaires au S.T.O.[40], tous ceux qui comme Fonse, étaient dans le collimateur des Allemands vu leurs opinions dénoncées à l'occupant, étaient volatilisés dans les montagnes derrière chez nous, avaient grossi les rangs des maquis. Armés par parachutages ils attendaient le signal, la Thompson à la main. Avec ses vingt ans en 1944, mon frère en était. Depuis la gifle de Stalingrad et la progression russe sur le front Est, depuis le débarquement sur les côtes normandes, on attendait dans une atmosphère électrique. Le signal du soulèvement armé vient avec le débarquement allié en Provence, au 15 août.

Ce même jour le maquis s'attaquait en Haute-Savoie à tous les casernements allemands pour en faire le premier département continental entièrement libéré de l'intérieur. Affaire rondement menée à Machilly pour se rendre maître de l'Hostellerie Savoyarde où se trouvaient les Allemands. Un P.C. du maquis s'était installé, aux aurores de ce quinze août, dans le bistrot grouillant du village. Réveillé par les cris, les explosions de joie, les pétarades des tractions barbouillées de camouflage, j'allais et venais au milieu de ces hommes barbus, sans uniformes, parfois casqués mais toujours la mitraillette au cou et les chargeurs glissés dans les ceinturons. Ils blaguent et attendent. L'un d'eux laisse tomber son fusil de guerre sur la terrasse cimentée : maladroit doublé d'un imprudent car une cartouche était dans le canon, le coup part et blesse à la nuque un maquisard. Ce sera le seul blessé de la prise de l'Hostellerie Savoyarde. La guerre installée aux portes de la maison s'en est allée ailleurs laissant derrière

---

40/ S.T.O.: "Service du Travail Obligatoire" en Allemagne.

elle le temps de la liberté aux couleurs de la joie de vivre. "Le petit Dauphinois" est devenu "Le Dauphiné Libéré" et apporte son lot de nouvelles quotidiennes. C'est lui qui nous apprendra les horreurs des camps et qui publiera les premières photos de Buchenwald et des déportés.

Le temps du bonheur est là. On le touche, on y croit. Et pour fêter ça, on installe dans le pré à côté du café, un plancher sur des plots[41]. Des planches clouées servent de barrière au dancing de plein air. Une estrade sur un bord a été construite pour y loger le "Jazz Band". Cet orchestre est l'œuvre du curé. Ce dernier n'est pas là : il est parti précipitamment juste avant le 15 août. Qu'avait-il à se reprocher ?

Il y a quatre musiciens, deux accordéonistes, un qui joue du saxophone ou de la mandoline et un batteur. Albert troque, selon ses morceaux, son saxo contre le banjo. Édouard avec un sérieux de Buster Keaton donne le tempo à la batterie et ponctue la fin des morceaux d'un coup de gong. René a un piano à bretelles comme Yvette Horner. Le menton posé sur la nacre de l'instrument, sa main droite courait sur les touches blanches ou noires. Tout à ses notes, il avait le même air absent que lorsqu'il officiait à côté de l'autel, le dimanche à l'harmonium. À l'autre accordéon, Pierre devait résoudre des prodiges d'équilibre car son ventre un peu trop proéminent l'obligeait à poser son accordéon sur son genou, juste au-dessus du vide. Sur la grosse caisse était écrit en lettres dorées "Jazz Band". Le quatuor eut fort à faire pour répondre à la demande du bal champêtre où se pressait tout le village ; enfin presque tout le village sauf quelques nostalgiques de la collaboration et une fille passée à la tondeuse, enturbannée, n'osant pas trop s'approcher même si l'envie l'en démangeait, là, sous sa jupe. Les quatre alignaient les morceaux qu'ils connaissaient bien : des marches, encore des marches et quelques valses.

Un prisonnier du village revenait-il des stalags allemands ? Un bal était annoncé par une affiche calligraphiée et punaisée sur le platane tricentenaire du centre du village. Le soir, on se presse à l'entrée du parquet dansant : il faut payer son écot. Un coup de tampon à l'encre violette sur la paume de la main gauche prouve qu'on est en règle. Parfois la pluie vide le bal. Seuls les quatre qui musiquent continuent imperturbables sous une bâche que Jules a prêtée. Cet orchestre qui

---

41/ Plots : parpaings.

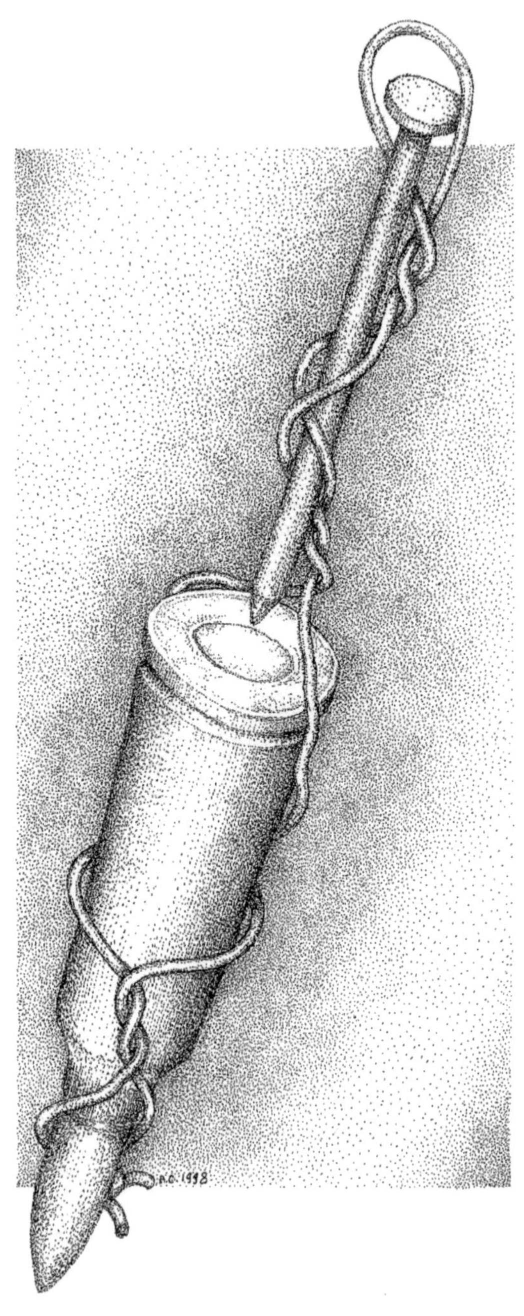

fait notre joie n'a rien à voir avec le splendide ensemble de l'harmonie municipale du chef-lieu d'à côté qui, quand elle se déplace avec sa trentaine d'exécutants, ses cuivres briqués, ses costumes bleus à galons dorés et ses casquettes ornées d'une lyre, nous en jette un jus et aligne tout le village de part et d'autre de la route nationale. De toute façon, l'harmonie n'aurait pas tenu sous notre minuscule estrade bâchée.

Le temps de la liberté est arrivé pour nous les mômes et des jeux fort intéressants font leur apparition à partir des munitions. Fini les billes et les fusils découpés dans une planche de sapin par Léon, à la scie à ruban. Voici venu le temps des amusements à haut risque.

On a chapardé des cartouches dans les chargeurs de pistolets-mitrailleurs ; des barrettes de cinq cartouches de fusil de guerre. Vider les cartouches de leur poudre en dessertissant les balles, faire brûler la poudre, péter l'amorce, fondre les balles : on s'en lasse.

Il y a beaucoup plus amusant. En sortant de l'école on retrouve les cartouches de fusil soigneusement cachées dans l'herbe d'un fossé. Un système très ingénieux a été bricolé en enroulant un fil de fer en spirale autour de la cartouche. Ce fil se prolonge au-delà du culot en cuivre, par des anneaux de laiton qui permettent de maintenir un clou de charpentier face à l'amorce ; ce clou est en position de percuteur. Théoriquement ce clou doit rester en place. On lance le tout en l'air, la cartouche et son nécessaire bricolé ; bien haut. La balle de plomb retombe la première puisqu'elle leste l'ensemble. L'étui de laiton suit avec son ventre plein de poudre et présente son amorce juste sous la pointe du clou. Lorsque la balle touche les pierres de la route, le clou dans son élan frappe l'amorce et tout explose.

Ça, c'est la théorie.

On se fatigue à lancer, à réparer, à fignoler le système. Ce sont des grands élèves de l'école, des réfugiés lorrains d'Étain qui nous ont appris le montage.

Heureusement que ça ne fonctionne qu'une fois sur cent lancers ! Il faut avoir vu et senti passer au ras du visage les éclats déchiquetés de la cartouche en laiton pour frémir de ce jeu de gosses complètement dingues ! Jamais une égratignure alors qu'on aurait pu y laisser au moins un œil ! Quel pot ! Et Lebordet qui ne s'est douté de rien nous fait une leçon de morale sur les dangers courus à ramasser des engins de guerre et à jouer avec. *« Il faut le signaler à la gendarmerie et surtout ne pas y toucher. »*

Tous, nous avions des têtes d'angelots en l'écoutant, avec juste assez de déférences pour ne pas éveiller les soupçons.

De toute façon on a tous vu faire parler la poudre soit pour faire péter les boîtes du quatorze juillet, soit pour faire éclater des troncs.

Un arbre trop vieux doit-il être supprimé ? On déterre soigneusement le bloc noueux d'où partent les racines et ce sera du bois qui, selon les dires de l'Angèle, "tient le feu". Ces blocs tellement noueux qu'ils résistent aux coins d'acier enfoncés à grands coups de masse. Melchior en vient à bout avec de la poudre noire. Armé d'une tarière il perce un trou de deux centimètres et demi de diamètre et d'une vingtaine de profondeur allant jusqu'au cœur du tronc. Il le remplit aux trois-quarts de poudre noire ; le cordon bickford est enfilé dans le trou et maintenu en place grâce à un coin de bois. Cinquante centimètres de cordon suffisent vu qu'il coûte cher et doit être économisé.
« Sandro, c'est danzereux, sauve-toi ! » me dit Melchior.

Du coin du mur je le regarde allumer le cordon. La flamme avance. Melchior me rejoint. Sa main autoritaire me serre le poignet pour me garder à l'abri lors de l'explosion. Les secondes sont lourdes, pleines, comme dans les westerns avec le bon et le méchant qui vont s'affronter. Le tronc se soulève soudain, monte en tournoyant et craque en morceaux qui se répandent partout dans la cour en culbutant dans tous les sens leurs longues traînées noires et brûlées. L'Angèle apparaît sur la galerie :
« Tout va bien ?
– Si si ! » répond sur-le-champ son rital de mari en rabattant en arrière sa casquette libérant la même catte de cheveux frisés, toujours plus sel que poivre.

Quant aux boîtes, d'où viennent ces habitudes de faire parler la poudre le quatorze juillet ?
Évocation du canon de la Bastille ?
Explosion, tout simplement pour fêter l'anniversaire de la république ?
Chi lo sa ?

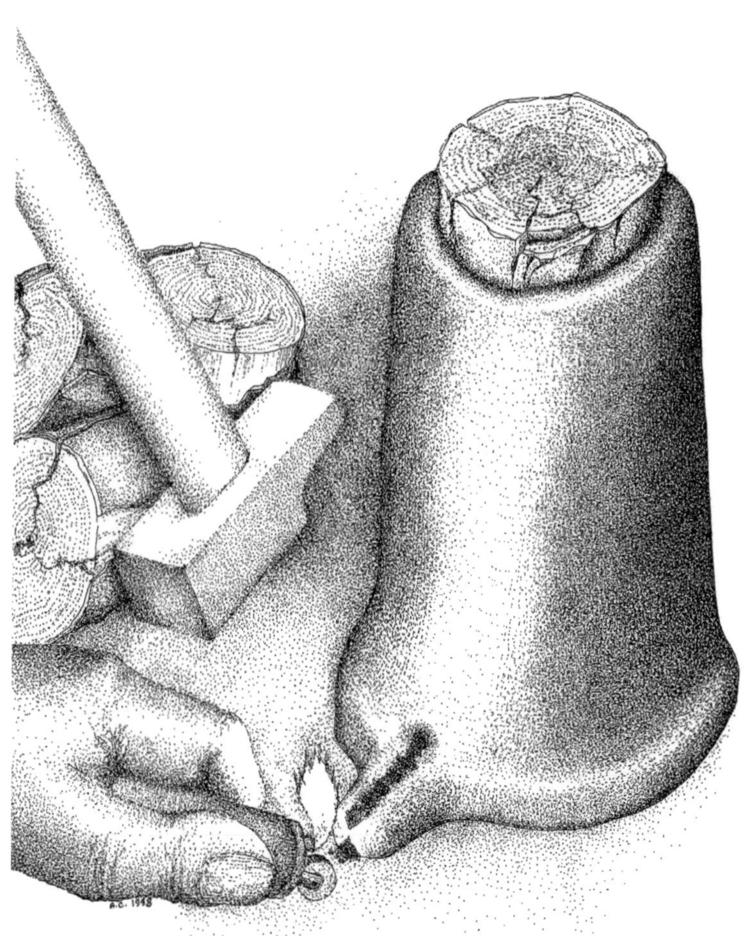

Ce que je sais c'est que je les ai vus, avant 1939, ces républicains qui font parler la poudre le jour de la fête nationale aux oreilles des cagoulards de l'époque plus enclins à admirer Benito ou Adolphe plutôt que Blum ou Cachin.

Ce matin du quatorze juillet, Melchior et Jean ont sorti de la cave de mystérieux engins. Ils ressemblent à des vases de fleurs dont le trou serait du diamètre d'un manche de pioche. Ce sont de petits obusiers d'une vingtaine de centimètres de hauteur. Sur le côté, au ras du fond, un petit trou est percé et se prolonge par un sillon tracé sur une excroissance de métal permettant la mise à feu de la poudre comme dans les vieux canons. Melchior bourre la boîte de poudre qui coule un peu par le petit trou. Il la ferme avec un rond de bois coupé dans une branche de frêne. Un filet de poudre est répandu près du trou. Mise à feu, on s'écarte à grandes enjambées. Boum ! Les canons des corsaires de la mer ou ceux de la bataille de Fontenoy devaient faire le même bruit. Le rondin de bois s'envole en morceaux poussés au cul par une gerbe de poudre explosant ses couleurs et sa fumée blanche.

Oyez bonnes gens ! Entendez cette canonnade pour la République !

Et on l'arrose la République à coups de chopines et de canons[42], au café. Les cagoulards font les affairés, bouseux sur leurs tombereaux. En passant devant le café, ils font claquer leur fouet aux oreilles des bêtes marquant ainsi leur mépris envers ces feignants qui fêtent la république !

Le pire avec les armes à feu, on l'a frôlé dans le trou à Manet. C'était une gravière creusée après la guerre de 14-18 par des soldats de la coloniale et des prisonniers de guerre allemands, les uns gardant les autres évidemment. Le trou devenu dépôt d'ordures était notre terrain de jeux favori. Le voisin, plus âgé que moi, avait apporté ce jour-là une canne revolver dégottée dans je ne sais quel coin de grenier. Il n'avait pas trouvé de munitions adaptées et avait estimé qu'une cartouche de pistolet-mitrailleur devait bien faire l'affaire. Il l'introduit dans la chambre de tir, verrouille la canne et appuie sur le levier de la détente après avoir visé d'un bras qui se voulait ferme une boîte à conserves rouillée au fond du trou.

42/ *Faut-il rappeler que le canon est aussi une mesure pour les liquides, équivalant à un huitième de pinte. Une pinte égale 0,93 litre.*

Tout nous pète à la gueule !

La balle trop grosse s'est coincée à l'intérieur du canon et la canne a explosé. Là encore rien : les éclats de laiton et d'acier ont sifflé autour de nos têtes, nous laissant abrutis avec une éraflure sur mon poignet droit. L'Angèle m'a soigné : j'avais accusé le chat.

« Je ne dis pas ce qui n'est pas, il t'a bien arrangé ! » assure-t-elle en nettoyant l'estafilade à la gnôle.

Si vous cherchez bien vous trouverez les restes de la canne revolver : elle y est encore dans le trou à Manet. On l'a enterrée dans le gravier avec les cartouches restantes.

Premières oranges

Les oranges s'achètent en toutes saisons à croire que l'oranger a été conçu pour donner des fruits en janvier, mars ou octobre, mais je n'ai pas le souvenir d'en avoir goûté avant 1939. Durant la guerre, alors qu'on manquait du strict nécessaire, sucre farine huile ou café, il était hors de question de s'intéresser à un fruit dont on pouvait aisément se passer. Au premier Noël après la libération, la frontière avec la Confédération Helvétique s'était entrouverte et à la condition d'avoir passeport et visa il était possible de se rendre sur Suisse. Les Genevois commençaient à recruter une main-d'œuvre saisonnière à bas prix. Les voisins savoyards étaient leurs travailleurs arabes d'alors. C'est ainsi qu'à quatorze ans ma sœur a été embauchée pour les fêtes de fin d'année en tant que bonne à tout faire par une plantureuse pâtissière de la place de Plaimpalais, à Genève. L'Angèle l'avait accompagnée et la marchande de gâteaux l'avait fort civilement priée de venir passer deux jours à Genève. L'expédition !

Après deux kilomètres à pied on prend le train à Machilly. L'Angèle arrive toujours très en avance, prend ses billets de troisième classe qu'elle range soigneusement dans son sac à fermoir. Il ne sert que dans les grandes occasions, essentiellement pour les enterrements et son cuir râpé reprend un peu de dignité grâce au cirage noir. On bat la semelle dans le froid du matin.

« Prépare-toi et tiens-toi tranquille Alexandre ! Il arrive ! » dit l'Angèle en voyant s'abaisser les barrières du passage à niveau. Comme si je n'étais pas sage, engoncé dans ce qu'on appelle pompeusement mes habits du dimanche qu'il ne faut surtout pas salir vu qu'il n'y en a pas de rechange ! Je n'ose même pas avancer un pied en direction du quai et des rails argentés. Je penche la tête du côté du passage à niveau dont la sonnette tinte sans arrêt.

Ça y est: je l'ai vu là-bas du côté des marais, tâche noire surmontée d'un gros ballon blanc qui se déforme, s'effiloche et se reforme sans cesse. Deux coups de sifflets et on distingue maintenant l'avant de la locomotive à vapeur et les têtes casquées de cuir et lunettées du mécanicien et du chauffeur penchés à l'extérieur.

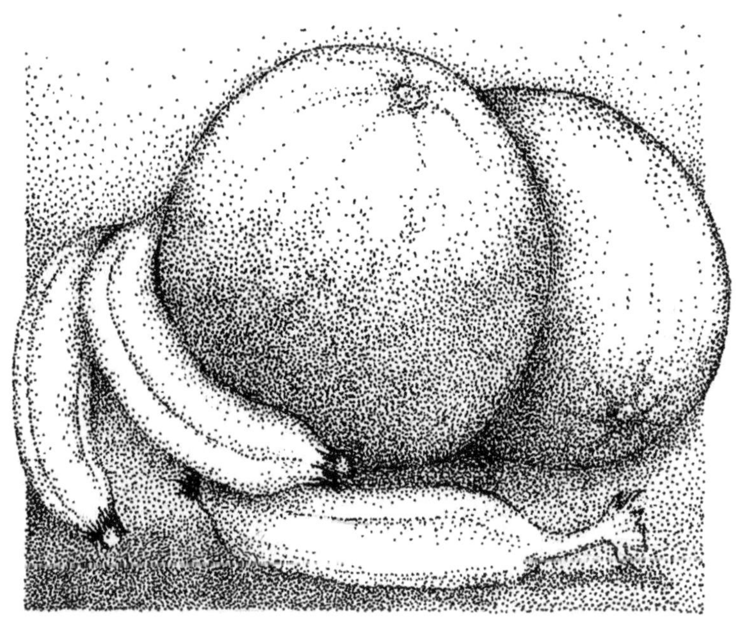

Bizarrerie de la langue française : le chauffeur entretenait le feu et n'était pas responsable de la conduite du train réservée au mécanicien. Aujourd'hui le chauffeur du camion est bel et bien celui qui conduit.

Un riulement de patins serrés sur les roues métalliques et le train s'immobilise dans un halètement saccadé par les jets de vapeur. « *Machilly ! Machilly !* » crie le chef de gare pour ceux qui n'auraient pu lire le panneau émaillé bleu et blanc donnant cette information. L'Angèle choisit un compartiment, surveille ma montée et se hisse ensuite. Elle repère une place et n'en bougera plus jusqu'au terminus de son voyage à Annemasse. Son regard se fait revolver si je me hasarde à me déplacer quelque peu et son « *Reste tranquille !* » est sans appel. Pétrifié je le serai encore dans le tramway brinquebalant allant de la gare d'Annemasse à la frontière suisse, à travers la petite zone. Passage aux douanes, tampon sur le passeport et à nouveau le tram. Il est suisse maintenant et cependant ferraillant et brinquebalant tout autant que son vis-à-vis français. Plaimpalais : terminus pour nous. Il a fallu plus de trois heures de voyage pour parcourir les quinze kilomètres séparant la maison de Genève. Faites donc la moyenne : autant y aller à pied !

Arrivée à la pâtisserie avec une plongée dans des odeurs et des saveurs qui soûle encore des décennies plus tard au hasard d'une porte poussée sur des lieux semblables. Quarante-huit heures à découvrir et à savourer des gâteaux, du chocolat sous toutes ses formes, encore des gâteaux et surtout découvrir les oranges, les mandarines et les bananes à s'en faire péter la boëlle, mais poliment, avec toutes les autorisations dûment accordées par la plantureuse pâtissière.

J'y ai découvert encore les toilettes. Le calme dans un appartement chauffé, avec une châsse en fonte manœuvrée par une chaîne ornée d'une poignée blanche en porcelaine, rien à voir avec les toilettes de l'école qui battaient pourtant à plate couture nos cacatières du village.

Le visage de ma pâtissière, je l'ai oublié. Je me souviens qu'elle était assez grosse, souriante malgré son rouge de lèvres et sa peau blanche; accueillant ses clientes que j'entrevoyais par la porte du laboratoire. Je me rappelle encore qu'elle laissait dans son sillage un mélange d'eau sucrée et citronnée, de chocolat chaud et de pâte cuite, le tout assaisonné d'eau de Cologne.

On peut bien me présenter aujourd'hui toutes les variétés d'oranges, les hybrides coupées avec des pamplemousses ou des clémentines, aucune n'arrive à la cheville des premières de Genève. Magie du souvenir.

Merci à la grosse pâtissière même si les gâteaux dont elle me gavait étaient ceux qu'elle n'avait pas vendus et qu'il fallait manger sur le champ ou jeter.

Les effeuilles

Elles demeurent vraiment mystérieuses. On en parlait un peu autour de la table.

« Tu sais la Marie va aux effeuilles cette année » se hasarde l'Angèle face à Melchior.

« Écoute, si tu veux y aller, nous, on se débrouillera » répond mon père. On se débrouillera, c'est certes vite dit mais qui va s'occuper de la maison et surtout des deux vaches ?

La dernière question est vraiment embarrassante car seule l'Angèle a l'habitude de les traire et les vaches ne donnent leur lait qu'à ses doigts experts. À tel point, nous a-t-elle expliqué beaucoup plus tard, que le soir du jour où elle avait accouché elle devait descendre traire à l'écurie. On fait le tour des personnes du village qui pourraient éventuellement la remplacer devant les tétines gonflées. Il y a celles qui ont l'habitude de traire mais à qui on ne peut rien demander: c'est le cas de la Jeanne, ma marraine. Il y a celles à qui on peut tout demander, Éléonore n'a jamais su et ne saura pas traire. La perle rare c'est la Julie. Bien qu'elle ait déjà six vaches à servir elle accepte bien volontiers en disant:
« Ma pauvre Angèle, oua je vais m'en occuper de tes deux vaches, ma pauvre ! »

Ce tic langagier de la Julie, *« ma pauvre »*, énerve l'Angèle. *« Je le sais assez que je suis pauvre ! Est-ce qu'elle a besoin de toujours me le répéter ? »*

Elle a descendu du galetas un sac de cuir à fermoir, sac qui eut son heure de gloire au début du siècle. Sac qu'elle crut bon de m'imposer pour aller au collège plus tard et qui me valut des chapelets de quolibets et des méchantes moqueries. J'avais beau le cacher, l'ignorer, il fallait bien à un moment ou à un autre le tenir à la main.

« Dis donc plouc, où t'as dégotté ce sac ? »

Que n'aurais-je donné pour avoir moi aussi mon parallélépipède en carton bouilli façon croco, à moraillon de fer-blanc, la "valiche" des portugais ! Ce sac suffit largement à ranger son humble bagage.

Elle a sorti son éternel sac à main en cuir noir, celui qui sert essentiellement aux enterrements. C'est un cadeau de sa marraine, l'autre Angèle. Elle y enferme son passeport, indispensable pour aller aux effeuilles, en Suisse.

Passeport, encore un chemin de croix pour l'obtenir : prendre le chemin de fer pour aller à Thonon chez Noide le photographe, attendre les photos ; demander le formulaire à remplir à la gendarmerie ; le faire tamponner et signer par le Maire sachant que Lebordet, le secrétaire de mairie, vérifie au passage si tout est bien rempli ; porter les papiers à la sous-préfecture ; retourner chercher le passeport. Que ne faut-il pas faire pour gagner quelques sous !

L'Angèle reste trois semaines là-bas, *"sur Suisse"*, à Jussy. Un dimanche Melchior m'a hissé sur le cadre de son vélo et on est allé à Moniaz au poste frontière franco-suisse, encore barbelé de la guerre. C'était un dimanche de gros bisoux sur la ligne entre les deux pays…

Avec l'argent gagné l'Angèle est allée ensuite en petite zone, espèce de zone franche entre Annemasse et Genève, y acheter un manteau de lainage gris anthracite qu'elle gardera jusqu'à sa mort. Quand elle devait se changer elle disait :
« Je vais mettre le manteau des effeuilles. »

Avait-elle le choix, puisque c'était son unique manteau.

Le testament

La Génie était en bas des escaliers. Elle venait de prier aux pieds du mort et elle avait cherché des yeux le petit brin de buis posé à côté du verre d'eau bénite, celui qui sert à faire le signe de croix sur le mort : il n'y en avait pas dans la maison, ce qui la fit soupirer. Elle a terminé ses lamentations et la voilà qui s'attaque à l'Angèle.

« A-t-il au moins laissé quelque chose ? Hein, vous avez tant fait pour lui. Combien ça fait de temps qu'il est là, à la maison, que tu t'en occupes, à préparer sa soupe ou à laver son linge ? Angèle, tu te rappelles de la guerre de 14 ? Mon dieu, qu'on a eu des mauvais moments ! »

Eugénie, appelée la Génie, est la sœur de ma marraine qui me donne chaque année pour Noël un chapelet et une barre de chocolat Révillon. La Génie est mariée à un paysan qui habite à dix kilomètres à vol d'oiseau mais il n'y a pas de train à vapeur pour aller le voir ; on a seulement une charrette attelée pour parcourir ces kilomètres du bout du monde. Tandis que la marraine alignait les bébés en y mettant même des jumeaux pour faire bon poids, la Génie était restée sans enfant.

« Que fais-tu pour tenir lorsque les jumeaux braillent ? » a demandé mon géniteur, Melchior au papa de la maison voisine. *« Moi ? Je vais à la cave et je reste assis près du tonneau de maude. Quelques gros pots bus tranquillement me permettent de ronfler toute la nuit ! »*

La Génie n'a pas d'enfants mais elle a une langue qui tourne à en perdre haleine dans sa bouche déjà édentée, cette langue tourne telles les "caquevaques" de la fête foraine. Elle ne manque pas de dire tout haut ce qui pourrait peut-être satisfaire ensuite sa curiosité. *« Il a laissé quelque chose ? »* redemande-t-elle. Elle veut savoir.

L'Angèle ne répond rien, elle vient de passer des jours trop tristes. Il y a quelque temps que Jean s'est plaint d'une douleur dans la poitrine. Il n'a pu aller travailler sur son Berliet. Depuis longtemps on le voyait descendre de vélo à la moindre côte et les trajets pour retrouver son engin des ponts et chaussées devenaient lourds de fatigue.

Le docteur alerté est venu dans sa vieille Simca. Il n'est pas allé fouiller dans sa serviette de cuir et s'est contenté de dire : *« le cœur ! »* en l'envoyant de suite à l'hôpital. André, le cousin qu'on appelait "cécole" car il employait toujours ce mot en parlant de quelqu'un : cécole a fait une belle plantation sur Suisse. André est venu avec sa 402 pour le transporter et il a eu soin de mettre son costume du dimanche. Son ventre bedonnant tire sur les deux boutons de sa veste. Il introduit la manivelle juste dans le trou réservé par le zéro de 402, sa main gauche se pose sur le capot juste sur le lion Peugeot qui ouvre sa gueule vers l'avant. Deux essais à la manivelle et le moteur tourne. Est-il souvent venu à la maison avec sa belle de couleur bordeaux ! On y est monté à onze un jour, dans sa voiture. C'était super ! Aujourd'hui en août 1950, accompagné évidemment de l'Angèle qui reviendrait en train ce soir, sa main devenait velours sur le volant pour convoyer son pote à l'hôpital. La pension n'a pas duré une semaine. L'Angèle est venue le voir, elle est assise à côté de lui.

« Serre-moi fort, a-t-il dit, *je m'en vais »* et il est mort.

André alerté fait le voyage du retour. L'Angèle nous a expliqué que ça coûtait les yeux de la tête se ramener un mort sur les routes. Il fallait se taire et le ramener en catimini, très vite. Les yeux de la tête, comme elle disait : ils y sont bien sur la tête ! À la douane de la zone franche André explique que son cousin soutenu par l'Angèle, ne va pas très bien. Ce sera bientôt fini, ajoute-t-il la larme à l'œil. Retour sur son lit métallique à la maison. Léon, le charpentier, est venu prendre les mesures pour fabriquer le cercueil. l'Angèle ne dit rien, elle revit les cinquante ans qui furent leur vie commune, la guerre de 1914 et toute la puissante peine qui fut la leur. La Génie avait-elle raison ?

Nous avons fouillé sa vieille boîte en bois datant de 1913 ; elle l'avait accompagné au service militaire, dans l'artillerie de montagne à Grenoble : rien. Dans le haut de l'armoire qu'il utilisait pour ranger ses habits du dimanche : rien non plus. Sur son lit, il les a revêtus ces habits une dernière fois afin de rentrer dans son cercueil. *« Il faudra vite fermer la boîte* dit Melchior, *on est en août et ça commence à ne pas sentir très bon. »* Que fait-on alors ?

« Y a qu'a en faire un, dit ma sœur. *Ce sera exactement comme s'il l'avait fait ! »*

On a trouvé un vieux cahier d'écolier, le papier était juste bis à souhait. Ma sœur, qui m'a traité de grosse nouille et de sombre imbécile au passage car je me suis vite récusé pour tenir la plume, s'est exercée avec l'encre et la sergent-major venant du tiroir de l'oncle. Elle a même rajouté une erreur d'orthographe à son texte prétendant qu'on s'apercevrait que c'était vraiment l'oncle qui l'avait écrit. Je l'aimais beaucoup cet oncle. Il voulait que je devienne instituteur et avait insisté pour organiser mon départ en 5ᵉ au collège, en 1947. Le régent m'avait présenté au concours d'entrée en 5ᵉ que j'avais brillamment réussi.

L'anglais manquant m'a été fourni par une vieille fille aux cheveux blancs qui durant les deux mois de vacances s'est assise à côté de moi, sa jupe grise de plus en plus près de ma cuisse en pantalon court et sa main prenant la mienne de plus en plus souvent pour montrer les diphtongues. En a-t-elle pleuré les derniers jours, était-ce à cause d'un amour de vieille fille pour le beau jeune homme qui se dessinait, ou alors un regret de maternité ?

De temps en temps Jean devait dévier le trajet de son camion Berliet pour venir faire une halte à l'École Supérieure.

« Y a ton oncle qui t'attend au parloir » me disait le concierge durant la récréation. Le chauffeur du camion et le concierge avaient appris à se connaître entre humbles qu'ils étaient. Les cheveux du concierge avaient perdu leur blondeur pour devenir filasses et se raréfier. Il gardait toujours son tablier bleu marine sur le ventre. Sa grosse main calleuse se crispait sur le registre des absences qu'il trimballait, toutes les heures, de classe en classe.

« Tiens, je t'apporte ça de la part de ta mère. Tu travailles ? Il faut bien manger tu sais ! » Après une bise sur la joue de l'oncle on n'avait pas grand-chose à se dire, les banalités d'une visite certes, mais l'oncle était content. Il me restait à ranger le pot de confitures, à l'intérieur de mon casier fermant à clé dans une étude, pour compléter le stock. Ah, l'odeur du pot de confiture faite avec des tomates vertes et de citrons ! Elle me poursuit toujours.

Côté nourriture, au réfectoire du collège, un grand diable vouté à barbe grise s'occupait un peu plus de moi. Il était arrivé dans mon village avec le nom grec de son père. Il n'était pas bien vu l'étranger.

deposé le 7 septembre 1950

Y X 12460

expédition ; 1° de ½

Je soussigné Jean Féchaud domicilié à Langin Brens déclare donner tout mes biens à ma soeur Eléonie Angèle née Féchaud en récompense pour tout son dévouement envers moi.

Fait à Langin le 14 aout 1950.

J. Féchaud

visé et paraphé "ne varietur" au Tribunal civil de première instance de Thonon-les-Bains le sept septem- -bre mil neuf cent cinquante

Le Président

J. Reynaud

Le Greffier

57/5/0 per

Cinq-cent soixante quinze

Sa mère n'avait pas sa pareille pour arroser tous les jours ses salades avec "ça" des cacatières. Il a manqué un peu d'attention, car un matin, il m'a servi mon bol de café au lait avec une souris suicidée. Il n'y avait pas de frigo, le lait restait dans une grande marmite, dans un coin frais, en attendant d'être servi. Ce n'était certainement pas la première souris à mettre fin à ses jours, en cherchant l'odeur du lait.

Il n'y a plus d'oncle… Le testament a été porté chez le notaire. On a dit qu'il avait été trouvé dans ses affaires après son décès. Une décision de justice datée du sept septembre donna raison à la Génie.

Ce que possédait Jean resta dans la famille.

Melchior

« Sandro ! te te lèves, o si o no ? »

Une paupière à demi ouverte, l'autre encore fermée sur un sommeil qui ne veut pas en finir, j'entends la voix du père, de Melchior, qui lui estime que c'est vraiment la dernière limite et qu'il convient de se bouger le train. Basta, je me rendors illico pour me réveiller en sursaut quelques minutes plus tard secoué par le refrain : *« O si o no, te te lèves ? Ah, i ne se lève pas ! »*

Prenant l'Angèle à témoin il répète : *« Tou vois, i ne se lève pas. »*

Elle temporise et prend le relais : *« Allez Alexandre, ouste, lève-toi ! »*

Il faut remarquer que Melchior n'allait pas plus loin dans sa brutalité, il y avait presque jamais de coups. J'attendais d'avoir enregistré quatre ou cinq fois l'injonction d'avoir à me lever sur le champ pour daigner enfin y donner une suite. Notons encore au passage, que dans le français de Melchior torturé par le piémontais, la négation était toujours présente au bon endroit.

Melchior Secondino, tels étaient ses prénoms. Né là-bas, à Carêma, en même temps que le siècle, d'une famille "poverissima", très misérable pour le dire autrement, il n'a pas eu la vie belle. Ses parents l'avaient prénommé Melchior, du nom d'un des rois mages car une vieille fille très bigote, voisine de leur nichée, leur donnait des châtaignes durant l'hiver. Pour la remercier, le garçon suivant fut appelé Gaspard, le suivant encore Balthazar. Les sept enfants de la famille profitèrent de la charité de la vieille fille. En ces temps difficiles, ce qu'on appelait "ratatoglia", à Carêma, c'était la soupe faite avec les herbes des champs, sans sel, ce dernier étant un luxe. Quelques châtaignes ne valent-elles pas alors un prénom biblique ? Aujourd'hui, j'ai toujours un coup au cœur lorsqu'avec des amis on mange la polenta au pied des "Rei Magi" dans la vallée étroite, au-dessus de Bardonecchia. Levant les yeux on découvre trois cimes presque identiques, culminant à trois mille mètres d'altitude. Dans l'ordre, ce sont les pointes Gaspard, Melchior et Balthazar. Trois sentinelles de calcaire gris sur la route du mont Thabor. Quelles châtaignes leur a-t-on données à elles trois ?

Melchior

Melchior adore conter. Le soir, surtout s'il reste seul avec sa femme et ses gosses autour du fourneau, ses yeux bleu glacier s'animent et il fouille dans sa mémoire en fourrageant ses mèches de cheveux poivre et sel, mèches qui frisent davantage si la pluie est proche, concurrençant les pierres de la cave et le tube de verre de Torricelli.

Il raconte la première fois qu'il est venu en France.

C'est en 1911, en passant à pied par le col du Petit Saint Bernard. Il a de qui tenir pour marcher : son ancêtre Giaccomo Clerino a fait les campagnes d'Europe de Napoléon, endossant l'uniforme des Français. Il garde ensuite le refuge de Val di Cesia, au pied du Mont Rose. Avant d'être emporté par une avalanche il a fait, je crois, neuf garçons. Le père de Melchior, Battista, est manœuvre aux aciéries d'Ugine et son fils de onze ans casse les briquettes de charbon alimentant une vorace machine à vapeur de la même usine. Il reste quelque temps dans les "Bersaglieri" faisant son service, compagnon d'un mulet. Lorsque le fascisme naît dans la péninsule il fuit tout à la fois la misère du pays et un régime qu'il n'accepte pas et vient travailler en France comme "muratore".

Il traîne sa malle en bois et ses truelles de ci, de là, au gré de l'embauche. Par quel hasard Melchior et l'Angèle se sont croisés et fait les yeux doux pour finalement se marier en mille neuf cent trente ? Je ne l'ai jamais su. On ne parle pas de ces choses-là.

Naturalisé français, Melchior restera dans le village l'étranger, le rital, le ventre jaune à cause du maïs, le "pioulet", voire pour certains et c'est là le mépris suprême, le "sale pioulet". Il faut vivre au jour le jour la difficulté d'être un pioulet fils de pioulet !

En 1940, les premiers occupants étrangers passent par le village et ce ne sont pas des Allemands mais un régiment d'Italiens. La tranchée de l'année passée a été rebouchée. Dans un silence de mort on n'entend sur le macadam que les bruits de sabots des mulets attelés aux pièces d'artillerie bâchées, à la popote et leur respiration bruyante de bêtes fatiguées. Les soldats marchent tels des automates, le regard sur leurs godillots. Même les officiers juchés sur leurs chevaux manquent d'arrogance et fuient nos regards. une fois partis, on se rattrape sur le pioulet qu'on a sous la main. Au café, on crache sur la gueule à Melchior.

C'est certainement pour le récompenser de pouvoir légitimement dire : *« Ma ié souis franchesse ! »*

Il raconte l'histoire du pauvre immigré italien débarquant du train dans une ville française, sortant de la gare et voyant un magasin à l'enseigne CHEMISERIE, puis un autre avec la même enseigne, puis un troisième encore. L'immigré revient sur ses pas, retourne en Italie en disant à qui veut l'entendre qu'en France il y a tellement de misères que c'est écrit en très grosses lettres, sur les devantures des magasins : "CHE MISERIE". On le traduit en français par *« quelles misères »*.

Près du fourneau, Melchior conte d'autres histoires, en voici trois.

Telle mère, telle fille

Le curé de Carêma est monté suant, soufflant, là-haut, loin de son église et de la vallée de la Doire, visiter des ouailles qui vivent avec leurs bêtes là où la grande montagne commence. Il rencontre tout d'abord la fille en train de traire ses vaches.
  « Oh, Monsieur le curé, vous voulez boire mon lait ?
  – Non mon enfant, un peu d'eau fraîche me suffira.
  – Et bien, goûtez au moins mes châtaignes. Elles sont douces,
    douces comme de la merde. »
Tête de l'ecclésiastique offusqué, qui s'en va vers la mère ayant enfanté cette fille au parler scatologique.
  « Madame, vous savez que votre fille n'est pas très polie.
  – M'en parlez pas Monsieur le curé. Elle n'est pas plus polie que
    mon cul ! »

Le bouilli de Noël

Quand j'étais jeune, à Carêma, la messe de Noël était vraiment une messe de minuit et, dans chaque maison, on mangeait après la messe. Manger ? Oh, pas grand-chose, un peu plus qu'à l'ordinaire, c'est-à-dire qu'un morceau de viande prend la place de la soupe quotidienne.

Cette nuit de Noël, continue Melchior, tout le monde se serre dans l'église et on tourne avec mes deux copains, Arduino, Antonio et moi, ne sachant que faire car il n'y avait pas de place pour écouter le curé. On traîne entre les maisons vides se demandant ce qu'on va faire quand on s'est retrouvé devant la maison des trois vieux, tout en haut du village. On n'y voit un peu de lumière. En collant les yeux entre les volets mal joints on voit le vieux garçon, assis sur une chaise près de l'âtre, surveillant la marmite suspendue au-dessus des braises. Ce doit être la viande qui cuit, donnant tous ses arômes au bouillon dans laquelle elle est plongée car on voit fuser un peu de vapeur sous le couvercle.

Des trois vieux, il y a donc ce bonhomme et deux méchantes vieilles filles, ses aînées, passant leur temps à se disputer pour un oui ou pour un non mais se mettant d'accord pour tomber à coups de canne sur le souffre-douleur qu'est devenu leur petit frère aux cheveux blancs. Du bout de sa canne, il poussait ses bûches sous la marmite, réglant son feu en vieil habitué. Avant de partir à la messe de minuit, les deux sœurs ont dû lui faire toutes leurs recommandations et trois bols attendaient, propres, sur le coin de la table.

Effet de la chaleur rougeoyante du foyer ? Fatigue d'une veille trop longue et inhabituelle dans ces soirs d'hiver où on se couche comme les poules afin d'économiser la chandelle ? Toujours est-il que le vieux lutte contre le sommeil. À la fin, n'y tenant plus, après avoir remis de l'ordre dans ses bûches il s'appuie sur sa canne et s'octroie la permission d'un petit somme. Oh, l'erreur fatale !

« On y va ? » On quitte les galoches et on marche sur les chaussettes pour ne pas faire de bruit. Pousser la porte, rentrer dans la maison est un jeu d'enfant. Le célibataire ronfle avec une régularité d'horloger. On soulève le couvercle de la marmite, on prend le pot-au-feu pour faire Noël nous aussi. Avant de sortir, le vois des chaussures dans un coin de la pièce, j'en prends une et la met à la place de la viande de la marmite. Le couvercle par-dessus, ni vu ni connu ! Le vieux ronfle toujours.

On reste derrière la fente des deux volets. Le feu diminuant le réveille. Il repousse des braises sous la marmite, remet du bois au feu, soulève machinalement le couvercle et constate que le pot-au-feu dépasse un peu. Il referme la marmite. On discute entre nous : *« Si on restait ? »*

La curiosité nous rive au volet bien qu'il fasse froid dehors, dans cette nuit de Noël. Les deux vieilles filles se hâtent de remonter de l'église et elles croient qu'elles vont manger la viande ce qui leur fait oublier qu'il faut souffler dans la grimpette. Elles rentrent, secouent leur frère qui s'est rendormi à nouveau et préparent la table avec des assiettes en plus des bols. L'une prend une grande fourchette pour piquer la viande. Elle n'y arrive pas : les pointes de la fourchette ne rentrent pas dans la tige de cuir. On rigole en silence, dehors, en la voyant s'essayer à vouloir le piquer pour le mettre sur une assiette. La seconde a pris un autre outil et vient l'aider. Elles le sortent enfin, en ouvrant de grands yeux, la bouche ouverte.

« Mais qu'est-ce que c'est que ça ? »

Elles se remettent à crier toutes les deux en même temps pour jurer après leur vieux frère. Le soulier fume sur l'assiette et elles se précipitent sur le bonhomme qui est complètement ahuri et n'y comprend rien du tout.

« C'est toi qui l'as mangé ! » disent les deux femmes ne pouvant pas expliquer comment un morceau de viande peut se transformer en godasse. Au dehors, on rit et on dit que c'est un miracle de Noël !

Elles n'écoutent pas ce que le vieux bredouille en guise de réponse et lui tapent dessus avec un morceau de bois qui devait normalement faire du feu, sans cesser de lui crier après et de continuer les injures. L'une a ouvert la porte et a jeté le soulier au dehors.

« Nous, a dit Melchior, *on a bien rigolé et on a mangé une bonne viande ! »*

Le cerisier

« Vraiment il est trop gros et trop grand, je n'arrive pas à grimper. Essayez donc vous ! »

C'est Antonio qui parle et il nous dit ça, à nous, ses copains habituels Arduino et moi Melchior.

« Moi j'essaie » répond Arduino et le voilà qui va vers le tronc du cerisier, l'embrasse à plein bras et essaie de monter vers la première branche. On devait monter dans le noir, sans bruit, et une fois en haut

couper les branches chargées de cerises, les jeter et aller les manger plus loin. On les a repérées depuis longtemps ces cerises rouge violet. Elles nous embêtent sur cet arbre car il pousse d'un seul bloc sur trois mètres de hauteur avant les premières branches. Arduino est monté à un demi-mètre et saute par terre.

« J'y arrive pas non plus, vas-y toi Melchior. »

Moi je m'approche du tronc et je l'embrasse à mon tour, mes mains cherchent automatiquement des prises sur l'écorce et ne trouvent qu'une couche de merde qui recouvre tout le tronc. Les deux autres rient :
« Tiens, tu t'es fait prendre toi aussi ! »

Vrai, je me suis fait prendre au piège du propriétaire qui a barbouillé de merde tout le bas du cerisier. Les copains ont été malicieux puisque tout le monde sentait mauvais et qu'on a eu plus qu'à aller se nettoyer. Adieu les cerises !

Voilà quelques histoires de Melchior, celles qu'on aimait à entendre autour du fourneau. L'Angèle les connaissait, elle riait en tricotant, levait les yeux pour regarder ses chérubins attendre la suite du récit. De temps en temps Melchior nous ressassait quelques mots de son Piémont natal :
« Ecco, sotto il naso c'è l'becco ! »

Souvent – trop de fois à mon goût – Melchior nous conte l'histoire des brigands calabrais.
Dans une forêt de la Calabre, dix-huit bandits étaient assis.
Le chef dit : *« Pablo, raconte une histoire. »*
Et Pablo commença.
Dans une forêt de la Calabre, dix-huit bandits étaient assis.
Le chef dit : *« Pablo, raconte une histoire. »*
Et Pablo...

À part les histoires son "truc" à lui, c'est les champignons. Il a poussé cet art à un tel point qu'on ne va pas chez le pharmacien pour être certain de ne pas s'empoisonner. Tout le monde consulte Melchior, même le pharmacien.

Melchior et un magnifique bolet.

« Dis donc Clérine, tu veux pas jeter un coup d'œil à mon panier, j'ai ramassé ça aux châtaigneraies ? » Notons cette habitude de faire sauter les finales voyelles des noms : Clérino devient Clérine.

Allons-y donc pour Clérine, Melchior n'est pas gêné car il vaut mieux s'entendre appeler Clérine que pioulet, ventre jaune ou encore sale rital ! Le contenu du panier est trié au premier coup d'œil. Parfois il prend la totalité et va la jeter sur le ruclon : *« Ah, tou veux t'empoisonner hein ? Tou a vou ce que tu as ramassé ! »*

Comme tout autodidacte, il a forgé sa science mycologique au fil des années. Il a un bouquin coincé sur une étagère, juste en dessous de l'exemplaire du "Messager boiteux de Berne et de Vevey". À force d'être consulté le volume sur les champignons n'a plus de couverture et l'Angèle a dû le réparer en recousant les cahiers au dos et en recouvrant le tout, avec amour, d'une récupération d'un morceau de tablier sans trou. Il y avait trois livres recouverts ainsi dans la maison : le carnet de la fruitière, le livre sur les champignons et le biblique vieux testament que nous emportions au catéchisme.

Melchior connaissait les noms français et latin de chaque espèce. Il avait appris à les reconnaître de façon infaillible. Il contrôla minutieusement les dires du bouquin et essaya sur lui-même les effets primaires et secondaires de chaque catégorie de champignons. Si le livre affirmait que celui-ci était délicieux au goût mais provoquait des coliques violentes et une caquette carabinée, il vérifiait l'exactitude des propos. Jean le regardait cuisiner ces champignons pas très catholiques en s'étonnant : *« Tu vas manger ça ? Diou de diou, t'es pas fou ? »*

Lorsque Melchior sentait que les champignons pointaient leur nez, le travail pouvait attendre. Il plaquait tout et sans se soucier des commentaires peu amènes relatifs à son inconséquence, prenait son panier. Il revenait selon la saison panier plein à ras bords et mouchoir noué aux quatre coins, avec des mousserons, des cèpes, des chanterelles et d'autres dont j'ai oublié le nom.

L'Angèle les préparait sans aucun problème : son mari lui ayant affirmé qu'ils étaient bons. C'est vrai qu'une fricassée de bolets aux oignons et au saindoux améliorait l'ordinaire constitué le plus souvent de pommes de terre accompagnant les légumes du jardin ou les pâtes.

Juste après la guerre de 1939-1945, il a fallu régler quelques petits problèmes de succession, là-bas, en Italie. Melchior s'est déplacé et je l'ai accompagné par le chemin qu'il connaissait si bien, c'est-à-dire par Bourg Saint-Maurice, le col du Petit Saint-Bernard, Aoste et Carêma. Dans la maison paternelle on cuisait encore la polenta dans l'âtre, sur le feu de bois. J'ouvris des yeux éberlués : ça existe encore l'âtre ? Je le connaissais seulement par les lectures à l'école.

L'année de sa disparition, il voulut revoir les lieux de son enfance. Ce fut mon tour d'organiser le voyage en voiture par le Grand Saint-Bernard. La vieille Simca faisait fuir les marmottes qui se doraient au soleil levant, sur le goudron des lacets du col. Moins de quatre mois plus tard, il mourait dans son lit en me recommandant de bien prendre soin de son épouse, ma mère l'Angèle. Mourir dans son lit car c'était bien une dépense inutile d'aller à l'hôpital pour en revenir les pieds les premiers.

Avec mon frère et ma sœur, j'ai payé le cercueil en chêne. Ma mère n'avait pas le moindre fifrelin. Le jour de l'enterrement, juste avant Noël, l'Angèle est restée prostrée près du fourneau, en compagnie d'une voisine, suivant d'après le son des cloches le chemin du corbillard jusqu'à la "tate à l'Arpin".

Mon épouse, du haut de ses vingt ans, passa la cérémonie sur le premier banc de l'église en restant assise et en fusillant du regard le curé qui autrefois savait si bien me gifler.

Jamais l'Angèle ne s'en remit complètement : son compagnon était parti, le seul qui fut vraiment tendre avec elle. De temps à autre elle lui rendra visite au cimetière, s'étonnant toujours au retour : *« C'est quand même pas juste, les morts, on leur parle et ils ne répondent jamais. »*

Melchior avait conservé toute sa vie quelques souvenirs dans un vieux portefeuille. Il y avait des pièces de monnaie de Napoléon III et de Victor Emmanuel, roi du Piémont ; un article de journal jauni donnant les résultats à un concours de fusil de guerre, le Lebel, premier Melchior.

Il y avait aussi dans son portefeuille du tiroir, sa profession de foi sous la forme d'un dessin découpé dans un journal, Garibaldi et Staline sur la même image. Si on regardait ce dessin on voyait Garibaldi.

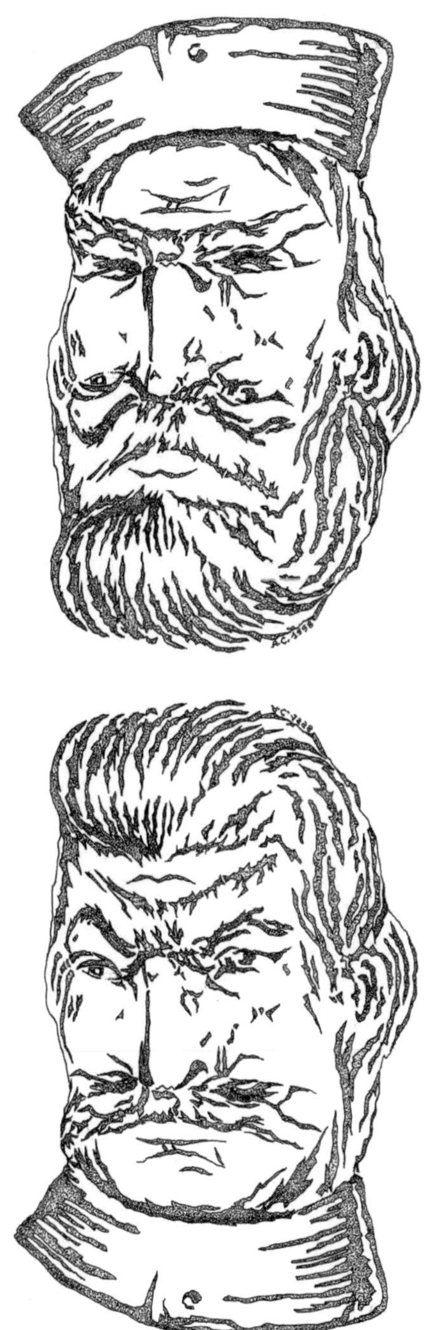

Garibaldi et Staline

On retournait alors et la coiffe de Garibaldi devenait le col de la vareuse de Staline, la barbe du vieux héros niçois se muait en cheveux du maître du Kremlin.

« Tou vois, comme ça c'est Garibaldi…

…et comme ça c'est Staline.

Ecco ! »

Pauvre Melchior.

La dernière fois que je l'ai revu, après vingt-sept ans de séparation, il n'en restait pas grand-chose. La pelleteuse avait creusé la tombe de l'Angèle juste sur le cercueil de Melchior. On n'arrête pas le progrès et la pioche du fossoyeur a disparu. Quelques morceaux de chêne, des ossements récupérés respectueusement et placés dans un sac en plastique noir, juste à côté du cercueil de l'Angèle, témoignaient de son passage parmi nous.

« Melchior te te lèves o si o no ? »

« *C'est vous ?* »

    « Faire des petits oignons sur Suisse » : voilà une expression qui mériterait des explications fournies par le père du petit Robert, le matin, sur l'antenne de France Inter. Alain Rey nous dirait sans doute que ces mots signifient "faire son beurre" ou "ramasser des pépètes" ou encore "avoir des billets de côté", c'est-à-dire "se mettre du même côté qu'eux". En bref, faire les petits oignons signifiait qu'on avait plein les poches d'argent : cela méritait le respect et la considération de ses pairs et des autres. "Sur Suisse" : voilà une façon de causer de ces marches frontalières ; je n'ai jamais été étonné par l'emploi de "sur" lorsque j'entendais dire : *« il travaille sur Lyon »*. Petit, on m'avait déjà vacciné !

    Après 1945, la Confédération Helvétique entrouvrait avec parcimonie ses barrières, les barbelés étaient réduits (rangés) pour reprendre l'expression suisse qui leur convient. L'Angèle allait aux effeuilles. André, avec sa famille soit un frère retraité des chemins de fer, sa belle-sœur q ui avait toujours un œil qui regardait la Suisse tandis que l'autre regardait le Mont-Blanc, ses neveux et nièces, tout le monde faisait pousser les petits oignons. Sa maison française se trouvait à moins de cinquante mètres des limites helvètes : les oignons c'étaient autant motif à contrebande à l'intérieur de la zone franche dans laquelle ils habitaient. Petit à petit on n'a plus entendu parler de ces petits légumes. Sa belle-sœur s'en est allée dans le champ des allongés, celui dont on ne revient jamais. Les enfants se sont mariés.

    André est resté seul avec son frère : ils mènent une existence de vieux garçons. Sa 402 vieillit. Il a toujours la clé à pipe facile car il est resté longtemps ouvrier chez l'agent Peugeot mais il n'a rien pu faire contre cette voiture qui se retrouve un jour perchée sur quatre plots de béton, rangée dans la remise, hôte des araignées et des fils de poussière et qui ne lui laisse plus que la possibilité de se déplacer à vélo. Que reste-t-il aux deux cécoles dont la vie est derrière eux ? Manger, encore manger, manger, manger !

    La retraite de cheminot du beau-frère s'ajoute aux combines d'André pour acheter ce qui se transforme en merde. Ils vont ici ou là, revenant avec une tête de veau, des tripes à faire cuire. À dix heures du matin, ça bout sur le fourneau. La tête de veau cuit dans sa marmite ; on se croirait dans ma prime jeunesse lorsque l'Angèle préparait "ça aux cochons" !

Manger : c'est le seul moment où les yeux s'allument de convoitise. On s'assied face à ce qui a cuit, l'opinel ouvert à la main. On bouffe, on bâfre, on s'empiffre, on se gave, on barbote dans le gras, le pain ne servant que de faire valoir, on se lèche en conscience les cinq doigts plus encore le pouce et on stoppe car il n'y a plus que des os. Ces os auraient passé un été dans une fourmilière et le squelette de ce qui fut une tête de veau est propre comme un sou neuf. L'estomac pète le trop-plein. Une petite reposée cauchemardeuse : on rêve encore de grosse bouffe en attendant que ça se décoince quelque peu du côté des étages du bas. C'est le bruit gargouillouteux des dix mètres d'intestins qui s'apostrophent, se hèlent, se disputent et s'accrochent. On est je ne sais où, dans l'Enlèvement au sérail, soirée teutonnesque dans une mise en scène de vingt et unième siècle. Pauvre Mozart, où es-tu ? Ah, ça fiche un peu le camp par le bas. L'estomac soupire d'aise car il a fait difficilement un peu de vide. Justement, il faut lui en redonner. Mais où est donc cachée cette monumentale fricassée de tripes que je viens d'acheter ?

Fatigué de porter cette misère quotidienne de la mangeaille, ce temps du boyau toujours plein comme une grande surface aux prémices de Noël, ce temps du trop du trop, un jour quelque chose claque dans la tête. Fureur au niveau du cerveau. *Il a eu une attaque* dit la voix du peuple. Est-ce si grave ? On l'a transporté à l'hôpital. Il a un côté droit complètement paralysé et il ne peut dire que trois mots : « *c'est vous* » et pleurer au moindre déclic constitué par des souvenirs. Comment peut-on vivre avec trois mots ? Il y met tout, aussi bien l'étonnement que la compassion en l'émaillant d'un peu de rires et d'énormément de larmes.

L'Angèle qui est alors veuve va le voir et meuble par son monologue le temps qu'elle lui consacre. « *C'est vous ?* » entend-elle avec des trémolos dans la voix.

Elle revient de ces visites le cœur à l'envers et nous raconte ce qu'il a dit, c'est rapide, et ses pleurs, qui sont infiniment plus longs.

A.C. 2005   "c'est vous!"

Un jour, sur son fauteuil, on l'a ramené au village vivre un instant dans la maison où il s'est si souvent tiouqué avec Dian.

Il a montré de son doigt valide l'écurie. Trop saoul pour rentrer ce dimanche soir il y avait dormi dans la paille et en regardant les piles de cageots qui ont remplacé les deux vaches de sa jeunesse il a pleuré ses souvenirs en laissant passer sur ses lèvres les habituels *« c'est vous »*.

La vie à l'hôpital a duré sept ans, le chiffre fatidique de la religion puisqu'on y parle de sept vaches grasses et de sept vaches maigres. Sept ans à s'occuper de lui, toilettes comprises en entendant toujours les mêmes trois mots. Sept ans de malheur, a dit l'Angèle en ajoutant qu'il a dû oublier de souffler en prononçant *« c'est vous ? »*.

L'Angèle

Elle est là, étendue sur le lit qui venait de son père Alexandre.

Les meubles ne bougeaient pas en ce temps-là. Seules les personnes changeaient autour des meubles : elles grandissaient, vieillissaient et disparaissaient, remplacées par leurs enfants. Le lit, l'armoire, la table de nuit ont vu passer trois générations. Le lit à rouleaux, style Louis-philippard revu et corrigé par un menuisier de campagne crie sa soif de cire qu'il n'a peut-être jamais vue. L'armoire en sapin, tellement piquée par les vers qu'un de ses pieds a été amputé, s'est teintée au fil des ans et a pris une couleur mate, se rapprochant du purin, sur laquelle les innombrables chiures de générations de mouches laissent des têtes d'épingle gris fer. Autour des poignées et à l'endroit où les mains se posent afin d'ouvrir les portes, le bois est plus sombre, patiné ; il brille de crasse ancestrale.

Sur la table de nuit, un napperon de coton tout jaune est posé là depuis toujours, cinquante ans avant je le voyais déjà au même endroit. Jour après jour, le réveil, les verres de limonades se sont succédé sur ce napperon. En face du lit, sur la table, deux photos ont jauni elles aussi dans leur présentoir en plastique à quatre sous. Ce sont celles de ses deux petits-fils. Je dépoussière machinalement le présentoir. Elle ne s'est jamais occupé fondamentalement de la poussière dans son logis ayant en tête d'autres soucis primordiaux : nourrir sa famille, élever ses enfants, subvenir à toutes les difficultés. Alors, un peu de poussière en plus ou en moins, qu'est-ce que ça peut faire ? Si on le lui faisait remarquer, elle répondait invariablement :
« La peufe ? Elle t'a rien fait. Laisse là où elle est ! »

Prévenu de sa disparition par ma sœur, ce dix-neuf décembre, je suis venu par l'autoroute, le plus rapidement possible. C'est désespérant de venir en face de la mort : elle nous attend, chaque tour de roue nous rapproche d'elle.

Dans une vie on ne la voit qu'une fois et on s'y prépare sans cesse auparavant à travers tous les soucis de santé en espérant que ce sera pour plus tard, demain, après-demain, et en l'ignorant car le propre de l'humain c'est toujours d'oublier pour vivre.

Un jour on ne peut plus tricher en faisant semblant de l'ignorer, elle est là. C'est elle qui vous montre du doigt de façon impérative. Votre tour est là : à vous la torture à subir. Chienne de vie !

Je grimpe les escaliers quatre à quatre. Mon pas hésite en retrouvant les craquements familiers du plancher de la cuisine tandis que l'indéfinissable odeur qui suinte des murs, sort du buffet, monte du fourneau, te claque à la figure et finalement t'offusque de souvenirs. C'est le temps des retrouvailles mais elle n'est pas debout au coin du fourneau, un grand sourire tendre illuminant sa face ridée de pomme reinette sous le fichu.

Encore quelques pas.

Ceux qui vont du bonheur de se revoir à la peine de se quitter pour toujours : les quelques pas qui séparent le fourneau du lit qui est juste là, dans sa chambre alcôve. Et elle est là, sur les draps grisouilles sortis de l'armoire. Il fait froid dans cette chambre où les papiers que j'avais collés il y a longtemps et représentant des fleurs sur fond blanc se décollent sur le mur cimenté par Melchior, il y a cinquante ans et qui nous sépare de l'écurie du voisin. Un foulard placé de façon étrange lui entoure le visage et clôt définitivement sa bouche dans la raideur de la mort. Cette bouche, elle en avait à dire et à redire et elle a préféré se taire à jamais.

Son départ a été programmé dans sa tête. Mariée à trente ans, elle a eu une jeunesse difficile. Coincée entre un père très dur pour lui autant que pour les autres et deux frères plus âgés qu'elle, Jean et Joseph, elle n'a pour consolatrice que sa mère Amélie. Dans sa bouche, c'est la Mélie.

Hélas, pour cette pauvre ancêtre, une presse en bois mal assujettie sur le char de foin, la frappe en pleine poitrine. Sur cette mauvaise plaie un abcès se forme, une infection emporte la Mélie à la "tate à l'Arpin". Une fille de treize ans suit en pleurant les planches de bois. Quand rarement l'Angèle évoque ces moments, ses yeux bleus perdus dans l'infini de sa peine se mouillent de larmes toujours ravalées et elle ajoute :

« Puis il y a eu la guerre de quatorze. Jean et Joseph y sont aussi. Je suis seule pour travailler avec mon père, je dois tenir la charrue, rentrer le foin. Mon père est laboureur, il va louer son temps pour tourner à la bêche les champs des autres. C'est moi qui dois tout faire à la maison : arracher les pommes de terre au foussoir, rentrer les betteraves. De plus il faut remplacer ma mère pour traire les vaches. Y a qu'à moi qu'elles veulent bien donner leur lait. Les premiers temps, j'avais les mains pleines de crevasses et je ne pouvais plus traire. Le soir je devais tricoter pour mes frères au front. Il fallait faire des pulls over pour les combattants à la lueur du cresou pendu à une poutre du plafond de la cuisine : le cresou, ou crésieu, avait une soucoupe en laiton dans laquelle on mettait de l'huile. Sur le coté de cette soucoupe il y avait une mèche en coton dont l'extrémité trempait dans l'huile. Cette mèche brûlait comme une bougie en y ajoutant une trainée noire au dessus de la flamme : quand on avait passé la soirée en compagnie du cresou, il fallait se nettoyer disait l'Angèle, car notre visage était tout noir. Après il y eut la lampe à pétrole. Elle est toujours là, dans le placard, prête à resservir en cas de panne d'électricité. Vers la fin de la guerre j'ai eu la grippe espagnole et j'ai bien cru que j'allais quarter. »

De cette guerre, elle a gardé les cartes postales que ses frères, cousins et connaissances lui ont envoyées : je les ai toujours de même que je garde les briquets ainsi que le porte-plume faits dans le cuivre des douilles de mitrailleuses, là-bas, pour tuer l'attente dans les tranchées ou dans les cantonnements de repli.

Le drame de sa vie à l'Angèle survient un peu plus tard, en 1924. Jamais, au grand jamais elle ne nous en a parlé, même cinquante ans plus tard. Gardant en elle une plaie ouverte, elle s'est tue sur ces années noires d'humiliations et de d'affronts subis à la maison, dans le village, de honte publique en pleine église, montrée du doigt telle une fille perdue car elle a eu le malheur d'enfanter en dehors du mariage.

Fille mère à cette époque : quel scandale !

Mais qu'on soit mariée ou pas, le bébé dans le ventre profite de sa mère nourricière pour construire son squelette : c'est ainsi, que peu après sa naissance, l'Angèle se retrouva avec des dents en fort mauvais état. Que fait-on alors dans cette campagne de misère ? On va voir le dentiste : c'est une profession rare en 1924. Il y en bien un à Annemasse,

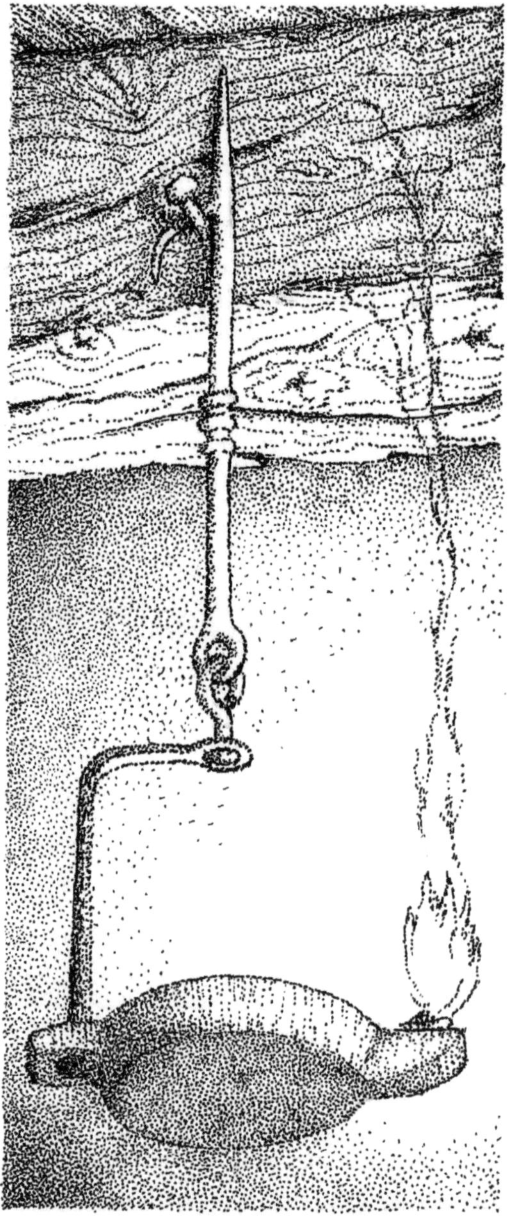

Le cresou

il accepte de la voir et l'Angèle fait les quinze kilomètres sur le char à banc d'un voisin. C'était au mois de janvier et elle revint la bouche en sang car on lui avait arraché tout le haut. Il fallut ensuite lui faire un dentier qu'elle garda toute sa vie.

Peu de gens lui vinrent en aide. J'ai compris pourquoi elle révérait deux personnes. La sage-femme qui l'avait accouchée à la maison et qui lui apporta son amitié jusqu'à ce qu'elle meure. Mon frère, heureux de son appellation, l'appelait même "la mère guigne-trou". La traction conduite par son mari, qui troquait l'habit du paysan contre celui de chauffeur tout en conservant la même casquette, s'arrêtait dans la cour. La sage-femme montait vers l'Angèle : elles papotent toutes deux autour d'une tasse de café frais. Plus tard, la petite fille de l'Angèle devint sage-femme. Elle va la voir et passe deux jours avec elle dans sa maison pendant lesquels la grand-mère la présente à tous dans le village, avec un plaisir infini. Bavardage de femmes, que se sont-elles dit à ce moment ?

La seconde femme qui l'aida à faire front, à élever seule son gosse avec tout l'amour possible, ce fut l'autre Angèle, sa marraine. Malheureusement, victime d'une infection des reins, elle partit trop rapidement vers le champ des allongés.

L'Angèle oublia le chemin de l'église. Lorsque très rarement elle y rentrait, elle se faisait petite sur les bancs du fond, loin de cette chaire d'où, un jour, les paroles maudites de la honte publique sont tombées.

Elle a été heureuse avec Melchior. Malgré le mauvais caractère du rital il y avait beaucoup de tendresse et de connivence entre les deux époux. Une fille est née en 1931. En 1933, l'ancêtre Alexandre s'en va à son tour à la "tate à l'Arpin", aussitôt remplacé par un autre Alexandre né en 1934.

Une boîte grise, en fer, sur le dernier rayon du buffet de la cuisine, m'a toujours intrigué car elle contenait de petites ampoules de verre vides, avec des étiquettes rouges. « *Ça*, disait ma mère, *c'est les piqûres de morphine qu'on a faites au pépé. Il avait de l'artérite, c'était terrible.* »

Elle dressait un tableau apocalyptique de la fin d'Alexandre.

En disant cela elle semblait lui pardonner toutes les rudesses quotidiennes de cette vie pénible qu'il lui avait faite, à elle l'Angèle, durant les trente-trois ans que fut leur vie commune. Trente-trois ans : l'âge du Christ. Écoutant raconter ces malheurs, j'imaginais enfant, les orteils tomber un par un sur le plancher tels des mapis. De l'Alexandre qui m'a précédé je n'ai connu que ses pipes, son pot à tabac en porcelaine et la tombe que sa fille venait nettoyer avec le sarcloret et fleurir toute l'année. En ce temps-là, et je crois l'avoir déjà dit, on n'allait pas voir le médecin pour mourir. C'est déjà assez difficile de vivre avec le peu d'argent qu'on gagnait.

Alexandre est parti, là sur sa chaise. Sa jambe pourrissante empuantissant l'atmosphère, abruti par la morphine administrée pour le soulager, afin que ces satanés ouapets s'acharnant sur sa jambe le laissent enfin tranquille.

Lorsque la mort a passé, les paysans disent face au disparu, la casquette froissée d'émotion existentielle entre leurs doigts cagneux :
« *C'était son heure* ».

Après la dernière guerre, ce fut le tour de Jean de rejoindre la "tate à l'Arpin". Les trois enfants se sont mariés et poussés en dehors du nid familial, se sont éparpillés. Melchior et l'Angèle sont restés seuls et heureux, voyant naître leurs petits enfants. Heureux pour peu de temps car en 1957, Melchior nous disait adieu pour aller au cimetière laissant derrière lui sa veuve qui ne put l'accompagner tellement elle eut douleur de cette séparation brutale.

Le compagnon des bons et mauvais jours était parti.

Installée dans sa vie solitaire, exploitée trop souvent par sa fille qui avait besoin d'une esclave auprès d'elle pour réaliser ce qu'elle n'aimait pas faire, trier des cageots de salade, repasser des montagnes de linge, s'occuper quotidiennement des poulets installés dans son jardin de grand-mère dont sa fille tirait les bénéfices, l'Angèle a vieilli

petit à petit. Il y a eu des accrocs dans sa vieillesse : un jour, en allant
au magasin du village, elle est tombée sur le carrelage avec ce qui suit,
c'est-à-dire l'ambulance et l'hôpital. Elle prétendait s'être encoublée
dans un carton du magasin sans avouer une petite attaque à l'origine
de sa chute. Elle nous dit, à l'hôpital :

« Ici, au moins on est à l'abri des balles ! »

Certes à plus de quatre-vingts ans, elle bêche toujours son jardin,
fend son bois pour se chauffer mais tout ceci plus par habitude que
par goût.

Elle a décidé de mourir.

Elle l'a gravé dans sa tête parce que, nous dit-elle, *« y en a assez
comme ça ! »*

Elle est partie le jour qu'elle a choisi, sans s'aider de quelque façon
que ce soit à franchir le grand pas.

Restée vingt-sept ans mariée, elle vit vingt-sept ans veuve, jour pour
jour. Melchior s'en est allé dans la nuit du 18 au 19 décembre 1957 ;
l'Angèle le rejoint dans la nuit du 18 au 19 décembre 1984. La veille, elle
est allée dire adieu à celles qui lui tenaient compagnie jusqu'à ce jour.

*« Tu sais Julia, hier soir j'ai rêvé à la Mélie, ma mère. Elle était là
et me faisait signe de venir vers elle. Elle partait et se retournait en me
faisant toujours signe d'aller vers elle, de venir la rejoindre. C'est drôle
quand même. »*

Elle a encore ajouté avant de s'en aller chez elle dans cette nuit de
décembre : *« Je t'embrasse Julia et te dis adieu ».*

Elle a fermé sa porte à double tour, claqué les volets de sa cuisine
mais laissé au premier étage une fenêtre entrouverte. Elle s'est couchée
dans sa position favorite qui est aussi la mienne pour dormir, en chien
de fusil, la main droite sur l'oreiller et la joue droite posée sur cette
main. On l'a trouvée ainsi le lendemain.

Son chignon n'était même pas défait et une étrange paix nim-
bait son visage avec un sourire à peine esquissé, des traits détendus.

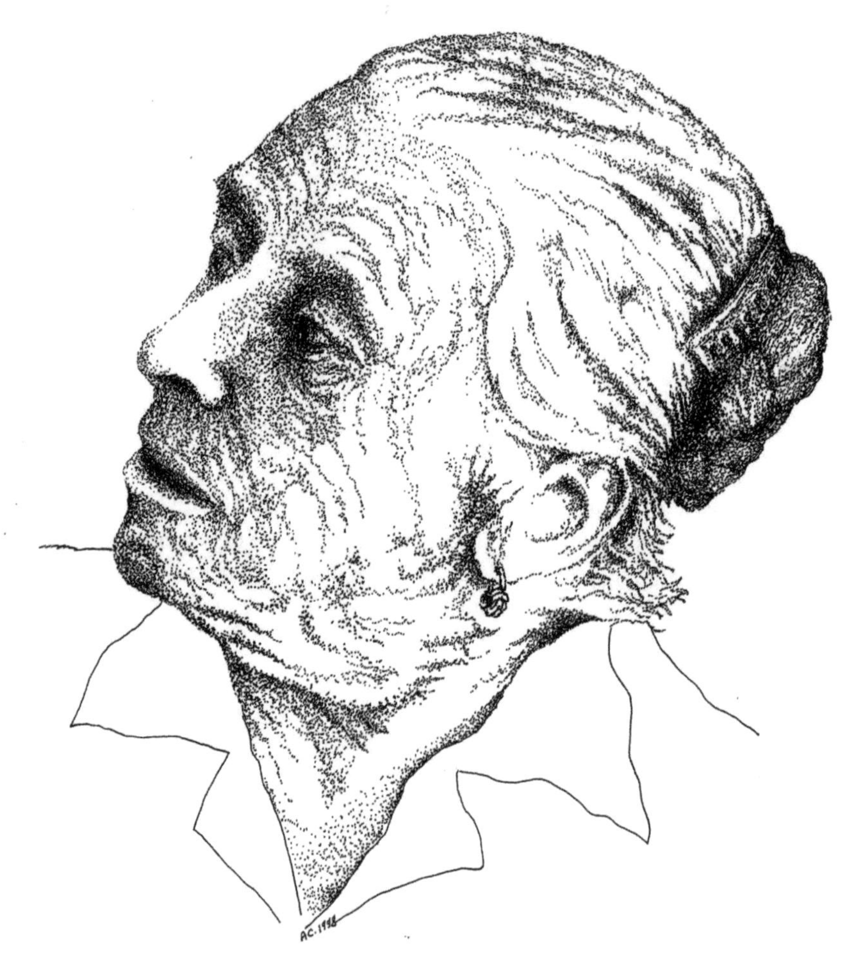

L'Angèle

Le bonheur dans la mort. Si on lui demandait autrefois d'un tel ou d'une telle décédée ce qui leur était arrivé, elle répondait de la même façon :
« Je ne sais pas, il a dû oublier de souffler ! »

Cette nuit-là, dans la dignité qui l'a toujours caractérisée, l'Angèle elle aussi a décidé d'oublier de souffler.

Je suis resté près d'elle faisant du feu dans son fourneau, du café pour les voisins et amis qui venaient la voir une dernière fois.

On parlait d'elle en termes simples chargés de respect et d'affection, évoquant l'ultime fois qu'on a bavardé avec elle ou encore ses réparties et son franc parler.

« L'Angèle, c'était quelqu'un ! »

Féministe avant l'heure, elle vota pour la première fois en 1945 et resta tout l'après midi à la mairie du village, seule femme dans la cohorte des hommes, blaguant avec l'instituteur qui tenait le bureau de vote et avec le maire. On est là, devait-elle penser et nous aussi on choisit, comme vous les hommes.

Mais oui, l'Angèle c'était quelqu'un !

Les voisins le déclaraient et ça voulait tout dire dans leur bouche plus habituée aux silences qu'aux discours.

Des années plus tard, une voisine me confia :
« Tu vois quand on parle, on dit toujours "comme disait l'Angèle".
Ah, on se souvient d'elle ! »

Ce dialogue muet avec la mort a duré deux jours, deux jours de paix et de peines. Juste avant la mise en bière, ma main a caressé une dernière fois le visage, écartant légèrement les cheveux qui masquaient l'oreille. Mes doigts n'ont pas trouvé ce que d'habitude ils découvraient, les boucles d'oreilles qui ne l'avaient jamais quittée. Il n'y avait plus rien, ni collier, ni boucles d'oreilles, ni alliance pourtant réduite à sa plus simple expression par plus de cinquante ans de travaux pénibles. Sa fille, ma sœur, était passée par là. Prévenue la première que notre mère n'avait pas ouvert sa porte, elle avait hissé ses kilos superflus sur une échelle de châtaignier jusqu'à la fenêtre du premier étage. En plus de la toilette du défunt elle avait vraiment fait le ménage : main basse sur les quelques économies, les billets et pièces des helvètes atterrirent dans son sac.

Le temps du sordide pointait son nez avec les mauvaises surprises de la petite succession qui se découvrirent petit à petit. On ne vit jamais la couleur des quelques sous placés à la Banque. Les deux fils de l'Angèle étaient des parias et "rien ne devait leur revenir" pensait-elle.

Plus tard, je reçus chez moi un courrier du notaire m'indiquant que l'Angèle avait donné à sa fille le quart de ce qu'elle possédait : donc chacun des frères avait un quart et ma sœur la moitié de l'héritage.

Elle régimenta toute la succession pour son profit ne laissant, en grand seigneur qu'elle pensait être, que quelques bricoles à ses frères : la casserole en laiton ou le moulin à café "Peugeot Frères".

Elle avait décidé qu'elle seule, sa fille, avait droit aux quelques bijoux et n'accepta que plus tard de donner un collier à sa nièce, la petite fille de l'Angèle : malheureusement il était en plaqué-or et on s'en est très vite aperçu !

L'Angèle, dans ce cas eut été digne, on le fut.

Quant à ma sœur, c'est regrettable que le terme "chacal" soit du genre masculin, il lui aurait si bien convenu au féminin.

Le curé ne vient plus chercher le défunt à la maison. Le chemin pour se rendre au cimetière est toujours le même pourtant. On suit en voiture un corbillard qui pollue l'atmosphère en CO_2 au lieu de laisser du crottin sur la route. Saint Jean-Baptiste a toujours le même regard plâtreux à l'intérieur de l'église. Les cloches le même son que lorsque je tirais sur leur corde. Dans le cimetière, la "tate à l'Arpin" dont elle avait l'habitude de parler, on a poussé les restes de Melchior pour mettre ensemble les deux époux.

Rien n'a vraiment changé. Pourquoi se sent-on désespérément seul ?

L'air respiré est toujours le même. Le soleil s'affaire dans le ciel, comme à l'accoutumée, sans une seconde de répit et joue avec les mêmes nuages, apparus, disparus, poussés par je ne sais qui, depuis l'ouest, côté Fort l'écluse et Faucille.

Le paccot de la "tate à l'Arpin" est toujours aussi triste à accueillir ceux qu'on a aimés. Il n'en finit pas de se tasser sur la tombe comme s'il voulait peser de tout son poids sur les quatre planches et les huit clous du dernier costume.

Il y a ces riens qui font l'absence.
Personne pour allumer le feu.
La cafetière a le cul gelé sur son rayon.
Tu as beau tendre l'oreille, tu n'entends plus l'invite:
« Viens donc boire une tasse de café, va ».

Inutile que tes questions te viennent au bord des lèvres.
Pas de réponse. Tu ne sauras plus jamais.
Qui était cet homme à chapeau sur cette photo jaunie?
Ce café vert conservé dans une huche au galetas, rangé
dans un cornet lui-même ficelé, de quand date-t-il?
Qui était cet Alfred qui signait du front, en dix-huit,
des cartes postales?
D'où venaient les mimis de la cave?
Le saloir?
Pourquoi as-tu conservé cet exemplaire du Journal illustré
vieux de soixante ans?

Oublie ta curiosité existentielle.
Oublie qu'il te semblait naturel et nécessaire pour vivre
qu'on te réponde.
Alors accepte.
Accepte de te taire.
Accepte de te satisfaire de ce que tu crois savoir,
de ce que tu as su et que tu as déjà en partie oublié.
Accepte de t'en aller toi aussi puisque le chien de
l'Angèle t'a mordu à son tour...
Adieu l'Angèle!

Au début du XXIᵉ siècle alors que mon frère avait juste rejoint lui aussi "le champ des allongés", j'ai appris par les indiscrétions d'une vieille le nom de l'homme qui fila le parfait amour en 1923-1924 et en fit honteusement une fille-mère et sa vie de malheur.

C'était un jeune fils de maquignon nommé Voisin qui habitait un village pas très éloigné...

Quelques années après, en 2014, j'ai accompagné ma sœur à son cimetière : enfermée dans un magnifique cercueil en chêne, les croque-morts ont glissé cette dernière parure sous l'épaisse dalle en granit auprès de son mari déjà décédé. La paix s'est installée dans ma tête sachant que là où elle était, elle ne ferait plus de mal à personne et, à quatre-vingt ans, j'en étais tranquillisé.

Va-t-en donc, ai-je pensé, sans regret, sans affection, sans respect…

Melchior et Angèle.

Un peu de vocabulaire

Peut-être faut-il revenir sur ce qui a été écrit afin de donner des explications complémentaires qui permettront aux lecteurs nourris par une approche langagière du XXIe siècle de s'y retrouver dans des mots prononcés autrefois.

Angouène

Mot à l'orthographe très incertaine. Il désigne un petit coin difficile d'accès, dans un placard, une pièce. On y réduit le chenis.

Aponse

On fait un nœud, par exemple entre deux ficelles de bottes ou deux brins de laine. Le nœud s'appelle l'aponse.

Atriau

Dans d'autres régions il a pour nom pâté. C'est un produit du porc composé de foie haché, de gras, d'épices et d'aromates, le tout enveloppé dans de la crépine. On l'appelle encore "antriau".

Barot

Faut-il l'écrire avec un "r" ou deux ? En italien les mots barrocino (charette à bras), barròcio (charrette) ont laissé en Savoie "il barro", le barrot.
Comme un tombereau, il a deux roues de plus d'un mètre de diamètre, un gros essieu d'acier et un brancard. Rien ne permet d'affirmer que les bêtes pouvaient le tirer bien qu'il y ait deux manches au brancard. La main de l'homme les a polis.

Bâtard

On le nomme encore passe-partout. C'est une grande lame de scie de deux mètres de long sur vingt centimètres de hauteur que l'on manœuvre à deux, à l'aide de deux poignées.

Becquet

Une luge extra-plate ne dépassant pas vingt centimètres en hauteur. Les lugeons sont construits dans une planche et parfois on y taillait l'emplacement pour loger ses mains. Le becquet était aussi une grosse luge à laquelle on attelait un cheval.

Boëlle

Orthographe incertaine: boëlle ou bouelle ? La boëlle, c'est le ventre avec une connotation du plaisir à en parler.

Boille

Instrument de transport du lait, servant à le livrer à la fruitière. Il y avait deux bretelles en cuir pour le mettre sur le dos, un couvercle en tôle. Pour le prononcer il suffit de se rappeler "boy", à l'anglaise.

Boîton

C'est une petite construction de trois à quatre mètres carrés, en planches ou en moëllons dans laquelle on élevait les cochons.

Brabant

Empruntant le mot à la province de Belgique il s'agit d'une charrue avec deux socs inversés, reposant sur deux roues et tirée par un cheval.

Bréter

Celui qui a trop bu ne peut marcher droit. Il recherche l'équilibre: il bréte.

Brinde

Encore un instrument qu'on porte sur le dos pour les vendanges. C'est un tonneau aplati qui n'aurait pas de dessus.

Cacatires

On dit les cacatires ou les cacatières. C'est le W.C. de chaque maison, placé au dehors, juste à côté du jardin et du fumier pour pouvoir vider ce que sa fosse contenait, pas toujours de bonne odeur !

Caillon

C'est l'autre nom du cochon. On peut dire aussi le "pouet".

Care

Faut-il dire carre ou care ? C'est une averse. L'Angèle disait "une care de neige" ou une "care de pluie".

Cate

Cate ou catte ? Si on parle de l'herbe ou des cheveux, une cate d'herbes signifie une poignée d'herbes.

Châtre

On a fait un accroc à un pantalon. « Viens, dit la maîtresse de maison, je vais faire une châtre. »

Chenis

Un enfant joue; il laisse ses jouets en désordre. On lui dira: « Va ranger ton chenis ».

Chopine

C'est l'équivalent d'une petite bouteille de vin : 33 ou 50 cl ?

Coltin

Doit-on dire coletin, colletin ou coltin ? C'est le vêtement en coton bleu porté par les travailleurs manuels. Le Petit Robert donne des explications sur ce mot: il parle du coltin, grand chapeau de paille qui protège le cou. Serait-ce là l'origine du mot coltin ?

Créson

Faut-il écrire encore craison ? C'est une pomme au goût très âpre qui ne se consomme que cuite.

Crossette

C'est un chemin campagnard, très raide qui permet d'aller à pied d'un village à l'autre. Il a été doublé par des routes ayant une moindre pente pour être utilisées par les véhicules.

Daignet

Mot qui pourrait s'écrire aussi daigneu, il s'agit d'une trappe d'environ cinquante centimètres sur quatre-vingt de long, ouverte entre l'écurie et la grange et qui permet de distribuer directement le foin sous le nez des vaches, à l'intérieur du ratelier.

Daille

C'est le nom en patois de la faux.

Définie

Sonner la définie, c'est avec la cloche du clocher, annoncer à la communauté qu'un des leurs a cessé sa vie.

Ébriqué

*C'est détruire volontairement.
Prenez une feuille de carton :
déchirez-là, elle est ébriquée.*

Écharpigné

*Si, au saut du lit, tes cheveux vont
dans tous les sens alors tu es tout
écharpigné.*

Enchappée

*Prenez une faux, mettez-là sur
l'enclumette et battez-là sur la
tranche jusqu'à ce que vous ayez
retrouvé le fil : vous l'avez enchappée.*

Endoffé

*Si le lecteur a une explication,
l'auteur serait très heureux de
la connaître !*

Enterrolé

*Si tu as marché dans la terre
paccoteuse, argileuse, tes chaussures
alors sont enterrolées.*

Fascine

*On peut l'appeler fagot. C'est un
paquet de petit bois qui sera coupé
à la serpe, sur le billot. Il mesure un
mètre quatre-vingt environ et est
noué par deux morceaux de noisetier.*

Feignant

*Les parents me traitaient de feignant
plutôt que de fainéant.*

Foudroyeur

*Sur le plancher de la batteuse,
les gerbes étaient ouvertes et un
homme les enfilait dans le foudroyeur,
un grand cylindre de deux mètres
de longueur qui tournait très vite
entraîné par la courroie du tracteur.
Il séparait le blé de la paille.*

Foussoyeur

*À ne pas confondre avec fossoyeur.
C'est celui qui a manié le foussoir
pour arracher les pommes de terre.*

Froissure

*Le boucher à cette époque vend
de la froissure, c'est-à-dire les bas
morceaux de ses bêtes : poumons,
cœur, tétine...*

Fruitière

*C'est la maison où on traite le lait
livré par les paysans pour en faire
du beurre, du fromage. Le fruitier
est l'homme qui s'occupe de ces
transformations ; le commis-fruitier
est son aide.*

Gaume

*C'est un cylindre contenant à peine
cinq litres, en fer galvanisé ayant sur
le côté un petit cylindre dans lequel
on enfilait un grand manche, tel un
manche de pelle qui permettait d'aller
vider les fosses sans forcément se salir
les mains.*

Gazogène

*On peut encore l'appeler gazo,
à l'époque, c'était le diminutif.
C'était l'appareil qui pendant la guerre
permettait, avec du bois, de faire
tourner les moteurs à explosion.*

Gniole

*Faut-il parler encore de
gnôle - gnaule - gnole - niole ?
Ils sont tous synonymes et
désignent la goutte. Ce sont
des variantes lyonnaises.*

Gouillat

*C'est une petite flaque de liquide,
ici de l'urine.*

Goutte

*C'est le nom commun de l'alcool. On
parle d'alcool chez le pharmacien; à
la maison on ne parle que de goutte.*

Goyet

*Il s'agit d'un opinel très particulier
car sa lame en acier est recourbée
telle une faucille. Il se ferme comme
l'opinel.*

Greuler

*Il s'agit de secouer un arbre pour en
faire tomber les fruits.*

Grillon

*Non, ce n'est pas un insecte, c'est plutôt
la tige de fer qui sert à faire le feu,
"à rabouiller" le feu. En général le
grillon pend à côté du fourneau.*

Lambique

*Une déformation du mot l'alambic
a fait passer dans la langue courante
"la lambique".*

Longeoles

*Voilà des petites saucisses à la couenne
et au cumin qui sont des spécialités de
la région.*

Maconnaise

*C'est un petit tonneau contenant
environ deux cents litres.*

Magnin

*Nom d'artisan: c'est celui qui découpe
les tôles en acier zingué pour en faire
des seaux, des arrosoirs.*

Maillot

*On ne parle pas de pull-over ni de
sweat ni de chandail: il y a la maille
faite avec la laine; c'est pourquoi on
parle de maillot.*

Maude

*Le cidre est remplacé par la maude,
faite avec n'importe quelle sorte
de fruits, créson par exemple.
La maude est rude au goût.
La Caroline prétend que:
« On n'a jamais trouvé bonne maude
et sabots qui vont bien ».*

Mécanique

*Il faut dire "la mécanique":
c'est l'ensemble des freins sur
les roues arrière d'un char.
Il y a une manivelle et une tige
filetée en acier qui commande
deux patins en bois serrant
les roues.*

Mimi

*Ce mot viendrait-il de "demi-muid" ?
C'est le plus gros tonneau de
la cave, de presque cinq cents
litres.*

Moitié

*Le propriétaire d'une vigne faite
à moitié ne la cultive pas: c'est un
autre qui le fait. Au moment de la
récolte chacun en a la moitié.*

Nant

*C'est le nom d'une petite rivière,
d'un petit torrent.*

Noa

*Le noa est le nom d'un cépage
de vin rouge, il n'est plus cultivé.*

Paccot

*L'écrit-on pacot ou paccot ?
Prenez de l'argile, versez-y l'eau.
Mettez les pieds dedans:
vos chaussures sont paccoteuses.
Le patregot est aussi synonyme
du paccot.*

Panosse

La panosse est une serpillière. On nettoie les sols avec elle. Elle désigne aussi la langue que l'on tire à quelqu'un. Panosser, c'est passer la panosse.

Patire

C'est une grande baignoire à cochons. Elle doit mesurer plus de deux mètres de long; elle est construite en planches de sapin. On peut encore l'appeler patière.

Patte

Autrefois l'éponge, la "spontex", n'existait pas. Pour faire la vaisselle on se servait d'une patte à relaver découpée dans un tissu.

Pesse

Dans les bois on coupait soit des sapins soit des pesses. La pesse est à rapprocher de l'épicéa.

Picholette

Comme la chopine c'est une mesure de vin utilisée dans les bistrots.

Pitain

On ramasse des pommes, des poires ou du raisin, on presse ces fruits pour en extraire le vin ou le cidre. Ce qui reste est le pitain.
Quelques mois plus tard, le sucre du pitain, après fermentation et traitement par l'alambic, deviendra de l'alcool.
On pitate, verbe pitater, c'est-à-dire marcher dans un champ ou dans un jardin sans faire attention où on met les pieds.

Plot

C'est un parpaing ou un moellon.

Plucher

Pour faire la soupe, on pluche les pommes de terre au lieu de les éplucher.

Pochon

À côté du grillon, pendu sur la barre en laiton du fourneau il y a le pochon. C'est un grand manche vertical accroché à une demi-sphère pour aller dans la bouilloire du fourneau.

Prin

« Va me couper du prin pour allumer le feu » disait ma mère. Le prin, c'est le petit bois qui s'allumera avec une allumette.

Pruneaulier

C'est l'arbre qui produit des pruneaux.

Rablet

Pour sarcler, on utilise un outil à long manche, le rablet.

Rabouiller

Avec le grillon on rabouille le fourneau, on remue le bois afin qu'il brûle mieux.

Réduire

On ne range pas: on réduit, c'est-à-dire qu'on met à sa place.

Riulement

Écoutons le bruit d'un gond jamais graissé ou plus graissé depuis longtemps: il riule.

Riute

Pour faire une fascine, il faut nouer le bois avec deux riutes en noisetier c'est-à-dire deux tiges vertes, poussées dans l'année, qu'on va pouvoir nouer.

Rizette

*Rien à voir avec la risette du bébé.
La rizette est faite avec de la paille
de riz. La brosse de rizette est utilisée
pour les nettoyages.*

Roille

*"Oille" se prononce de la même façon
dans "boille" ou dans "roille".
Pleuvoir à roille c'est voir tomber
des hallebardes ou des cordes.*

Ruclon

*Le tas à pourrir est appelé de son
nom suisse: le ruclon.*

Tate à l'Arpin

*Il en a été question à plusieurs
reprises dans le texte. Il a été dit
que c'est un synonyme de cimetière,
de champ des allongés. Le champ
appartenait autrefois à un monsieur
Arpin. Il ne devait pas y faire pousser
grand-chose, c'est pourquoi on parle
de "tate".*

Tiollons

Ce sont des tuiles.

Tiouquer

*On a trop fait boire d'alcool à une
personne: on l'a soûlé ou tiouqué.*

Trinné

Nom local du chiendent.

"Zaboteur"

*Revoyez donc Francis Blanche pour
la prononciation de saboteur:
il avait su se moquer du parler teuton.*

Poisson - Sculpture bois et métal (fil de cuivre, voir page 34)

Table des matières

Alex (à droite sur la photo) et Adrien (à gauche, son frère aîné).

Du même auteur, déjà parus :

- **Le jeu de l'escargot, C.P. et C.E.1** *(1982)*
  Éditions de L'École.

- **Une année au C.P.** *(1983)*
  Livre du maître - Éditions de L'École.

- **Lire par plaisir** *(1983)*
  Sept séries de cinq livrets pour individualiser l'entrainement de l'apprenti lecteur.
  Éditions de L'École.

- **Je dis, j'écris, premier répertoire orthographique utilisable au Cours préparatoire et au Cours élémentaire** *(1983)*
  Éditions de L'École.

- **Premier fichier de lecture, pour la grande section de maternelle** *(1985)*
  Éditions de L'École.

- **Fichier de lecture pour les lecteurs ne sachant pas encore lire, C.P.** *(1985) - Éditions de L'École.*

- **Pour le plaisir d'écrire à l'école élémentaire** *(1987)*
  Livre du maître, du C.P. au C.M.2, couverture rouge sur fond blanc.
  Éditions de L'École.

- **Écrire par plaisir** *(1992)*
  — Livre du maître, du C.P. au C.M.2, couverture verte sur fond blanc.
  — Trois cahiers d'exercices, numéros 1,2 et 3 correspondants
  * aux trois niveaux ou paliers de l'école élémentaire.*
  Éditions de L'École.

- **Voyage chez les marchands de virgules** *(1997)*
  Récits personnels - Édition La Grabotte (Saint-Étienne) Alex Clérino

Livre en préparation :

- **Tous les jours écrire du C.P. au C.M.2, que ce soit pour apprendre à lire et pour abattre l'illettrisme.**
  Les bandes magnétoscopées et le test de lecture au C.P. ont bel et bien existé
  et peuvent prouver comment on devrait savoir lire en fin de C.P. à la condition
  que chacun puisse exprimer pleinement son engagement et sa liberté.

ISBN : 978-2-3225-4192-8
Dépôt légal : juillet 2024